~~QUERIDO~~ *Odioso* COMPAÑERO DE PISO

~~QUERIDO~~ *Odioso* COMPAÑERO

DE PISO

PENELOPE WARD

Traducción: Lidia Rosa González Torres

TITANIA

Argentina • Chile • Colombia • España
Estados Unidos • México • Perú • Uruguay

Título original: *Roomhate*
Editor original: Penelope Ward
Traducción: Lidia Rosa González Torres

1ª. edición Abril 2023

ISBN: 978-84-19131-09-6
E-ISBN: 978-84-19497-38-3
Depósito legal: B-2.460-2023

Fotocomposición: Ediciones Urano, S.A.U.
Impreso por Romanyà Valls, S.A. – Verdaguer, 1 – 08786 Capellades (Barcelona)

Impreso en España – *Printed in Spain*

I

Un coche estuvo a punto de atropellarme cuando cruzaba la calle, un poco aturdida, tras salir del bufete del abogado. Durante años, me había esforzado mucho en no pensar en él. Y, ahora, él era lo único en lo que podía pensar.

Justin.

¡Dios mío!

Justin.

Ráfagas de él pasaron por mi mente: su pelo rubio oscuro, su risa, el rasgueo de su guitarra, la tristeza y la decepción profundas que habían mostrado sus preciosos ojos la última vez que lo vi, hacía ya nueve años.

Se suponía que no iba a volver a verlo, y mucho menos compartir la propiedad de una casa con él. Vivir con Justin Banks no era una opción, aunque solo fuera durante el verano. Bueno, más bien no había ninguna posibilidad de que Justin Banks aceptara compartir una casa *conmigo*. Sin embargo, nos gustara o no, la casa de la playa de Newport ahora era nuestra. No mía. No suya. *Nuestra.* A partes iguales.

¿En qué demonios estaba pensando Nana?

Siempre supe que le tenía mucho aprecio, pero era imposible predecir el alcance de su generosidad. Ni siquiera era pariente nuestro, pero ella siempre lo había considerado su nieto.

Busqué el número de Tracy en el móvil y la llamé. Cuando contestó, dejé escapar un suspiro de alivio.

—¿Dónde estás? —pregunté.

—En el East Side. ¿Por qué?

—¿Puedes quedar? Necesito hablar con alguien.

—¿Estás bien?

Mi mente se quedó en blanco antes de volver a llenarse de recuerdos fragmentados sobre Justin. Sentí una presión en el pecho. Él me odiaba. Llevaba mucho tiempo evitándole, pero ahora iba a tener que enfrentarme a él.

La voz de Tracy me sacó de mis pensamientos.

—¿Amelia? ¿Sigues ahí?

—Sí. No pasa nada. Esto... ¿Dónde me has dicho que estás?

—Reúnete conmigo en el sitio de los falafeles que hay en Thayer Street. Cenaremos temprano y hablaremos de lo que sea que esté pasando.

—Vale. Nos vemos en diez minutos.

Tracy era una amiga bastante reciente, así que sabía poco de mi infancia y adolescencia. Íbamos juntas a clase, en un instituto concertado de Providence. Me había tomado el día libre para reunirme con el abogado de mi abuela.

El olor a comino y a menta seca saturaba el aire del restaurante de comida rápida de Oriente Medio. Tracy saludó desde una mesa situada en una esquina, con un recipiente enorme de arroz y brochetas de pollo cubiertas de tahini plantado delante de ella.

—¿No vas a comer nada? —preguntó con la boca llena. Tenía un poco de salsa de yogur en la comisura de la boca.

—No. No tengo hambre. Igual pido algo para llevar cuando nos vayamos. Solo necesitaba hablar.

—¿Se puede saber qué ocurre?

Sentía la garganta seca.

—Primero necesito beber algo. Espera un momento.

La habitación parecía balancearse mientras me dirigía a la nevera que se encontraba junto al mostrador.

Tras volver con una botella de agua, me senté y respiré hondo.

—Hoy he recibido una noticia bastante disparatada en el bufete del abogado.

—Vale...

—Ya sabes que he ido porque mi abuela falleció hace un mes...

—Sí.

—Bueno, me reuní con el abogado para revisar la herencia. Resulta que me ha dejado todas sus joyas... y la mitad de su casa de verano de Aquidneck Island.

—¿Qué? ¿Esa casa preciosa de la foto que tienes en tu mesa?

—Sí, la misma. Siempre íbamos allí en verano, cuando yo era más joven, pero los últimos años la tuvo alquilada. La propiedad lleva generaciones en la familia. Es antigua, pero es preciosa y tiene vistas al mar.

—Amelia, eso es increíble. ¿Por qué pareces tan molesta?

—Es que... le ha dejado la otra mitad a Justin Banks.

—¿Quién es ese?

La única persona a la que he amado.

—Un chico con el que crecí. Mi Nana lo cuidaba mientras sus padres estaban trabajando. La casa de Justin estaba a un lado, la mía al otro y la de Nana en medio.

—Entonces, ¿era como un hermano para ti?

¡Ojalá!

—Estuvimos muy unidos durante muchos años.

—Por tu expresión, tengo la sensación de que algo cambió.

—No te equivocas.

—¿Qué pasó?

Me resultaba imposible contarlo todo de nuevo. Por hoy ya había tenido suficiente. Iba a darle la versión corta.

—Básicamente descubrí que me ocultaba algo. Y me asusté. Prefiero no entrar en detalles, pero digamos que entonces tenía quince años y me costaba mucho lidiar con mis hormonas y con mi madre. Tomé la precipitada decisión de irme a vivir con mi padre. —Tragándome el dolor, añadí—: Dejé todo en Providence para mudarme a Nuevo Hampshire.

Por suerte, Tracy no preguntó cuál era el secreto. Ese no era un tema del que necesitara hablar hoy. Para ella era más importante ayudarme a dar el paso correcto que abrir viejas heridas.

—Así que huiste en vez de enfrentarte a la situación.

—Sí. Hui de mis problemas... y de Justin.

—¿No has hablado con él desde entonces?

—Después de irme, no tuvimos contacto durante meses. Me sentía muy culpable por cómo había gestionado aquello. Cuando entré en razón intenté verle para pedirle disculpas, pero ya era demasiado tarde. No quería verme ni hablar conmigo. No puedo culparle. Pasó página, se empezó a juntar con otra gente y se mudó a Nueva York tras graduarse en el instituto. Perdimos totalmente el contacto, pero al parecer lo mantuvo con Nana, que era como una segunda madre para él.

—¿Sabes qué ha sido de él?

—No me atreví a buscarlo.

—Bueno, pues tenemos que solucionarlo ahora mismo. —Dejó el tenedor y buscó su móvil en el bolso.

—Espera... ¿Qué estás haciendo?

—Sabes que mi habilidad para encontrar a gente en Internet y cotillear sus perfiles son dignas de un profesional. —Tracy sonrió—. Lo estoy buscando en Facebook. Justin Banks... ¿así es como dijiste que se llamaba? ¿Y vive en Nueva York?

Me tapé los ojos.

—No puedo mirar —respondí—. No pienso mirar. De todas formas, habrá cientos de hombres llamados Justin Banks por ahí. No creo que lo encuentres.

—¿Qué aspecto tiene?

—La última vez que lo vi tenía dieciséis años, así que no debe de parecerse en nada, pero tiene el pelo rubio oscuro.

Era muy guapo. Todavía veo su cara como si fuera ayer. Jamás podría olvidarlo.

Tracy leía en voz alta la información de los Justin Banks que aparecían en Facebook. No había nada destacable, hasta que dijo:

—Justin Banks, Nueva York, músico de Just In Time Acoustic Guitar.

Se me aceleró el corazón y, para mi sorpresa, las lágrimas empezaron a abrirse paso en mis ojos. Las emociones subiendo a la superficie tan rápido me desconcertaron. Era como si él hubiera regresado de entre los muertos.

—¿Qué acabas de decir? ¿Que trabaja dónde?

—¿Just In Time Acoustic Guitar? ¿Es él?

Las palabras no salían, así que me quedé en silencio, analizando el nombre. Era el mismo que había utilizado cuando era niño y tocaba la guitarra en la esquina de nuestra calle.

Just In Time.

—Es él —dije finalmente.

—¡Dios mío, Amelia!

El corazón empezó a latirme aún más rápido.

—¿Qué?

—Es...

—¿Qué? ¡Dime! —grité antes de tragar lo que me quedaba de agua.

—Es... guapísimo. Increíblemente guapo.

—¡Dios! Por favor, no me digas eso —contesté, cubriéndome la cara.

—Echa un vistazo.

—No puedo.

Antes de que pudiera volver a negarme, Tracy me puso el móvil delante de la cara. Me temblaban las manos cuando lo agarré.

¡Dios mío!

¿Por qué había mirado?

Por lo que pude ver en la foto, era guapísimo; tal y como lo recordaba, pero también estaba muy diferente. Mayor. Llevaba una gorra gris y tenía una buena cantidad de vello en la barbilla, que nunca había sido capaz de dejarse crecer cuando lo conocía. En la foto de perfil estaba inclinado sobre una guitarra y parecía que estaba a punto de cantar por un micrófono. Su mirada era intensa y me dio escalofríos. Cuando fui a pinchar en las demás fotos, no me dejó entrar porque su perfil estaba configurado como privado.

Tracy me tendió la mano para que le diera el móvil.

—¿Es músico?

—Supongo que sí —dije mientras se lo devolvía.

Solía escribirme canciones.

—¿Vas a contactar con él?

—No.

—¿Por qué no?

—Porque no sabría qué decirle. Que pase lo que tenga que pasar. En algún momento tendré que hablar con él; solo que no voy a ser yo la que dé el primer paso.

—Y una cosa: ¿cómo os vais a organizar respecto a la casa?

—Bueno, el abogado me dio un juego de llaves y me dijo que a Justin le llegará otro. En la escritura figurarán nuestros nombres. Nana también reservó algo de dinero para utilizarlo en reparaciones para la casa y en el mantenimiento de la propiedad durante la temporada baja. Imagino que él conoce toda esta información.

—No quieres vender la casa, ¿verdad?

—Jamás. Conservo demasiados recuerdos y significaba mucho para Nana. La utilizaré este verano y luego quizá la alquile, si él está de acuerdo.

—Entonces, ¿no tienes ni idea de cómo piensa usar su mitad? ¿Simplemente irás dentro de unas semanas y si está, bien, y si no está, pues nada?

—Más o menos.

—¡Vaya! Esto va a ser interesante.

Catorce años atrás

El chico al que Nana había empezado a cuidar aquel verano estaba sentado frente a su casa. Y no podía dejar que me viera con ese aspecto. Lo miraba a través de las cortinas de la ventana de mi habitación, para que no supiera que yo estaba ahí.

No sabía mucho de él. Se llamaba Justin. Tenía unos diez años, como yo, quizá once. Acababa de mudarse a Rhode Island desde Cincinnati. Sus padres tenían dinero; debían de tenerlo si podían permitirse la enorme casa victoriana que habían comprado junto a la de Nana. Ambos trabajaban en el centro de Providence y le pagaban a Nana para que cuidara a Justin después de las clases.

Por fin podía ver qué aspecto tenía. Tenía el pelo rubio oscuro y despeinado, y, al parecer, intentaba aprender a tocar la guitarra. Debí de quedarme en la ventana durante casi una hora, mirando cómo rasgaba las cuerdas.

Se me escapó un estornudo. Su cabeza se alzó en dirección a la ventana. Nuestras miradas se cruzaron durante unos segundos antes de que yo me agachara. El corazón me latía con fuerza porque él sabía que yo lo había estado espiando.

—¡Oye! ¿Dónde te has metido? —Le oí preguntar.

Me quedé agachada y en silencio.

—Amelia, sé que estás ahí.

¿Sabía mi nombre?

—¿Por qué te escondes?

Me levanté despacio, de espaldas a la ventana, y respondí:

—Tengo un ojo vago.

—¿Un ojo vago? ¿Eso es que se te van los ojos?

—¿Qué significa «que se te van los ojos»?

—No estoy seguro. Mi madre siempre dice que a mi padre se le van los ojos.

—Un ojo vago significa que soy bizca.

—¿Bizca? —Se rio—. No puede ser. Eso mola un montón. ¡Déjame verlo!

—¿Crees que mola tener un ojo que va hacia dentro?

—Sí. ¡Me encantaría! En plan, podrías mirar a la gente y ni siquiera sabrían que les estás mirando.

Estaba empezando a hacerme reír.

—Bueno, el mío no es tan malo… todavía.

—¡Venga! Date la vuelta. Quiero verlo.

—No.

—¡Por favor!

Sin saber por qué, dejé que me viera. No podía evitarlo para siempre.

Cuando me di la vuelta, se estremeció.

—¿Qué le ha pasado a tu otro ojo?

—Todavía sigue ahí. —Me señalé el ojo derecho—. Es un parche.

—¿Por qué lo hacen del mismo color que la piel? Desde aquí parecía que no tenías ojo. ¡Me he asustado!

—Está debajo del parche. Mi oftalmólogo me ha dicho que lo lleve cuatro días a la semana. Hoy es el primer día. ¡Ahora ya sabes por qué no quería que me vieras!

—No tienes que avergonzarte; solo me ha sorprendido. Entonces, ¿tu ojo bizco está ahí debajo? Quiero verlo.

—No, la verdad es que el ojo tapado es mi ojo bueno. El médico dice que, si no lo uso, el ojo vago se acabará poniendo en su sitio.

—¡Oh! Entiendo. Entonces, ¿puedes salir ahora que no tienes que esconderte?

—No. No quiero que nadie más me vea.

—¿Qué harás cuando tengas que volver a clase mañana?

—No lo sé.

—¿Te quedarás en casa todo el día?

—De momento, sí.

Justin no dijo nada. Simplemente dejó su guitarra, se levantó y corrió hacia su casa.

Puede que lo asustara después de todo.

Cinco minutos más tarde, volvió corriendo y se sentó frente a la casa de Nana. Cuando miró de nuevo hacia mi ventana, no podía creer lo que veían mis ojos. (Bueno, «ojo»). Un parche negro enorme le cubría el ojo derecho. Justin parecía un pirata. Se sentó, alzó la guitarra y empezó a rasguear. Para mi sorpresa, empezó a cantar una canción. Era una versión de Brown Eyed Girl, pero había cambiado la letra por One Eyed Girl. Fue entonces cuando me di cuenta de que Justin Banks estaba loco y era adorable a partes iguales.

Cuando acabó de cantar, se sacó un rotulador negro del bolsillo.

—Pintaré también el tuyo. ¿Vas a salir?

El sentimiento más cariñoso que había conocido me llenó el corazón. Mirando atrás, ese fue probablemente el instante en el que Justin Banks se convirtió en mi mejor amigo. También fue el día que me puso un apodo que me acompañaría durante toda la adolescencia: Patch.

2

Sin duda, se trataba de la calma antes de la tormenta, pero yo aún no lo sabía.

La propiedad estaba en buen estado porque la vecina, Cheri, que también había sido una buena amiga de Nana, la había cuidado. Dos semanas después de mi estancia en la casa de verano de Nana (mi casa de verano), deseaba con todas mis fuerzas que la paz y la tranquilidad continuaran. No había noticias de Justin. No había noticias de nadie. Tan solo mis libros y yo mientras disfrutaba de un comienzo del verano tranquilo, rodeada del aire salado del océano propio de la isla.

Nunca había apreciado tanto esa paz. Un mes antes creía que mi mundo se había acabado. No solo había muerto Nana, sino que también acababa de descubrir que Adam, mi novio desde hacía dos años, me había estado engañando. La noche que lo descubrí acabábamos de acostarnos y se fue al baño a ducharse. Se había dejado el móvil junto a la cama y fue entonces cuando vi los mensajes de esa tal Ashlyn. Solía llevarse el móvil a todas partes, incluso al baño, pero esa noche se le pasó. Más tarde la busqué en Facebook y vi que la mitad de las fotos que publicaba era de ellos dos. Durante los seis meses anteriores, había tenido la sensación de que algo iba mal y eso acabó de confirmarlo. Justo antes de irme a la casa de verano, me enteré de que Adam se había mudado a Boston para vivir con ella.

Así pues, era un momento de cambios importantes para mí. A los veinticuatro años volvía a estar soltera y a veranear en Newport. Mi trabajo como profesora en Providence me permitía tener los veranos libres y, aunque tenía la intención de buscar un trabajo para esos meses, de momento solo quería disfrutar de unas semanas de descanso.

Mi día empezaba con un café en la terraza de arriba, la cual daba a la playa de Easton. Mientras tanto, oía a las gaviotas, miraba Facebook, leía mi revista *In Style* o simplemente pensaba en mis cosas. Luego me daba un largo baño en el lavabo de esa planta, me vestía y empezaba mi día, y con eso me refiero a acurrucarme en el sofá con un libro.

A media tarde, me preparaba la comida y me la llevaba a la terraza de arriba. Antes de que cayera la noche, me dirigía a Thames Street, en Newport, y echaba un vistazo a las tiendas de vidrio soplado, suvenires y artesanía de motivos marineros. Luego, me paraba a tomar un helado o un café.

El día solía acabar con una visita al muelle para comprar langosta o almejas frescas. Me las llevaba a casa y, en el patio, las cocinaba al vapor en una olla. Luego, me sentaba a cenar con una botella de vino blanco frío mientras disfrutaba de la puesta de sol sobre el Atlántico.

Eso era vida.

Mi rutina fue la misma todos los días durante un par de semanas, hasta que sucedió algo.

Una noche, al volver del centro de Newport con mi bolsa de crustáceos, me di cuenta de que la puerta principal de la casa estaba abierta de par en par. ¿Se me había olvidado cerrarla? ¿Había sido el viento?

Mi corazón se aceleró cuando entré en la cocina y me encontré con una chica de piernas largas y pelo corto y rubio platino. Parecía una joven Mia Farrow y estaba llenando la despensa.

Me aclaré la garganta.

—¿Hola?

Se dio la vuelta antes de cubrirse el pecho con una mano.

—¡Dios mío! Me has asustado. —Se acercó a mí sonriendo y me tendió la mano—. Soy Jade.

Con sus rasgos finos, sus pómulos altos y ese corte *pixie*, Jade podría ser modelo. Con mi pelo largo y oscuro, y mi figura curvilínea, era todo lo contrario a ella físicamente.

—Yo soy Amelia. ¿Quién eres?

—Soy la novia de Justin.

Se me cayó el alma a los pies.

—¡Oh! Ya veo. ¿Dónde está él?

—Acaba de irse al mercado y a la tienda de licores.

—¿Cuánto tiempo lleváis aquí?

—Llegamos hace una hora.

—¿Y cuánto tiempo os vais a quedar?

—No estoy del todo segura. Ya veremos adónde nos lleva el verano. Nadie esperaba que las cosas sucedieran de esta manera... Ya sabes, la casa.

—Sí, lo sé. —Bajé la mirada a sus pies. Una perfecta manicura francesa asomaba por sus sandalias de tacón—. ¿Trabajas?

—Soy actriz... en Broadway. Bueno, *fuera* de Broadway de momento. Probablemente estaré yendo y viniendo de Nueva York para las audiciones. ¿A qué te dedicas tú?

—Soy profesora de secundaria, así que tengo los veranos libres.

—¡Vaya! Eso mola mucho.

—Sí, es divertido. ¿Dónde trabaja Justin?

—Ahora mismo trabaja desde casa. Vende *softwares* y puede trabajar desde cualquier sitio. También toca. Sabes que es músico, ¿verdad?

—La verdad es que ya no sé mucho sobre él.

—Por cierto, ¿qué pasó entre vosotros dos? Si no te importa que pregunte...

—¿Nunca te ha contado nada sobre mí?

—Solo que crecisteis juntos y que eres la nieta de la señora Haley. Sinceramente, nunca te había mencionado hasta que recibimos la carta del abogado.

Aunque era de esperar, me entristeció.

—No me extraña.

—¿Por qué lo dices?

—Es una larga historia.

—¿Llegasteis a ser pareja?

—No, no fue nada de eso. Solo éramos buenos amigos, pero nos distanciamos cuando me mudé.

—Ya veo. Todo esto es un poco raro, ¿verdad? Quiero decir heredar una casa así de la nada.

—Bueno, mi abuela era muy generosa y quería mucho a Justin. Mi madre es su única hija y Nana quería a Justin como a un hijo, así que...

—¿Tu abuela te dejó la casa a ti y no a tu madre?

—Mi madre y Nana tuvieron una discusión hace años. Por suerte, hicieron las paces antes de que ella muriera, pero nunca volvió a ser lo mismo.

—Lo siento.

—Gracias.

Jade se acercó a darme un abrazo.

—Bueno, espero que podamos ser amigas. Sería genial tener a una chica con la que ir de compras y visitar la isla.

—Sí, estaría bien.

—¿Te gustaría cenar con nosotros esta noche?

No estaba lista para verle. Tenía que inventarme algo y salir de ahí.

—Esta noche no creo. Será mejor que me vaya...

—Se te da bien, ¿verdad? —Me interrumpió a mis espaldas una voz grave que apenas reconocí.

—¿Qué? —pregunté, tragando saliva con nerviosismo y evitando girarme para mirarle.

—Irte —dijo más alto—. Se te da bien.

Tenía la respiración agitada, pero fue al darme la vuelta cuando casi perdí la compostura.

¡Joder!

3

Justin estaba de pie frente a mí, y juro que era como si al chico que yo había conocido se lo hubiera tragado una masa de músculos. Su aspecto era muy diferente del que tenía nueve años atrás. La rabia aparecía en su rostro y, de alguna manera, eso lo hacía todavía más atractivo. Habría sido mejor que no estuviera dirigida a mí.

Su piel tenía un bonito tono bronceado que combinaba con los mechones dorados de su cabello rubio oscuro. El rostro delicado que recordaba ahora era rudo y no estaba afeitado. Un tatuaje de una cuerda y un alambre de espino le rodeaba el bíceps. Llevaba unos pantalones cortos de camuflaje con una camiseta blanca que se le ceñía al esculpido pecho.

Pasó un tiempo indeterminado mientras asimilaba qué estaba pasando. Aunque estaba demasiado aturdida para decir algo, mi corazón gritaba. Sabía que mi reacción no se debía solo a la atracción física que sentía por él, sino también a que, pese a todos los cambios, una cosa había permanecido idéntica: sus ojos. Reflejaban el mismo dolor que la última vez que lo vi.

Al fin logré pronunciar su nombre.

—Justin.

—Amelia. —El sonido profundo de su voz me recorrió el cuerpo como una vibración.

—No estaba segura de que fueras a aparecer.

—¿Por qué no iba a hacerlo? —se burló.

—Bueno, pensaba que quizá me evitarías.

—No eres tan importante para mí como crees. Claro que iba a venir. La mitad de esta casa es mía.

Sus palabras me hicieron daño.

—No he dicho que no lo sea. Es solo que... no sabía nada de ti.

—¡Vaya! Esto se pone interesante.

Incómoda por nuestro enfrentamiento, Jade se aclaró la garganta.

—Le estaba preguntando a Amelia si le gustaría cenar con nosotros esta noche. Así podríais poneros al día.

—Al parecer ya tiene planes.

Me volví hacia él.

—¿Por qué lo dices?

—¡Oh! No lo sé... ¿Porque llevas una bolsa en la mano que huele a bragas sucias?

—Es marisco fresco.

—La verdad es que no huele muy fresco.

—¡Dios! Llevamos sin vernos nueve años, ¿y así es como te comportas? —Me volví hacia Jade—. ¿Siempre es tan borde?

Antes de que pudiera responder, Justin intervino.

—Supongo que me sacas lo peor.

—¿Crees que Nana estaría contenta ahora mismo con tu actitud? Algo me dice que no nos dejó esta casa para que nos peleáramos.

—Nos dejó esta casa porque los dos significábamos algo para ella. Pero eso no significa que tengamos que significar algo el uno para el otro. De todas formas, si tanto te importa lo que pensara la señora Haley, tal vez no deberías haberte marchado.

—Eso es un golpe bajo.

—La verdad duele.

—Intenté contactar contigo, Justin. Yo...

—No voy a hablar sobre eso ahora, Amelia —me cortó, hablando con los dientes apretados—. Es agua pasada.

Era desconcertante que me llamara por mi nombre. Aparte del primer día que nos conocimos, siempre me había llamado Patch o Patchy. No sé por qué, oír mi nombre de su boca fue como si me dieran una bofetada, como si su intención fuera subrayar lo mucho que nos habíamos distanciado.

Justin volvió a salir de casa para sacar la compra del coche, cerrando antes la puerta tras de sí.

Me estremecí y miré a Jade, cuyos ojos se movían de un lado a otro.

—Bueno, ha sido un buen comienzo —bromeé.

—No sé qué decir. Nunca le había visto actuar así con nadie, la verdad. Lo siento mucho.

—No es culpa tuya. Lo creas o no, puede que me lo merezca.

Después del hostil recibimiento que me había dado, me ignoró de forma consciente durante la cena y el resto de la noche. Y eso me dolió más que cualquier cosa que pudiera decirme.

Si la noche me pareció horrible, la falta de sueño hizo que la mañana siguiente fuera aún peor.

Al parecer, Justin encontró una forma de descargar su rabia vengándose con Jade. Digamos que tocar la guitarra no era el único talento que había desarrollado con el tiempo. Los gemidos de placer de Jade, en mitad de la noche, me despertaron. Las paredes temblaban literalmente. Fue imposible volver a dormir después de eso. Di vueltas en la cama mientras mis pensamientos se alternaban entre las palabras que Justin me había dicho esa tarde y la escena que estaba teniendo lugar en la otra habitación. No es que debiera pensar en lo último, pero no pude evitarlo.

Eran las siete de la mañana y la casa estaba en silencio, así que supuse que ambos estaban recuperándose tras su hazaña sexual. Cuando bajé las escaleras para hacerme un café, Justin estaba solo en la cocina, mirando por la amplia ventana con vistas al mar. El café se estaba filtrando y él me daba la espalda, por lo que no me había visto todavía.

Aproveché la oportunidad para admirar su estatura y la piel de su definida espalda. Los pantalones negros de deporte se ceñían a su bonito y redondo trasero. Nunca me había dado cuenta de lo increíble que era su culo. La atracción física que sentía por él me fastidiaba mucho, pero no me impidió fijarme en él. Tenía un tatuaje de forma rectangular en medio de la espalda. Entrecerrando los ojos, intenté sin éxito averiguar de qué se trataba. Me sobresalté cuando, de repente, se dio la vuelta y me miró con una mirada incendiaria.

—¿Siempre miras a la gente cuando crees que no pueden verte?

Me tragué el nudo que se me había formado en la garganta.

—¿Cómo sabías que estaba aquí?

—He visto tu reflejo en la ventana, lumbrera.

¡Mierda!

—Ni te has inmutado. Creía que no te habías dado cuenta de que estaba aquí.

—Eso está claro.

—¿Estás intentando hacer que te odie? Porque lo estás consiguiendo.

Justin no respondió a mi pregunta. En su lugar, se volvió hacia la ventana.

—¿Por qué lo haces? —pregunté.

—¿Hacer qué?

—Decir cosas para cabrearme y luego callarte.

Siguió hablando hacia la ventana.

—¿Prefieres que siga cabreándote? Estoy intentando controlar mi enfado, Amelia. Deberías alegrarte de que sepa cuándo parar, a diferencia de otras personas.

—¿Podrías, al menos, mirarme cuando me hablas?

Se dio la vuelta, caminó despacio hacia mí e inclinó el rostro. Sentí sus palabras en mis labios cuando preguntó:

—¿Así mejor? ¿Prefieres que te mire así a la cara?

Casi podía saborear su aliento. La cercanía hizo que todo mi cuerpo se debilitara, así que me aparté.

—Eso pensaba —gruñó.

Me acerqué a la nevera y la abrí, fingiendo que buscaba algo. Me molestaba que mis mañanas tranquilas fueran cosa del pasado.

—¿Siempre te levantas tan temprano? —pregunté.

—Soy una persona madrugadora.

—Ya lo veo... La alegría de la huerta —dije, sarcástica—. Sin embargo, algunos necesitamos dormir.

—Anoche dormí muy bien.

—¡Oh! Ya imagino... Estarías exhausto de tanto follar. ¿No podríais haber hecho más ruido anoche?

—Discúlpame, pero si no puedo follar en mi propia casa, ¿dónde esperas que lo haga?

—No he dicho que no puedas hacerlo. Solo que seas más respetuoso.

—Define «respeto».

—Hacerlo en silencio.

—Lo siento. No follo en silencio.

Por mucho que odiara esa respuesta, sabía que esas palabras se repetirían en mi cabeza toda la noche.

—Olvídalo. Está claro que no conoces el significado de «respeto».

—¿Respetarte? ¿Por qué? ¿Porque no mojas? ¿Por qué no te enrollas con algún tío salado en el muelle? Así a lo mejor no te preocupas tanto por la vida de los demás.

—¿Tío salado?

—Sí. Ya sabes, los tíos que viven en los barcos, los que te venden ese pescado asqueroso que te comiste anoche.

Me limité a sacudir la cabeza y a poner los ojos en blanco.

Me pilló por sorpresa cuando, de repente, levantó la cafetera.

—¿Quieres café?

—¿Ahora eres amable?

—No, simplemente supuse que había un motivo por el que no te ibas. Debe de ser el café.

—Esta es mi cocina.

Me guiñó un ojo.

—*Nuestra* cocina. —Mientras alcanzaba dos tazas del mueble, preguntó—: ¿Cómo te lo sueles tomar?

—Con crema y azúcar.

—Yo me encargo mientras tú te pones un sujetador.

Me miré las tetas, que colgaban libremente bajo mi camiseta blanca. Como no esperaba encontrarme con él tan temprano, no había pensado en ponerme uno. Demasiado avergonzada para reconocer que se había dado cuenta, volví a mi habitación y me vestí.

Cuando volví, estaba otra vez frente a la ventana, bebiéndose su café.

—¿Así mejor? —le pregunté, refiriéndome a mi vestido.

Se dio la vuelta y me miró de arriba abajo.

—Define «mejor». Si significa que ya no puedo verte las tetas..., sí, está mejor. Si significa que tienes mejor *aspecto*, es discutible.

—¿Qué tiene de malo lo que llevo?

—Parece que te lo has cosido tú misma.

—Es de una de las tiendas de la isla. Está hecho a mano.

—¿Usaron un saco de patatas?

—No creo.

¿Quizá?

Se rio.

—Tu café está en la encimera, Raggedy Ann.

Mi primera intención fue encontrar una respuesta aguda, pero luego me di cuenta de que eso era exactamente lo que él quería. Tenía que matarlo con amabilidad en vez de mostrar mi enfado.

—Gracias. Ha sido un detalle por tu parte que me lo hayas preparado.

Imbécil.

Le di un sorbo y lo escupí al instante.

—¿Qué le has puesto? ¡Está demasiado fuerte!

En vez de responderme, empezó a reírse a carcajadas. Su risa resonó por toda la cocina y, por mucho que odiara que fuera a mi costa, era la primera vez que se reía. Hizo que retrocediera en el tiempo durante unos segundos y me recordó que el imbécil sexi que tenía delante había sido mi mejor amigo.

—¿No te gusta?

—Está un poco fuerte. ¿Qué es?

—Es una fusión de cafés.

—¿Qué significa eso?

Justin se acercó a la despensa y sacó una lata y un paquete.

—Es una receta mía. Café cubano mezclado con este. —Señaló el envase negro que tenía una calavera blanca y unos huesos cruzados.

—¿Qué cojones es eso?

—Café. Lo pido por Internet. Es lo único que, para mí, tiene suficiente cafeína.

—Por eso querías preparármelo, ¿no? Sabías que odiaría este... brebaje.

En vez de responder, dejó que esa risa ronca suya volviera a salir, solo que esta vez se reía mucho más fuerte que antes.

Jade entró en la cocina con una camiseta negra larga que debía de ser la que él no llevaba puesta.

—¿Qué es tan gracioso?

Los ojos traviesos de Justin se asomaron por detrás de su taza. Se rio.

—Solo estábamos tomando café.

Jade negó con la cabeza.

—No te habrás bebido el barro ese que prepara, ¿verdad? No sé cómo puede gustarle esa cosa.

Me recordé a mí misma mi plan de matarlo con amabilidad. Dándole otro sorbo al café, asentí.

—La verdad es que, al probarlo por primera vez, estaba bastante fuerte, pero ahora creo que me gusta mucho.

Estaba asqueroso.

—Será mejor que tengas cuidado. Esa cosa es potente. Justin es inmune a ella, pero la única vez que la bebí me mantuvo despierta cuatro días.

Justin se rio.

—Al parecer, *nosotros* mantuvimos despierta a Amelia anoche.

Jade se volvió hacia mí.

—¡Oh, mierda! Lo siento.

Me encogí de hombros.

—No es para tanto. Acabé acostumbrándome.

—¿Y entonces pensaste que querías unirte a nosotros? —espetó Justin.

¡Que le den!

No iba a responder.

Cuanto más miraba su expresión de suficiencia, más decidida estaba a acabarme la puta taza de café para fastidiarlo.

—Me sorprende lo mucho que esto me está gustando —mentí.

Jade prefirió ignorar el comentario de Justin.

—¿Qué te parece si después del desayuno vamos a la ciudad, Amelia? Me encantaría que me enseñaras la isla.

—Sí, estaría bien.

Se acercó a él y le rodeó la cintura con el brazo.

—¿Quieres venir con nosotras, cariño?

—No, tengo cosas que hacer —dijo Justin antes de acabarse el resto del café y poner la taza en el fregadero.

—Vale. Solo chicas entonces.

El café me había convertido en un manojo de nervios. Mientras Jade y yo caminábamos por Newport esa mañana, no paraba de decirme que fuera más despacio. Al parecer, no podía seguirme el ritmo con los tacones.

En algún momento de la tarde, nos detuvimos a descansar las piernas. Jade y yo nos sentamos en un banco de madera con vistas a las docenas de veleros atracados mientras el sol brillaba sobre el agua.

—¿Cómo os conocisteis Justin y tú? —pregunté.

—Yo estaba entre el público de un club de la ciudad llamado Hades. Justin tocaba allí esa noche. No paraba de mirarme mientras cantaba y, después del concierto, vino a buscarme. Cuando dijo que estaba pensando en mí mientras cantaba la última canción, casi me muero. Desde entonces somos inseparables.

Notaba que me ardía la cara. No estaba dispuesta a admitir que eran celos. Por alguna razón, me incomodaba la idea de que conectaran de una forma tan íntima mientras él estaba en pleno concierto. Tal vez porque me recordaba a las canciones que solía escribirme. Cualquiera pensaría que no había nada que me molestase después de tener que soportar cómo follaban la noche anterior.

—¿Qué clase de música toca ahora?

—Bueno, hace algunas versiones de artistas como Jack Johnson, pero también escribe mucho material original. Toca sobre todo en clubes, pero su mánager ha intentado conseguirle un contrato. Como es lógico, todas las chicas se vuelven locas por él. Me ha costado acostumbrarme a esa parte.

—Seguro que es difícil.

—Sí, mucho. —Inclinó la cabeza—. ¿Y tú? ¿No tienes novio?

—Acabo de salir de una relación.

Me pasé la siguiente media hora contándole lo que había pasado con Adam. Era muy fácil hablar con Jade, y me di cuenta de que le molestó mucho enterarse de que Adam me había engañado.

—Bueno, es mejor descubrir estas cosas ahora que eres joven antes que perder una década con alguien así.

—Tienes mucha razón.

—Tendremos que encontrarte a alguien este verano. He visto a un montón de chicos sexis paseando hoy por aquí.

—¿En serio? Porque los únicos que he visto iban agarrados de la mano.

Ella se rio.

—No. Había otros.

—La verdad es que no estoy buscando otra relación.

—¿Quién ha dicho nada de eso? Necesitas echar un polvo, divertirte, sobre todo después de lo que te hizo el capullo de tu ex. Te mereces una aventura de verano, alguien que te deje boquiabierta, alguien en quien no puedas dejar de pensar.

Por desgracia, es tu novio a quien no puedo quitarme de la cabeza.

Su intención era buena, así que me limité a sonreír y asentir, aunque no tenía intención de acostarme con nadie ese verano.

De camino a casa, pasamos por Sandy's on the Beach, un restaurante conocido por sus noches con música en directo y por la buena comida. En la fachada había un cartel que decía: SE BUSCA AYUDANTE PARA EL VERANO. Como había una Universidad justo al otro lado del puente, muchos de los estudiantes se iban a casa cuando acababan las clases, por lo que algunos de los restaurantes locales necesitaban camareros para la temporada.

Me detuve en seco frente a la entrada.

—¿Te importa si entro y me informo?

—Claro. De hecho, a mí también me gustaría echarle un vistazo.

Resultó que en Sandy's estaban desesperados por contratar gente que le ayudara durante el verano. Tanto Jade como yo teníamos experiencia como camareras, así que nos sentamos y rellenamos las solicitudes. Cuando salimos de allí, las dos teníamos trabajo. El gerente nos dijo que podíamos trabajar todas las noches que quisiéramos. Era imposible dejar pasar el dinero extra y la flexibilidad. Jade estaba especialmente contenta porque el gerente le había dicho que no había problema si, de repente, tenía que cancelar un turno porque la llamaban para una audición en Manhattan. Las dos empezábamos mañana.

Jade pensó que teníamos que celebrar nuestros nuevos trabajos con una cena y unas copas en la terraza de casa. No me había dado cuenta de lo tranquilo que había sido estar lejos de Justin durante todo el día.

Cuando entramos por la puerta, las mariposas volvieron a revolotear en mi estómago en cuanto olí su colonia. Justin estaba de pie en la cocina bebiéndose una cerveza cuando Jade corrió hacia él y le rodeó el cuello con los brazos. Justin era alto (más de un metro ochenta), pero Jade no era mucho más baja que él. Al lado de ambos, yo era una enana.

¡Dios! ¡Qué guapo estaba!

Justin se había cambiado los pantalones cortos de camuflaje por unos vaqueros oscuros y una camiseta gris con rayas negras que se le ceñía al pecho. Se había hecho algo en el pelo que fui incapaz de distinguir. ¿Se lo había lavado tal vez? Fuera lo que fuese, resaltaba el azul de sus ojos; unos ojos que ahora miraban a los de Jade.

Ella le pasó los dedos por el pelo y luego lo besó.

—Te he echado de menos, cariño. ¿Adivina qué? Las dos hemos conseguido trabajo en el restaurante que hay en la playa.

—¿Les dijiste que en cualquier momento necesitarías ir a Nueva York?

—El hombre dijo que no importaba. Básicamente dijo que podía trabajar cuando quisiera.

—¿En serio? Me parece un poco turbio, pero en fin. ¿Estás segura de que no quiere meterse en tus pantalones, Jade?

—A mí me dijo lo mismo —intervine.

—Bueno, entonces es imposible que sea eso.

Tardé un poco en darme cuenta de que me acababa de insultar. Jade se metió antes de que pudiera elaborar una respuesta.

—Hace buen tiempo. ¿Qué tal si esta noche cenamos todos en la terraza? Podríamos hacer en la barbacoa los filetes que tengo marinándose en la nevera.

No me atreví a decirle que no me gusta la carne roja, así que me callé. Quizá pensara que estaba buscando una excusa para no cenar con ellos.

Mátalo con amabilidad.

—No soy una cocinera increíble, pero puedo hacer una ensalada grande.

Justin golpeó la encimera.

—Genial. Voy encendiendo la parrilla mientras Amelia prepara su ensalada grande.

Empezaba a salir cuando grité tras él.

—¡¿Sabes qué te diría Nana ahora mismo?! Te diría que fueras a lavarte con jabón esa boca tan sucia.

Se dio la vuelta y alzó la ceja.

—El jabón no serviría para nada.

Pensé que debería alegrarme de que me hablara, en vez de fingir que no estaba ahí. Supongo que estábamos progresando, ¿verdad?

Después de cortar la lechuga, las zanahorias, la cebolla roja, los tomates y los pepinos, aliñé la ensalada con una vinagreta casera de miel y mostaza.

La llevé arriba, donde Justin y Jade ya estaban sentados a la mesa. Jade había servido tres copas de Merlot y Justin estaba dándole un sorbo a la suya mientras miraba las olas, que estaban agitadas esa noche.

Cuando empezamos a comer, Justin no me miraba ni me daba conversación. Llené mi plato con ensalada y pan, y pasó un rato antes de que alguien se diera cuenta de que no estaba comiendo nada más.

Jade tenía la boca llena cuando habló.

—Ni siquiera has tocado el filete.

—No me gusta la carne.

Justin se rio.

—¿Por eso no eres capaz de encontrar a un hombre?

Dejé caer el tenedor.

—Eres un idiota, en serio. Ya no te reconozco. ¿Cómo pudimos ser mejores amigos?

—Solía preguntármelo todo el tiempo, hasta que me importó una mierda.

Me levanté de la mesa y bajé las escaleras. Apoyada en la encimera de la cocina, inhalé y exhalé despacio para calmarme.

A mis espaldas, Jade se acercó en silencio.

—No entiendo qué pasa entre vosotros ni por qué se niega a hablar de ello. ¿Estás segura de que nunca habéis estado juntos?

—Ya te lo he dicho, Jade. No fue nada de eso.

—¿Me vas a contar qué pasó?

—Creo que tiene que ser él quien te lo explique. No quiero cabrearle más de lo que ya lo he hecho. Solo puedo decir con total sinceridad que, si está enfadado, es por cómo me fui... Lo que pasó antes de eso es irrelevante.

—Volvamos arriba e intentemos tener una cena agradable.

De vuelta en la terraza, Justin tenía una expresión imperturbable y se estaba sirviendo más vino en la copa. Una parte de mí quería darle una bofetada, pero otra parte se sentía culpable de haberlo enfadado tanto. Decía que no le importaba, pero me negaba a creer que se comportara de esa manera si no fuera así.

Le toqué el brazo.

—¿Podemos hablar?

Apartó el brazo.

—Ya lo he superado. No voy a hablar de nada.

—¿Lo harías por Nana?

Alzó la cabeza y sus bonitos ojos azules se oscurecieron.

—Deja de meterla en esto de una puta vez. Tu abuela era una mujer maravillosa. Fue la madre que nunca tuve. Nunca me dio la espalda, como hicieron casi todas las personas que pasaron por mi vida. Esta casa es ella y por eso estoy aquí. No estoy aquí por ti. Quieres que hable, pero lo que no pareces entender es que no tengo nada que decir sobre lo que pasó hace casi una década. Lo he borrado todo de mi memoria. Es demasiado tarde,

Amelia. No me importa si tú y Jade os hacéis amigas, ¿vale?, pero no te molestes en ser amable conmigo porque no vamos a ser amigos. Me has puesto de mala leche y no quiero pasarme todo el verano así. Somos compañeros de piso, nada más. Deja de fingir que hay algo más. Deja de fingir que te gusta el puto café. Deja de fingir que todo es genial. Déjate de gilipolleces y ve las cosas como son. No significamos nada el uno para el otro. —Se levantó y recogió su plato—. He acabado, Jade. Te veré en la habitación.

Jade y yo nos quedamos sentadas en silencio, sin escuchar nada más que el sonido de las olas rompiendo bajo nosotras.

—Lo siento mucho, Amelia.

—No. Tiene razón. A veces no se pueden arreglar las cosas. —A pesar de las palabras complacientes que habían salido de mi boca, una lágrima me cayó por la mejilla.

Once años antes

Mi madre había salido otra vez por ahí. Solo Dios sabía adónde iba o con quién. No podía contar con mi madre, Patricia, para nada. Solo había dos personas con las que podía contar: Nana y Justin.

Lo único bueno de que mi madre me dejara sola la mayoría de las noches era que podía escabullirme de casa e ir adonde quisiera. Nana creía que mi madre estaba en casa la mitad del tiempo, así que no podía detenerme.

Justin y yo habíamos quedado en quince minutos. Íbamos a ir al centro comercial para pasar el rato con otros alumnos de octavo curso. Esos chicos formaban parte del grupo de guais en el que Justin y yo estábamos intentando entrar. Como los dos quedábamos, sobre todo, el uno con el otro, no pertenecíamos a ningún grupo.

Justin me esperaba en la esquina con las manos en los bolsillos. Me encantaba que llevara la gorra de béisbol al revés y que le asomaran los mechones rubios por los lados. Últimamente me fijaba cada vez más en esos detalles. Era difícil no hacerlo.

Se acercó a mí.

—¿Lista para irnos?

—Sí.

Justin empezó a correr.

—Tenemos que darnos prisa. El próximo autobús es en cinco minutos.

No sabía por qué la idea de salir con aquellos chicos me ponía tan nerviosa. Justin no parecía nervioso en absoluto. Era más confiado que yo en general.

Cuando entramos en el centro comercial, las luces fluorescentes contrastaban con el oscuro invierno del exterior. Se suponía que íbamos a encontrarnos con ellos en la zona de restauración, así que nos dirigimos a un plano del edificio de tres pisos.

Mi corazón latía con fuerza cuando nos acercamos a los dos chicos y a la chica que estaban de pie frente a un puesto de pretzels de Auntie Anne. Justin se dio cuenta de que estaba nerviosa.

—No estés nerviosa, Patch.

Lo primero que recuerdo es escuchar de la boca de Chandler:

—¿Qué cojones es eso?

—¿El qué?

—¿Te has cagado encima, Amelia?

El corazón casi se me salió del pecho mientras me miraba. Sabía que, a pesar de los nervios, no había perdido el control de mis intestinos. Una sabe si eso pasa, ¿verdad? No. Aquello no era caca; era sangre. Y no estaba preparada, porque era la primera vez que me venía la regla. A los trece años, me llegó más tarde que a la mayoría de las chicas que conocía. Y en el peor momento.

Justin miró hacia abajo y luego hacia arriba, hacia mis ojos llenos de pánico.

—Es sangre —le dije.

Sin dudarlo, me hizo un rápido gesto con la cabeza, como si dijera que lo tenía controlado.

—Es sangre —informó.

—¿Sangre? ¡Puaj, qué asco! —exclamó el otro chico, Ethan.

—Amelia se apuñaló con mi navaja cuando veníamos de camino.

Yo estaba mirando hacia abajo, pero alcé la cabeza y le dirigí a mi amigo una mirada de incredulidad.

Los ojos de Chandler se abrieron de par en par.

—¿Se apuñaló a sí misma?

—Sí. —Justin sonrió. Para mi sorpresa, se sacó una navaja de la chaqueta—. ¿Ves esto de aquí? La llevo conmigo a todas partes. Es una navaja suiza. En fin, se la estaba enseñando a Amelia en el autobús. La reté a que se apuñalara en el abdomen. Como la loca que es, lo hizo. Así que, bueno, ahora tiene sangre en los pantalones.

—¿Estás bromeando?

—Ojalá.

Los tres se miraron antes de que Chandler exclamara:

—¡Eso es lo más guay que he oído en mi puta vida!

Ethan me dio un golpe en el brazo.

—En serio, Amelia. ¡Menuda puta pasada! Épico.

Justin se rio.

—Sí, en fin... Como de todas formas casi habíamos llegado, pensamos en venir a saludar... pero igual deberíamos llevarlu u urgencias.

—¡Guay! Ya nos cuentas cómo va.

—Vale.

—¿Qué diablos acabas de hacer? —susurré mientras nos alejábamos.

—No digas nada. Tú camina.

El aire fresco de la noche nos golpeó cuando salimos por las puertas giratorias del centro comercial. Nos quedamos de pie en la acera y nos miramos durante unos segundos antes de romper a reír de forma histérica.

—No puedo creerme que se te haya ocurrido esa historia tan loca.

—No debes avergonzarte de la verdad, pero sabía que te daba vergüenza. Así que quería hacer algo. Te estabas tirando del pelo como una loca.

—¿En serio? No me había dado cuenta.

—Sí. Lo haces cuando estás muy nerviosa.

—No sabía que te habías dado cuenta de eso.

Sus ojos viajaron hasta mis labios cuando dijo:

—Me doy cuenta de todo lo que tenga que ver contigo.

Ruborizándome de repente, cambié de tema.

—No sabía que llevaras una navaja.

—Siempre la llevo. Ya sabes, por si pasa algo cuando salimos. Necesito poder protegerte.

Mi corazón, que hasta hacía un momento latía por culpa de esos imbéciles, ahora lo hacía con fuerza por una razón totalmente diferente.

—Será mejor que me vaya a casa.

—Hay una farmacia justo ahí. ¿Por qué no vas a comprar algo? Pregúntales si tienen un baño que puedas usar.

Entré y utilicé el dinero que había reservado para los videojuegos del salón recreativo del centro comercial para comprar una caja de compresas y ropa interior para abuelas. Ya me ocuparía de los tampones más tarde, cuando tuviera tiempo de averiguar cómo usarlos.

Cuando salí, Justin se quitó la sudadera y me la dio.

—Toma, ponte esto alrededor de la cintura.

—Gracias.

—¿Adónde vamos ahora? —preguntó.

—¿Qué dices? ¡Tengo que ir a casa! Tengo el pantalón lleno de sangre.

—No se ve con mi chaqueta.

—Todavía no me siento cómoda.

—No me apetece volver a casa esta noche, Patch. Sé adónde podemos ir... Donde no conoceremos a nadie. Es un lugar al que voy solo a veces. Vamos.

Justin me guio por las aceras de Providence. Después de unos diez minutos, doblamos una esquina y nos acercamos a un pequeño edificio rojo. Miré el cartel luminoso.

—¿Esto es un cine?

—Sí. Proyectan esas películas que nadie conoce o de las que la gente no habla. ¿Y lo mejor? Ni siquiera les importa la edad que tengas.

—¿Son películas malas?

—No, no son esas películas de desnudos, las que te dije que ve mi padre. Estas son extranjeras con subtítulos y demás.

Justin compró dos entradas y unas palomitas para compartir. El cine olía a humedad y estaba casi vacío, lo cual era perfecto porque esa noche no quería ver a nadie. Aunque los asientos estaban pegajosos, era justo lo que necesitaba.

La cinta era una película francesa con subtítulos llamada L'amour vrai. La fotografía era hipnotizante, y la trama era más seria que las comedias que solíamos ver. Pero era perfecto. Perfecto no solo por lo que había en la gran pantalla, sino por quien estaba a mi lado. Apoyé la cabeza en el hombro de Justin y di gracias a Dios por tener un amigo que siempre sabía lo que necesitaba. También me recorrió una punzada de algo que no podía identificar, un sentimiento que acabaría descubriendo con el tiempo y que alcanzaría su punto álgido poco antes de huir de todo aquello.

Esa no sería la última película independiente que Justin y yo vimos juntos en el pequeño cine rojo. Durante los dos años siguientes, ese lugar se convirtió en nuestro sitio de quedadas secreto. Las películas independientes se convirtieron en algo que nos identificaba. Ir allí significaba que no nos verían en el otro cine ni que nos encontraríamos con gente del instituto. Era un sitio en el que ambos podíamos escapar de la realidad sin ser vistos; un sitio en el que podíamos estar juntos y perdernos en un mundo diferente al mismo tiempo.

La tarde siguiente escuché, desde mi ventana, cómo Justin se sentaba en la entrada de Nana y tocaba una canción que nunca le había oído interpretar. Sonaba como I Touch Myself de los Divinyls, pero él la había cambiado por I Stab Myself.

Era imposible no querer a ese chico.

4

Pasaron un par de semanas y las cosas no mejoraron entre Justin y yo. En vez de burlarse de mí, se había resignado a ignorarme.

La casa tenía cuatro habitaciones. Como yo había convertido una de ellas en una sala de ejercicios, Justin utilizaba la otra como despacho durante el día. A menudo se oía su voz apagada detrás de la puerta mientras hacía llamadas de trabajo. Al parecer, la empresa para la que trabajaba vendía *softwares* para empresas.

Jade y yo trabajábamos casi todas las noches en Sandy's, así como alguna que otra tarde. Un día en particular, estábamos en el descanso cuando escuchamos al dueño del restaurante, Salvatore, quejarse de que la banda que actuaba la mayoría de las noches había abandonado de repente. Sandy's debía de ser el lugar más famoso de toda la isla para ir a escuchar música en directo. Era más conocido por eso que por la comida, así que aquello no auguraba nada bueno para el negocio.

Jade me hablaba en voz baja.

—Me pregunto si Justin estaría interesado en tocar aquí.

Ya me encontraba algo mal esa tarde, pero la simple mención de su nombre me revolvió aún más el estómago.

—¿Crees que querría tocar en un sitio como este?

—Bueno, está acostumbrado a lugares más grandes, pero tampoco es que esté haciendo ahora otra cosa. Se ha tomado el verano libre, pero tengo la sensación de que se arrepiente. Ha estado de muy mal humor desde que llegamos. Creo que tiene ganas de volver a tocar y le vendría bien volver un poco al juego. Tampoco es que haya presión alguna; aquí no le conoce nadie.

La idea de ver tocar a Justin me ponía la piel de gallina. Por un lado, sería increíble; por otro, me resultaría doloroso tener que aguantar que estuviera aquí por la noche. Lo más probable era que no aceptara, así que me prometí a mí misma no obsesionarme a menos que se hiciera realidad.

—Voy a hablar con Salvatore —dijo Jade.

Intenté cambiar de tema.

—¿Crees que Justin y tú os casaréis? —No sé por qué hice esa pregunta, pero tenía curiosidad por saber si iban en serio.

Jade vaciló.

—No lo sé. Le quiero mucho y espero que sí, pero deberíamos resolver nuestras diferencias.

—¿Diferencias? ¿Cómo cuál?

Le dio un sorbo al agua y luego frunció el ceño.

—Bueno, Justin no quiere tener hijos.

—¿Qué? ¿Te ha dicho eso?

—Sí. Dice que le parece irresponsable traer niños al mundo si no estás cien por cien seguro de tus capacidades como progenitor. Considera que sus padres no deberían haber tenido hijos y no cree que sea para él.

—¿En serio?

—No me malinterpretes. No quiero tener hijos en un futuro próximo. Ahora mismo mi carrera profesional es lo primero, pero algún día me gustaría tenerlos. Así que, si sigue convencido de que no quiere hijos, eso podría ser un problema.

—Seguro que cambia de opinión cuando sea más mayor. Todavía es muy joven.

Negó con la cabeza.

—No lo sé. Yo diría que habla en serio. Ni siquiera quiere acostarse conmigo sin condón, a pesar de que tomo la píldora y somos monógamos. Se niega a correr el más mínimo riesgo porque tiene mucho miedo. Es muy paranoico.

Tratando de bloquear las imágenes de ellos teniendo sexo, simplemente dije:

—¡Vaya!

Me entristeció mucho que Justin se sintiera así por culpa de sus padres. Los dos trabajaban muchísimo y no le prestaron suficiente atención cuando era pequeño. Su madre siempre estaba de viaje de negocios; por eso Nana era tan importante para él. La verdad era que mi madre tampoco debería haber tenido una hija, pero su penosa educación no me impidió querer ser madre algún día.

Jade me miró más de cerca.

—¿Te encuentras bien?

Creo que el estrés de mi reencuentro con Justin había acabado afectándome. Tenía los nervios a flor de piel y acabaron provocando que me encontrara mal.

—La verdad es que llevo todo el día encontrándome mal. Tengo el estómago revuelto y me duele la cabeza.

—¿Por qué no te vas a casa temprano? Cubriré tu turno y le diré a Janine lo que pasa.

—¿Estás segura?

—Por supuesto.

—Estoy en deuda contigo.

—Créeme, llegará el día en que me llamen de Nueva York y podrás saldarla.

—Vale —dije, tras lo cual me levanté y me desabroché el delantal negro que tenía atado a la espalda.

Durante todo el trayecto a casa, a pesar de habérmelo prometido, mis pensamientos volvieron a Justin y al hecho de que Jade iba a intentar conseguirle el bolo en Sandy's. Hacía años que no le escuchaba cantar. Me pregunté cómo sonaría ahora que su voz era más grave y tenía años de práctica.

El viejo Range Rover negro de Justin estaba aparcado fuera de casa. Se esperaba que Jade y yo estuviéramos en el trabajo. Tenía que pasar por la cocina para subir a mi habitación y deseé no tener que encontrarme con él ahora que Jade no estaba aquí como intermediaria.

El alivio me invadió cuando entré en la cocina vacía. Agarré una botella de agua y unas pastillas para el dolor de cabeza, y subí las escaleras de puntillas para que Justin no se diera cuenta de que estaba en casa.

El sonido de una fuerte respiración procedente de su habitación me detuvo en lo alto de la escalera. Oí el roce de las sábanas. El corazón empezó a latirme más rápido. Pensaba que no habría nadie en casa.

¡Dios mío!

Debe de estar con una chica ahí dentro.

¡Mierda!

¿Cómo ha podido hacerle eso a Jade?

Fuera como fuese, tenía que pasar por delante de su habitación para llegar a la mía. Menos mal que Nana puso moqueta en el pasillo. Cubriéndome el pecho con la mano, me arrastré despacio hacia su puerta, que estaba abierta de par en par. Cerré los ojos durante un instante para prepararme para lo que podría presenciar cuando mirara al interior.

Nada podría haberme preparado para lo que había detrás de esa puerta.

No había ninguna chica.

Justin estaba tumbado solo en la cama y tenía los ojos cerrados con fuerza. Tenía los vaqueros desabrochados y bajados hasta la mitad de las piernas. Su mano izquierda rodeaba con firmeza su enorme pene mientras se presionaba los testículos con la otra mano.

¡La madre que...!

Tragando la saliva que se me estaba acumulando en la boca, observé el movimiento giratorio que hacía con fuerza con la mano. Estaba tan excitado y húmedo que se oía el sonido resbaladizo que hacía la mano mientras ascendía y descendía por su miembro.

Sabía que espiarlo estaba mal. De hecho, aquello era lo más bajo que había hecho en mi vida. Sin embargo, no podía mirar hacia otro lado. De ninguna manera. Si aquel iba a ser el motivo por el que iría al infierno, que así fuera. Nunca había presenciado algo tan intenso y nunca imaginé que pudiera obtener tanto placer él solo.

Quería ver cómo acababa.

Necesitaba ver cómo acababa.

La boca de Justin estaba abierta y la punta de su lengua se deslizaba despacio hacia delante y hacia atrás por su labio inferior, como si estuviera buscando el sabor de algo o de alguien.

Quería que fuera yo.

Mi cuerpo se estaba estremeciendo y mi clítoris estaba palpitando. El deseo de estar con él, de unirme a él, era inmenso. Estaba tan embelesada por cada uno de sus movimientos que ya no pensaba en si mirarlo estaba bien o mal.

Hipnotizada.

Empezó a agarrar las sábanas con el puño mientras se follaba la palma más rápido. Con cada movimiento, mis músculos se apretaban más. Estaba mojada, desconcertada por cómo mi mente se había entregado por completo a mi cuerpo.

Los gemidos bajos y profundos de placer que salían de su boca lo empeoraban aún más. Sabía de todo corazón que aquello (ver cómo se masturbaba) era lo más excitante que había experimentado jamás. Excitarme solía suponer un gran esfuerzo para mí. Necesitaba mi vibrador y ver porno e, incluso así, a veces me resultaba imposible relajarme lo suficiente como para tener un orgasmo. En ese momento, en cambio, tenía que cruzar las piernas para controlar la necesidad que se acumulaba entre ellas.

Mientras se lamía de nuevo el labio inferior, mi lengua me cosquilleaba imaginando cómo sería tener su boca húmeda en mis labios. Mientras seguía subiendo y bajando la mano, imaginé que era yo quien rodeaba su miembro. Nunca había deseado a nadie tanto como a él en aquel momento.

La parte posterior de su cabeza hacía presión contra el cabecero, por lo que tenía el pelo revuelto. El tintineo de la hebilla de su cinturón se acentuó a medida que movía las caderas y su puño se esforzaba por seguir el ritmo. La intensidad que desprendía su forma de darse placer me dejó totalmente asombrada.

Su respiración se volvió todavía más agitada y se le pusieron los ojos en blanco. Tragué con fuerza y contemplé, hipnotizada, los chorros de semen que salían de su corona como una fuente. Los gruñidos de placer que se le escapaban cuando llegó al orgasmo eran los sonidos más sensuales que había oído salir de la boca de un hombre en mi vida.

Sentía que el corazón se me iba a salir del pecho. Ver cómo se desarrollaba todo eso había hecho que perdiera el sentido de la realidad. Parecía que había experimentado cada movimiento, cada sensación, junto con él, excepto que no se me permitía correrme. Era como si hubiera perdido la cabeza. Eso era lo único que podía explicar que mi cuerpo decidiera traicionarme, dejando escapar un suspiro involuntario, ¿un *gemido*? No estaba segura y ni siquiera podría decir lo que había sido, salvo que el sonido que emití hizo que Justin diera un salto hacia atrás. Su cabeza se giró hacia mí y sus sorprendidos ojos se encontraron con los míos durante un breve segundo, antes de que bajara las escaleras corriendo.

Humillada.

Muerta de vergüenza.

Sentía el corazón en la boca. Tras escapar por la puerta principal y bajar en dirección al mar, seguí corriendo sin rumbo por la arena. En un momento dado, a un kilómetro y medio de la playa, tuve que parar para recuperar el aliento, aunque quería seguir corriendo. Me había quedado tan absorta con Justin que se me había olvidado lo mal que me encontraba esa tarde. Todo me volvió a golpear cuando me tropecé, caí sobre la orilla y vomité en el océano.

Me derrumbé en la arena y debí de quedarme ahí sentada durante más de una hora. El sol empezaba a ponerse y la marea estaba subiendo. Sentía que todo se me venía encima. Y sabía que no podía evitar volver a casa para siempre.

¿Y si Justin le decía a Jade lo que había hecho?

Que lo había estado mirando.

¡Dios!

Me crucificaría por eso.

¿Qué excusa podría darle que explicara por qué estaba escondida detrás de su puerta, viendo cómo eyaculaba, como si fuera un espectáculo de fuegos artificiales del 4 de julio?

Decidí que tenía que llegar a casa antes que Jade. Tal vez podría convencerle de que no dijera nada. Me quité la arena de los muslos y me dirigí a casa.

Casi se me paró el corazón cuando me encontré a Justin de pie en la cocina, bebiendo de un bote de zumo de naranja de dos litros. Me quedé en silencio detrás de él y advertí que devolvía el envase a su sitio.

Justin se dio la vuelta y al fin se dio cuenta de que estaba allí. Tenía el pelo mojado, lo que hacía que pareciera castaño en vez de rubio. Debía de haberse duchado para eliminar la incomodidad de nuestro encuentro. Con un aspecto dolorosamente atractivo, con una camiseta marrón desgastada que se le ajustaba al pecho como un guante, se limitó a mirarme fijamente.

Aquí viene.

Me preparé para unas palabras humillantes. El corazón se me iba a salir del pecho mientras seguía mirándome sin decir nada. Se acercó lentamente a mí y se me tensaron todos los músculos del cuerpo. Iba a gritarme a la cara.

¡Mierda!

Justin se paró a unos centímetros de mí. Olía tan bien, como a jabón y colonia. Podía sentir el calor que desprendía su cuerpo y mis rodillas empezaron a debilitarse. Me miró fijamente a los ojos. No era una mirada furiosa, pero tampoco una mirada feliz o divertida.

Tras varios segundos de silencio, inspiró hondo y dijo:

—Hueles a vómito.

Justo cuando abrí la boca para responder, se dio la vuelta y se alejó en dirección a las escaleras antes de desaparecer.

¿Eso era todo?

¿Huelo a vómito?

¿Iba a dejarlo pasar? ¿O se lo estaba guardando para más tarde, cuando Jade llegara a casa? Tendría que esperar para averiguarlo mientras me carcomía la ansiedad.

El negocio de Sandy's se había resentido mucho desde que perdieron a The Ruckus, su principal grupo musical. Salvatore se las había arreglado para llenar el local cada noche con artistas locales mediocres, pero la gente estaba notando la diferencia. El local se vaciaba mucho antes de lo normal y, en general, no teníamos tantos clientes.

Sabía que Jade había hablado con Justin para que se encargara de algunas noches, pero lo último que supe es que no estaba interesado. Así que uno podía imaginarse mi sorpresa cuando se presentó en Sandy's un viernes por la noche con la correa de su guitarra cruzándole el pecho.

No me di cuenta de que era él hasta que me miró. Las mariposas se me agolparon en el estómago cuando me di cuenta de que se había quedado cerca de la puerta, como si no supiera adónde ir. Como hacía un frío inusual, llevaba una sudadera con capucha y un gorro de color azul marino. ¡Dios! Estaba muy sexi con ese gorro. Siempre parecía resaltarle los ojos. La verdad es que estaba sexi con cualquier cosa, pero hoy estaba especialmente guapo porque tampoco se había afeitado en varios días.

Teniendo en cuenta cómo me había tratado, mi atracción física por él no dejaba de sorprenderme. Era más fácil centrarse en lo físico, supongo. El exterior de Justin, que era tan diferente de lo que recordaba, ayudaba a distraerme de lo que sabía que había dentro. La verdad era que, por mucho que lo deseara a nivel físico, seguía sin compararse con el anhelo que me quedaba por mi viejo amigo. En algún lugar, oculto bajo los músculos y la belleza, sabía que seguía ahí dentro y eso me frustraba.

Por lo que sabía, Justin nunca llegó a mencionarle el encuentro pajero a Jade ni me torturó al respecto. No sabía por qué había decidido dejarlo pasar, pero le estaba eternamente agradecida.

A Jade la habían llamado esa mañana de la ciudad para que hiciera una audición. Supuse que se volvería con ella.

Dejé de pasarle un trapo a la mesa que estaba limpiando y me acerqué a él.

—¿Qué haces aquí?

Levantó la guitarra.

—¿A ti qué te parece?

—Creía que te habías ido a Nueva York con Jade.

—No va a estar mucho tiempo fuera. Y ya me he comprometido con este... *concierto.* —Lo dijo casi con desprecio.

—Pensaba que estabas en contra de tocar aquí. Te oí decirle a Jade que preferías tocar en una cárcel que en una vulgar cabaña de playa.

—Bueno, supongo que le enseñó a vuestro jefe algunos vídeos míos y me hizo una oferta que no pude rechazar.

—¿Cuánto tiempo vas a tocar aquí?

—No lo sé. Unas pocas semanas. Hasta que nos vayamos.

—¿No os vais a quedar todo el verano?

—No. Ese nunca fue el plan.

La decepción se apoderó de mí. Debería haberme alegrado de que se fuera pronto, pero escuchar esa noticia tuvo el efecto contrario en mí.

—¡Vaya! Bueno... ¿necesitas que te enseñe el local?

—Estoy bien —respondió antes de alejarse de mí para dirigirse hacia la parte trasera del restaurante.

Justin desapareció durante al menos una hora. Su concierto estaba programado para las ocho, por lo que le quedaban unos veinte minutos antes de la hora del espectáculo.

Me picó la curiosidad y fui en su busca. La puerta de una de las habitaciones traseras estaba abierta y vi cómo bebía de una botella de cerveza con expresión estresada. Me pregunté si se ponía nervioso antes de tocar para un público. A pesar de que consideraba que tocar aquí era una broma, estaba a punto de exponerse.

Sus ojos se desviaron hacia un lado y se fijó en mí. Nos quedamos mirándonos el uno al otro. Era irónico, pero las únicas veces que sentía nuestra antigua conexión era durante los fugaces momentos en los que establecíamos un contacto visual silencioso. A veces, los momentos de silencio eran los que más hablaban.

Volví a dejarlo solo y me dirigí al restaurante para atender a los clientes que había estado ignorando.

El local empezaba a estar muy concurrido. Sin Jade trabajando esa noche, nos faltaba personal, y me estaba costando mucho seguir el ritmo de los pedidos. Sandy's tenía mesas dentro y fuera. Normalmente yo solo trabajaba en una sección, pero aquella noche iba y venía entre las dos.

Hacía buen tiempo, así que sabía que Justin tocaría fuera. No dejaba de mirar hacia el pequeño escenario para ver si ya estaba allí. Eran más de las ocho y aún no había aparecido.

Cerca de las ocho y media, estaba sirviéndoles a un grupo de diez personas cuando lo oí por primera vez: el sonido escalofriante de una voz llena de sentimiento que no me resultaba familiar. No se presentó. No hizo ninguna introducción. Simplemente empezó a cantar las primeras palabras seguidas del rasgueo de su guitarra. La canción que Justin había elegido para empezar era una versión de *Ain't No Sunshine* de Bill Withers.

La sala entera tardó poco en calmarse y todas las miradas se centraron en el impresionante espécimen masculino que estaba iluminado por el foco de luz. A pesar de que llevaba una bandeja grande con platos sucios, fui incapaz de moverme. La vibración de la voz áspera y ronca con la que cantaba me había paralizado por completo y había penetrado en mi cuerpo y en mi alma.

Aparte de la única lágrima que cayó la noche que se cabreó conmigo durante la cena de los filetes, no había derramado más lágrimas, hasta ahora. Todo era demasiado. Escuchar lo diferente que sonaba su voz, cómo la había entrenado a lo largo de los años, fue una llamada de atención sobre lo mucho que me había perdido. Todas las horas de práctica que debió de haber dedicado a perfeccionarla y yo no estaba allí para presenciarlo. La culpa, las emociones, la realidad de una década perdida..., todo empezó a golpearme a la vez. Por no hablar de la canción, que iba sobre una chica que se marchaba. Lo más probable era que no tuviera nada que ver conmigo, pero en mi mente sí que sentí que se trataba de mí.

Había que tener auténtico talento para tocar en solitario de forma acústica. Todos los ojos estaban puestos en ti y solo en ti. No había distracciones que pudieran restarle importancia a una voz desafinada o a cualquier otra metedura de pata. Justin cantó la canción de forma impecable. La vibración de su voz fue como si todo mi ser recibiera un profundo masaje. Se me llenó el corazón de orgullo. Le gustara o no, estaba muy orgullosa de él.

Al mismo tiempo, sentí una ráfaga de excitación, como una adolescente que veía en concierto a un grupo compuesto solo por chicos. La adrenalina me recorría el cuerpo. Una parte de mí quería gritar: *¡Ese es mi Justin! ¡Lo conocí hace tiempo!* Otra parte de mí quería correr hacia el escenario y rodearlo con los brazos.

La forma en la que sus dedos tocaban la guitarra, sin esfuerzo, casi rivalizaba con la sensualidad de su voz. Las mujeres empezaron a abandonar sus mesas y a arrojarle dinero a los pies.

¡Por Dios!

¿Pensaban que se iba a desnudar o algo así si le daban suficiente dinero? Nunca había visto a nadie arrojar dinero de esa forma. Desde luego, nunca le arrojaron billetes de un dólar a The Ruckus. Supongo que ese era el efecto que tenía Justin en las mujeres.

En la tercera canción, necesitaba un respiro. Me retiré al baño y me eché agua en la cara antes de volver a las mesas, justo a tiempo para oírle hablar al micrófono con una voz baja y sensual.

—Soy Justin Banks, de Nueva York. Estaré aquí durante las próximas semanas. Gracias por venir esta noche.

Sonaron aplausos y algunos silbidos. Mi concentración en Justin me había impedido atender a mis clientes. Unos cuantos me hicieron señas, ansiosos de que les rellenara el vaso, así que apunté sus pedidos y me dirigí a la barra.

Justin le dio un sorbo a la cerveza y volvió a hablarle al micrófono.

—La siguiente canción la escribí hace poco. Espero que os guste. —Rasgueó la guitarra una vez y añadió—: Se llama *Le gusta mirar*.

Mi cuerpo se paralizó al escuchar el título y tardé unos segundos en asimilarlo.

—Esta canción va dirigida a todos esos pequeños mirones que hay por ahí. Ya sabéis quiénes sois.

La represalia a la que supuse que había renunciado tan solo había sido postergada y ahora yo iba a recibirla con todo su esplendor. Me negué a mirar hacia el escenario. El camarero colocó las bebidas frente a mí y obligué a mis tambaleantes piernas a moverse lo suficiente para dejarlas en manos de los clientes antes de que empezara la canción.

Finge ser una buena chica,
Refinada y tranquila.
Pero ya me lo decía mi padre,
Esas son las peores.

Resulta que tenía razón.
Como descubrí la otra noche...

Le gusta mirar.
Mmmmmm... Le gusta mirar.
Crees que estás solo,
Hasta que oyes ese pequeño gemido.
Le gusta mirar.
Mmmmmm... Le gusta mirar.

Te pillará desnudo y expuesto,
Cuando crees que la puerta está cerrada.
Es una princesa y una mirona,
La curiosidad la destruirá.
Tal vez la terapia te cure,
Todavía estás a tiempo, Amelia.
Le gusta mirar.
Mmmmmm... Le gusta mirar.
Y mi amiga fetichista
Insiste en quedarse hasta el final.
Le gusta mirar.
Mmmmmm... Le gusta mirar.

Cuando la canción acabó, el público enloqueció. Al parecer les encantó la idea que había detrás. ¿De verdad tenía que incluir mi nombre? Una parte de mí estaba muerta de vergüenza, pero tenía que admitir que otra parte de mí estaba... aliviada. Que escribiera la canción era un pequeño recordatorio de cómo habían sido las cosas entre nosotros.

Cuando por fin me atreví a mirarle, esbozó una sonrisa traviesa antes de pasar a la siguiente canción. Estaba segura de que se había dado cuenta de que había conseguido avergonzarme.

¡Bien jugado!

Esa noche, al volver a casa, Justin se retiró a su habitación sin dirigirme la palabra. Me sentí un poco rara al saber que, por primera vez, estábamos solos sin Jade. Pero la sensación duró poco.

A las once de la mañana siguiente, seguía en la cama cuando oí que se abría la puerta principal. Me llegaron los sonidos apagados de las voces de Jade y Justin mientras se reunía con él en su habitación. Debía de haberse ido de la ciudad muy temprano.

Aunque me gustaba mucho Jade, su regreso trajo consigo algo inquietante. Siempre sentía unos celos que me eran imposibles de evitar. Cuando la cama empezó a crujir, me entraron náuseas.

¡Joder!

Se había pasado tres minutos en casa antes de abalanzarse sobre él. No podía decir que la culpara lo más mínimo, pero no quería oírlo. Me cubrí la cabeza con la almohada, cerré los ojos y me recordé a mí misma que ambos se irían en unas semanas.

Tres semanas.

Hacia el mediodía, me puse un vestido veraniego de felpa antes de reunirme con Justin y Jade en la planta baja. El sol que entraba en la cocina era cegador.

Justin sonrió y levantó la cafetera.

—¿Café?

Le dediqué una amplia sonrisa.

—¿Sabes qué? Sí, me encantaría.

Decidida a continuar aparentando que me encantaba el café de Justin, me negué a echarme atrás. Por desgracia, mi cuerpo se estaba acostumbrando al exagerado nivel de cafeína y la única mañana que no lo había tomado, el café normal no sirvió de nada. Me estaba volviendo adicta a la fusión de cafés de Justin y eso era una mierda.

—Bueno, ¿qué tal fue anoche en Sandy's? ¿Mi chico los dejó boquiabiertos?

—Fue increíble. A todo el mundo le encantó.

Los ojos de Justin se encontraron con los míos durante un breve instante. Quería que supiera que lo decía de verdad.

No le dio importancia.

—Estuvo bien. Me mantendrá ocupado mientras estemos en este sitio.

—¿Qué tocaste?

—Probé una canción nueva.

Tragué saliva.

—¿La que me tocaste la otra noche? —preguntó.

—No. Una diferente.

Me di cuenta de que, seguramente, Justin había escogido tocar anoche *Le gusta mirar* porque Jade no estaba allí. Seguía desconcertándome que se guardara para sí mismo lo que había pasado, cuando podría contárselo y avergonzarme.

Me sonrió.

—¿Quieres que te eche más, Amelia?

Le lancé una sonrisa aún más amplia.

—Espero que no te importe, pero esta cosa me está empezando a gustar mucho. ¡Toda una sorpresa!

—Bueno, sé que te encantan las sorpresas.

Puse los ojos en blanco. Por suerte, era imposible que Jade supiera a qué se refería.

El hecho de que me sirviera café seguía siendo una broma. Pensaba que me estaba bebiendo ese brebaje para fastidiarle, pero le había salido el tiro por la culata. No se había dado cuenta de que me estaba volviendo adicta y que de verdad quería bebérmelo. De todas formas, el intercambio de café matutino era la única oportunidad que tenía de comunicarme con él con toda normalidad, así que lo aprovechaba.

Jade pasó los dedos por el pelo revuelto de Justin.

—He visto que Olivia comentó tu *post* de Instagram anoche.

Con actitud molesta, apartó la mano de Jade.

—Jade..., no.

Tuve que preguntar.

—¿Quién es Olivia?

—La ex de Justin. Trabaja en la industria musical y es todo un incordio. Le comenta todo lo que publica, a pesar de que sabe que tiene novia. Es muy irrespetuosa.

—No puedo evitar que comente mis cosas —gruñó Justin.

Estaba segura de que había muchas exnovias.

Olivia.

¡Vaya!

¿En serio yo también estaba celosa de otra persona, cuando no tenía derecho a estar celosa en absoluto? Era patético. Cuando se trataba de él, mis celos no eran nada nuevo.

Mi incapacidad para gestionar esos sentimientos fue un factor determinante para que me mudara y, en última instancia, cambió el curso de nuestras vidas.

Diez años antes

—No me gusta que empiecen a jugar a estas cosas.

—No tenemos que quedarnos aquí si no quieres, Patch —me susurró Justin al oído. Su aliento cálido provocó que un escalofrío me recorriera la columna vertebral.

—No pasa nada —contesté.

—¿Estás segura?

—Sí.

Un grupo de chicos del instituto pasaba el rato en el sótano de Brian Bosley. De vez en cuando, Brian sugería que todos nos pusiéramos a jugar a «verdad o giro». Era una combinación del verdad o reto y del juego de la botella. Brian seleccionaba a las «víctimas», como él las llamaba. Hacía una pregunta y, si la persona se negaba a contestar, Brian giraba la botella verde de Heineken. La víctima tenía que besar a quien la botella señalara. El beso tenía que durar un minuto entero; esa era la regla.

Era divertido verlo, siempre y cuando no mencionara el nombre de ninguno de los dos. Parte del trato para que nos volvieran a invitar a casa de Brian era seguir sus juegos. Por alguna razón, las últimas veces que vinimos no nos había elegido ni a Justin ni a mí para participar.

—Banks.

Me dio un vuelco el corazón cuando escuché el apellido de Justin.

—¿Sí?

—Te toca.

—¡Mierda! —murmuró Justin en voz baja.

Me lanzó una mirada de preocupación antes de que Brian planteara la pregunta.

—Pregunta: ¿Quieres o no quieres tirarte a Amelia en secreto?

La cara de mi mejor amigo se puso roja. Creo que nunca la había visto de ese color. El corazón me latía con fuerza. No podía creerme que Brian le hubiera preguntado eso, y me daba mucho miedo la respuesta.

Negó con la cabeza.

—Paso.

Brian sonó sorprendido ante la negativa de Justin.

—¿Pasas? ¿Estás seguro?

—Paso.

—Vale, bien. —Brian no perdió tiempo en inclinarse para girar la botella. El cristal giró, raspando el suelo laminado del sótano antes de detenerse.

—¡Oh! Tu víctima no tan afortunada es... ¡Sophie!

Justin me miró. La preocupación en sus ojos era tangible, pero sabía que tenía que seguir adelante.

—Un minuto —recordó Brian.

Sophie, que había estado sentada en el suelo, se arrastró hacia él. Tuve que ver, desolada, cómo Justin presionaba sus labios contra los de ella. La chica abrió la boca de par en par y le rodeó la parte posterior de la cabeza con las manos, atrayéndolo con más fuerza hacia ella y prácticamente comiéndole la cara. Siempre supe que le gustaba.

Sentí cómo se me rompía el corazón con cada segundo que pasaba. Fue el minuto más largo de mi vida. Era la primera vez que el monstruo de los celos asomaba su fea cabeza hasta ese punto. También fue la primera vez que me di cuenta de lo fuertes que eran mis sentimientos por él.

Cuando acabó el minuto, Justin se limpió los labios con el dorso de la mano y volvió a acercarse a mí. Ni siquiera lo miré. Sabía que no debía enfadarme, pero no podía controlar mis sentimientos.

—¿Estás bien? —preguntó.

Seguí con la mirada puesta en mis zapatos.

—Vámonos.

Me siguió.

—Patch, solo es un juego.

—No quiero hablar de ello.

Empezamos el silencioso e incómodo camino a casa. Me detuve de repente en mitad de la acera y me volví hacia él.

—¿Por qué no has respondido a la pregunta?

Se limitó a mirarme durante mucho tiempo antes de admitir:

—No sabía qué decir.

—¿A qué te refieres?

—Si hubiera dicho que no, habría herido tus sentimientos. Si hubiera dicho que sí..., las cosas se volverían raras entre nosotros. Y no quiero eso. Jamás.

—¿Ha sido tu primer beso?

Vaciló, mirando al cielo oscuro, y luego susurró:

—No.

Sacudí la cabeza y comencé a caminar delante de él. Sentía que ya no lo conocía.

—Patch, vamos. No te pongas así.

Las lágrimas empezaron a caer. Estaba llorando y ni siquiera sabía el motivo exacto. Esa fue la primera vez que me di cuenta de que me había enamorado de él. Amaba a Justin. Más que a un amigo, más que a nada. Estaba tan enfadada conmigo misma...

Mi mayor temor era perderlo. Y me di cuenta de que sucedería algún día.

Tal vez ya estaba sucediendo.

5

Una semana después, Justin se había convertido prácticamente en la estrella local de Newport. El público de Sandy's se había duplicado desde que se convirtió en el entretenimiento nocturno. Como era de esperar, los nuevos clientes eran sobre todo mujeres jóvenes que habían oído hablar del nuevo guitarrista.

Una tarde, Jade y yo salíamos por la puerta de casa para ir a trabajar cuando le sonó el móvil.

—¡Mierda! Espera, es mi mánager —dijo.

Esperé en la puerta a que atendiera la llamada.

Después de unos segundos, empezaron a temblarle las manos.

—Estás de broma. ¡Estás de broma! —Dando saltos, se tapó la boca—. ¡Dios mío! ¡Dios mío! Sí, claro que puedo. —Finalmente, dejó escapar un grito de emoción—. ¡Gracias, Andy! ¡Gracias por contármelo! ¡Dios mío! Entonces, ¿qué toca ahora? Vale. Vale. Te llamaré esta noche —dijo antes de colgar.

—¿Qué pasa?

Jade soltó un grito de alegría y me abrazó, con su huesudo cuerpo presionando mi exuberante pecho.

—He conseguido el papel de suplente para un papel bastante importante en *The Phenomenals*... ¡en Broadway! Fue una de las dos audiciones que tuve la semana pasada. Pensaba que no tendría ninguna posibilidad. ¡En un principio mi mánager ni siquiera iba a enviarme! —Cuando dejó escapar otro fuerte chillido, Justin bajó las escaleras.

—¿Qué cojones está pasando aquí abajo?

Jade corrió hacia él y se lanzó a sus brazos.

—¡Cariño! ¡He conseguido el papel de suplente para el papel de Verónica en *The Phenomenals*!

—¿En serio? ¡Joder! ¡Es una puta pasada! —La levantó en el aire y le dio vueltas.

Sintiéndome incómoda y sujetavelas, me aclaré la garganta y dije:

—Felicidades, Jade. Me alegro mucho por ti.

Justin la dejó en el suelo.

—¿Cuándo va a pasar todo esto?

—Quieren que esté en Nueva York en un par de días.

Parecía hecho polvo.

—¡Oh, mierda! Vale. Mmm. Ojalá no me hubiera comprometido con esos conciertos en Sandy's; habría vuelto contigo.

—No pasa nada. Solo le prometiste un par de semanas más, ¿verdad? Pasará rápido.

—Sí.

Jade sonrió.

—Sé amable con Amelia.

Desde el momento en que se fue Jade, Justin se esforzó aún más en quedarse en su habitación durante el día y en ignorarme en el restaurante. No volvió a tocar *Le gusta mirar*.

Aparte de reunirme con él en la cocina cuando sabía que se estaba tomando el café, no hubo ninguna otra interacción. Parecía que la marcha de Jade estaba distanciándonos aún más. Y así transcurrieron los días hasta que, una tarde, todo cambió.

Acababa de llegar a casa de un turno de tarde en Sandy's, cuando me pareció oír que alguien vomitaba de forma espantosa en el piso de arriba. Sin pensármelo dos veces, subí corriendo las escaleras y me encontré a Justin desplomado con la cara dentro del inodoro.

—¡Madre mía! ¿Estás vomitando?

—¡Qué va! Le estoy haciendo un *cunnilingus* al váter. ¿Tú qué crees?

—¿Has comido algo en mal estado?

Negó con la cabeza antes de que otro volcán de vómito entrara en erupción en el inodoro. Aparté la mirada hasta que acabó.

—¿Te traigo...?

—Vete, Amelia. —Tiró de la cadena.

Una persona enferma desprendía algo que mostraba a su niño interior. A pesar de que Justin intentaba hacerse el duro, en ese momento parecía indefenso.

—¿Estás seguro de que no quieres que...?

—¡Vete! —gritó, ante lo que mi cuerpo se estremeció.

Mientras empezaba otra ronda de vómitos, volví a bajar las escaleras de mala gana.

Después de varios minutos, oí cómo regresaba a su habitación. Me quedé abajo durante una hora. Todo estaba inusualmente tranquilo. En un día normal se movía por su habitación, por lo que supe que se había dormido o que estaba acostado. Como soy una persona paranoica, empecé a imaginarme que a lo mejor se había desmayado a causa de la deshidratación. No había bajado a beber agua. Teniendo en cuenta todo lo que había vomitado, eso era peligroso.

Hice de tripas corazón y subí las escaleras. Llamé a la puerta con suavidad y no me molesté en esperar a que respondiera antes de entrar.

—¿Justin?

Estaba tumbado de lado, con la cabeza apoyada en la almohada y los ojos abiertos. Me estaba mirando fijamente, pero parecía que tenía los ojos vidriosos.

—¿Estás bien?

—No.

Sin pedir permiso, me acerqué y le puse la mano en la frente. Estaba caliente.

—Estás ardiendo. Hay que tomarte la temperatura.

Corrí al baño y busqué un termómetro en el botiquín antes de volver con Justin.

—Métetelo en la boca.

Se rio.

—Esa suele ser mi frase.

Puse los ojos en blanco.

—Hazlo —exigí. Me sentí un poco aliviada por que estuviera bromeando conmigo.

Por sorprendente que pareciera, no se resistió a que le tomara la temperatura. El termómetro mostró que tenía una fiebre muy alta.

—Tienes treinta y nueve grados. ¿Esta noche tenías que tocar?

—Mmm —gimió.

—Voy a llamar a Salvatore para decirle que no puedes ir.

—No. Veré cómo me encuentro dentro de una hora.

—Es imposible que puedas tocar así.

—Lo llamaré dentro de una hora —insistió.

El móvil de Justin vibró y se acercó para comprobar quién era antes de volver a colocarlo sobre la mesita de noche.

—¿Era Jade?

—Sí.

—¿Sabe que estás enfermo?

—Sí.

—¿Esta noche ensaya?

—No.

—¿Va a venir?

—No. ¿Por qué iba a venir hasta aquí porque tengo fiebre?

No tenía una respuesta. Solo sabía que, si mi novio estuviera enfermo, querría estar con él. A lo mejor Justin le había restado importancia.

—¿Quieres algo?

—Nada. Privacidad. Eso es lo que quiero.

—Te voy a traer algo de beber. Me da igual lo que digas. Te vas a deshidratar.

—¡Que sea algo fuerte si vas a seguir jugando a las enfermeras! —gritó a mis espaldas.

Bajé las escaleras y volví con una botella de agua y una toalla pequeña. Le di la botella y dos paracetamoles.

—Toma. Bebe. —Justin se tragó las pastillas y bebió un sorbo antes de mirar el trozo de tela.

—¿Qué mierda piensas hacer con eso?

—Es un paño húmedo. —Se lo puse en la frente—. Ayudará a que baje la fiebre.

Me apartó la mano.

—Puedo cuidarme solo, Amelia.

Ignorando su comentario, simplemente dije:

—Voy a llamar a Salvatore. Duerme un poco.

Después de otro ataque de vómitos, Justin se fue a dormir. Aunque le había dejado más agua, me preocupaba que no bebiera nada, así que decidí comprobarlo una vez más antes de acostarme.

Estaba despierto y sentado en la cama, y parecía muy pálido.

—¿Cómo te encuentras?

—Como el puto culo.

—Tendría que volver a tomarte la temperatura.

Esta vez, cuando le saqué el termómetro de la boca, casi se me paró el corazón.

—¡Madre mía! Cuarenta grados. Justin, esto es peligroso. Tenemos que llevarte a urgencias.

—No voy a ir al hospital.

—No es discutible.

Agarré mi móvil y empecé a buscar información en Internet sobre la fiebre en adultos.

—Aquí dice que una fiebre de más de cuarenta grados y medio puede ser mortal. Podrías acabar con daños cerebrales.

—Eso es un poco exagerado, ¿no crees?

—Me da igual si es exagerado. Tienes que ir a que te vea un médico.

—No.

—Entonces me quedaré aquí toda la noche, hasta que aceptes ir.

—Las salas de urgencias me dan repelús.

—¿Prefieres morir?

—Mmm. Hay un empate entre eso y estar atrapado aquí contigo.

—¡Qué bien!

—¿Por qué te importa tanto esto, Amelia?

—Me da igual lo que pienses de mí, ¿vale? Me preocupo por ti. Siempre lo he hecho y siempre lo haré. No quiero que te pase nada.

Después de una larga pausa, cerró los ojos y dejó escapar un profundo suspiro.

—¡Vale, joder! Iré.

—Gracias.

Justin se pasó temblando el trayecto al hospital de Newport. Antes de salir de casa, le envió un mensaje a Jade y le prometió que la mantendría informada.

Cuando llegamos, tuvimos la suerte de que la sala de urgencias estaba bastante tranquila. Llevaron a Justin a una de las pequeñas consultas separada con una cortina, situada en la parte trasera. Nadie, ni siquiera Justin, se opuso a que fuera con él.

Le conectaron una vía y le dieron ibuprofeno. En el transcurso de una hora, también le hicieron unos análisis de sangre.

Un médico distinto, que acababa de empezar su turno, entró en la habitación.

—¿Cómo se encuentra, señor Banks?

—Como el culo. —Justin entrecerró los ojos para ver de cerca la identificación hospitalaria del médico—. ¿De verdad se llama Dr. Danger?

El médico puso los ojos en blanco.

—Se pronuncia «dan-ger»*.

—¿Sabe qué le pasa, doctor? —pregunté.

Extendió la mano.

—Llámame Will, por favor.

Se la estreché.

---

* N. de la T.: En inglés, la sílaba «dan» de *danger* se pronuncia «dein», y pronunciado así significa «peligro» en español. No obstante, el apellido del doctor se pronuncia «dan», no «dein». Justin se ríe de su nombre y lo pronuncia mal a propósito, además de hacer varias referencias al concepto de «peligro» cuando habla de él.

—Amelia.

Esbozó una sonrisa que me transmitió una especie de vibración.

—Bueno, creemos que se trata de una combinación de varias cosas. Una infección bacteriana que le ha provocado fiebre alta y vómitos, además de deshidratación. Hemos descartado problemas más graves. —Miró a Justin—. Tienes mucha suerte de que tu novia te haya traído. Las fiebres tan altas pueden ser peligrosas en los adultos.

Justin me miró brevemente antes de dirigirse al Dr. Danger.

—¿Cuánto tiempo voy a estar enfermo?

—Unos días. Me gustaría mantenerte en observación esta noche por la gravedad de la fiebre y para que te suministren líquidos y vitaminas.

—¿Tengo que dormir aquí?

—Sí. Te trasladaremos a una habitación más cómoda.

Justin frunció el ceño.

—¿Puedo negarme?

—Me temo que no. Seguro que tu novia te hará compañía.

—¡Oh! No soy su novia —corregí—. Su novia está en Nueva York.

—¿Hermana?

—No. Solo somos... —Vacilé. *¿Qué éramos?*—. Fuimos amigos hace años. Ahora vivimos juntos en una casa que hemos heredado.

El Dr. Danger parecía confundido.

—Entonces, ¿no estáis juntos?

—No —se apresuró a responder Justin.

—No —repetí.

—¿Vives por aquí, Amelia?

—Sí, vivo a unos diez minutos en coche.

—Me acabo de mudar desde Pensilvania. ¿Te gustaría enseñarme la isla algún día?

Me pilló con la guardia baja. Era indudable que el Dr. Danger tenía el sereno atractivo de alguien mayor. Con su pelo oscuro y sus ojos grandes y marrones, era bastante guapo. No podía decir que mi cuerpo reaccionara ante él como lo hacía con Justin, pero tal vez estaría bien aceptar su oferta.

—Claro. Me parece bien.

—Genial. —Buscó el móvil en el bolsillo de su chaqueta blanca—. ¿Me das tu número?

Justin parecía molesto mientras recitaba mis dígitos.

—La enfermera volverá dentro de un rato para ver cómo estás. Te llamaré. —Me guiñó un ojo.

—De acuerdo. —Sonreí e hice un pequeño gesto con la mano para despedirme.

Después de que Will saliera de la habitación, Justin me miró desde la cama y resopló.

—Puto pringado.

—¿Pringado? ¿Por qué? ¿Porque solo un pringado se sentiría atraído por mí?

—¿Qué clase de médico se liga a la amiga de un paciente en el trabajo?

—¡Vaya! ¿Ahora somos amigos?

—En serio, ha sido patético —dijo, ignorando mi pregunta—. Es un cursi.

—Resulta que me gustan los cursis, sobre todo si tienen forma de médicos guapos. Los cursis son mejores que las personas mezquinas.

—Lo que tú digas.

Una enfermera vino a decirnos que la otra habitación estaba lista. Nos acompañó hasta un ascensor que nos llevó a la segunda planta, donde colocaron a Justin en una habitación para pasar la noche. Todavía conectado a la vía, se quedó dormido por fin. Poco después, yo también caí rendida en el camastro que había junto a su cama.

Una hora más tarde, ya era de madrugada. Me desperté antes que él y me maravillé al ver que, a pesar de estar tan enfermo, seguía tan guapo como siempre, con su pelo enmarañado y, sobre todo, con su barba crecida. En ese momento, Justin abrió los ojos de repente. Cuando me vio tumbada a su lado en la cama improvisada, puso cara de sorpresa.

—Pensaba que te habrías ido a casa.

—No. No podía dejarte.

—No tenías por qué quedarte.

—No pasa nada. Habría estado preocupada.

No respondió, pero se le suavizó el rostro.

La enfermera entró y comprobó sus constantes y su temperatura.

—Tu fiebre sigue siendo alta…, treinta y nueve grados…, pero al menos estás respondiendo a la medicación y eso es bueno. Voy a hablar con el médico de guardia para que te den el alta.

—¡Gracias a Dios! —murmuró Justin.

Cuando llegamos a la casa de la playa, Justin se instaló de nuevo en su cama. Por suerte, parecía haber pasado la parte de los vómitos, aunque la fiebre no. Jade escribía de vez en cuando y yo seguía informándole sobre cómo iba todo.

La enfermera dijo que era importante que comiera algo y que se mantuviera hidratado, así que le hice un poco de caldo de pollo y se lo llevé arriba. Estaba durmiendo y no quería despertarlo, así que opté por volver a bajarlo hasta que se despertara. Debió de oír cómo la taza se movía contra el platillo, porque cuando iba de nuevo hacia la puerta, su voz me detuvo.

—¿Qué haces?

—Te he preparado un caldo. La enfermera ha dicho que tienes que comer.

Volví a colocarme junto a la cama y se lo entregué mientras se acomodaba sobre el cabecero de la cama, y empezó a darle sorbos. Me estaba dando la vuelta para irme cuando sentí que su mano me agarraba del brazo.

—No tienes por qué irte.

—Volveré luego a por la taza.

Mientras me dirigía hacia la puerta, su voz me detuvo de nuevo.

—Patch.

Se me congeló el cuerpo. El hecho de que me llamara por mi antiguo apodo me pilló por sorpresa. Nunca pensé que volvería a escucharlo.

—Date la vuelta —dijo.

Cuando lo hice, su rostro reflejaba una sinceridad que no había visto en años.

Colocó la taza y el platillo sobre la mesita y dijo:

—Gracias... por todo. Gracias por cuidar de mí.

Me había pillado tan desprevenida y me había embargado tanto la emoción que me limité a asentir una vez con la cabeza y crucé la puerta, incapaz de dejar de pensar en sus palabras durante el resto de la noche.

Dos días después, la fiebre de Justin bajó por fin, pero todavía no se sentía en condiciones de tocar. Estaba viendo la televisión en la planta de abajo cuando se sentó en el sofá a mi lado. Puso las piernas sobre la otomana y se cruzó de brazos. Era la primera vez que elegía pasar el rato en el salón cuando yo estaba vagueando.

Acababa de ducharse y olía a *aftershave*. Mi cuerpo reaccionó de inmediato a la cercanía de nuestras piernas, aunque no estábamos tocándonos.

¡Ojalá fuera mío!

¿De dónde venía ese pensamiento?

—¿Qué es esta mierda que estás viendo?

—Un *reality show*. Puedo cambiarlo si quieres.

—No. He invadido tu espacio.

—Me alegro de que te encuentres mejor.

—Yo también.

Le lancé el mando.

—En serio, pon lo que quieras.

Me lo devolvió.

—No. Te lo debo. Aguantaste toda mi mierda cuando estaba enfermo. Lo menos que puedo hacer es sentarme a escuchar a estas zorras quejicas.

—Bueno, si de verdad quieres darme las gracias por haber cuidado de ti, hay otra cosa que puedes hacer.

Alzó la ceja con curiosidad.

—Vale...

¡Dios! Acabo de darme cuenta de cómo ha sonado eso.

—Puedes hablar conmigo.

—¿Hablar?

—Sí.

Dejó escapar un profundo suspiro.

—No quiero abrir una lata vieja llena de gusanos. Ambos sabemos lo que pasó. No va a cambiar nada.

Dispuesta a rogarle, lo miré a los ojos.

—Por favor.

Se levantó de repente.

—¿Adónde vas?

—Necesito una bebida para esto —dijo mientras se dirigía a la cocina.

—¡¿Puedes traerme una a mí también?! —grité a sus espaldas. Se me empezaron a acelerar los latidos del corazón, preparándome. ¿De verdad iba a pasar? ¿Iba a hablar de lo que pasó o solo iba a escucharme divagar?

Volvió con una botella de cerveza para él y una copa de vino blanco para mí. Me sorprendió que supiera lo que quería, aunque yo no se lo hubiera dicho. Eso demostraba que había sido observador incluso cuando fingía que me ignoraba.

Le dio un sorbo largo y dejó la cerveza sobre la mesa de centro.

—Tenemos que establecer algunas reglas.

—De acuerdo.

—Regla número uno: si digo que hemos acabado de hablar, hemos acabado de hablar.

—Vale.

—Regla número dos: después de esta noche, no hablaremos más de la mierda del pasado. Esto es todo. Solo una noche.

—Vale. Me parece bien.

Volvió a agarrar la botella y se bebió la mitad de la cerveza antes de dejarla sobre la mesa con un golpe.

—Muy bien. Vamos.

¿Por dónde empezar?

Simplemente tenía que soltarlo todo.

—No hay excusa para que me fuera como lo hice. Era joven, estúpida y estaba asustada. Mi mayor miedo siempre había sido que me hicieras daño, porque eras la única persona con la que podía contar además de Nana.

Cuando descubrí que sabías lo que estaba pasando a mis espaldas... me lo tomé como una traición. En ese momento no me di cuenta de que solo estabas intentando protegerme.

Nueve años antes

Como siempre, mi madre estaba por ahí, por lo que me escabullí con Justin para ir al pequeño cine rojo. Esta semana ponían una película italiana llamada Si vive una volta sola *que tenía ganas de ver.*

Como siempre, Justin y yo quedamos en la esquina.

—Será mejor que nos demos prisa —dijo—. No queremos perdernos la sesión de las nueve.

—Vamos bien de tiempo. Relájate.

Empezamos a caminar hacia la parada del autobús cuando me di cuenta de que no llevaba el abono del autobús. Estaba en una sudadera con capucha que sabía que me había dejado en casa de Justin cuando estuvimos haciendo los deberes el otro día.

—¡Mierda! Tenemos que ir a tu casa. Mi abono del autobús está en el bolsillo de la chaqueta que me dejé en tu comedor.

Agitó la mano, como restándole importancia.

—Te lo pago yo y ya está.

—No, Justin. Eso es una estupidez. Todavía tenemos mucho tiempo.

Empecé a caminar en dirección a su casa.

Me agarró del brazo.

—Para. Ya me encargo yo.

—Pienso entrar.

En su rostro apareció una mirada de pánico inusual.

—No podemos.

—¿Por qué?

Como era habitual cada dos semanas, su madre, Carol, estaba de viaje de negocios fuera de la ciudad. No entendía por qué insistía tanto en que no entráramos en su casa.

Parecía que se estaba esforzando en buscar una excusa. Movía los ojos de un lado a otro, y mi instinto me decía que algo iba mal.

—¿Qué me estás ocultando?

—Nada. Simplemente no podemos entrar ahora mismo.

—No lo entiendo. El coche de tu padre está fuera. Está en casa. ¿Por qué no puedo entrar y recoger mi chaqueta?

—Mi padre se enfadaría si supiera que me voy por ahí contigo. Le dije que iba a salir con Rob.

—No me lo creo. Tu padre sabe que quedamos. Le parece bien.

—No por la noche.

—Estás mintiendo.

—Patch, ¿podrías confiar en mí?

De pronto, eché a correr hacia la puerta principal y llamé con insistencia. No hubo respuesta durante casi un minuto y luego Elton Banks abrió por fin la puerta.

—Hola. Justin y yo íbamos al cine, pero necesito mi abono del autobús. Está en mi chaqueta, que me dejé en el comedor. Solo tengo que entrar a por ella.

El padre de Justin lo miró preocupado. Mientras tanto, Justin había palidecido.

Cuando el señor Banks dudó en dejarme entrar, me abrí paso a empujones.

—Solo necesito mi chaqueta.

Tras entrar en el comedor, vi mi sudadera colgada en la silla. Algo más me llamó la atención: el abrigo de piel sintética de mi madre.

¿Qué estaba haciendo ella aquí?

No tardé mucho en averiguarlo. Subí las escaleras y supe exactamente dónde iba a encontrarla. Irrumpí en el dormitorio de los padres de Justin y me encontré a mi madre intentando ponerse la ropa a toda velocidad.

Cubriéndome la boca con la mano, sacudí la cabeza con incredulidad antes de bajar corriendo las escaleras y salir por la puerta principal.

Justin corrió detrás de mí.

—Patch, espera. Por favor.

Me di la vuelta.

—¿Tú lo sabías? —escupí—. ¿Sabías que mi madre estaba aquí enrollándose con tu padre? ¿Cuánto tiempo lleva pasando esto?

—No sabía cómo contártelo.

—¡No puedo creérmelo!

—Lo siento, Patch. Lo siento mucho.

Volví corriendo a mi casa y di un portazo, sin saber qué me dolía más: las acciones de mi madre o que Justin me lo hubiera ocultado.

6

El dolor que había en sus ojos era palpable. Justin apoyó la cabeza en el sofá mientras yo luchaba por encontrar las palabras.

—Fue un error por mi parte descargar mi rabia contra ti. Mi madre era, básicamente, una persona egoísta. Tuvo muchos novios, aventuras con hombres casados. No me sorprendió que se rebajara a ese nivel con tu padre, pero me sentí traicionada por todo el mundo, incluido tú. Sin embargo, me equivoqué haciéndotelo pagar a ti.

Se frotó los ojos con recelo y se volvió hacia mí.

—¿Qué quieres saber, Amelia?

—¿Cómo empezó todo? ¿Cuánto tiempo hacía que lo sabías?

Giró su cuerpo hacia mí y rodeó el respaldo del sofá con el brazo.

—Estoy bastante seguro de que fue mi padre quien fue detrás de ella. Siempre me hacía preguntas sobre Patricia antes de que estuvieran juntos.

—¿En serio?

—Lo que sé ahora que no sabía entonces es que mis padres tenían un matrimonio abierto. Mi madre hacía demasiados «viajes de negocios», ya sabes a lo que me refiero, pero en ese momento todavía no me había enterado. Un día, llegué a casa temprano de clase y me encontré a tu madre con él. Los pillé acostándose.

Me estremecí.

—¡Por Dios!

Justin alcanzó la cerveza y le dio un largo trago.

—Esa noche, mi padre se sentó conmigo y me explicó que creía que mi madre también estaba teniendo una aventura, y que él y Patricia acababan de empezar a verse. Tu madre me hizo que le jurara que no te lo contaría. Me dijo que no serías capaz de soportarlo, que tu relación con ella ya estaba muy deteriorada y que estabas sometida a un gran estrés que yo desconocía. No sé cómo, pero me convenció de que decírtelo te arruinaría la vida. Me dijo que, si de verdad me importabas, no te lo contaría.

—Yo no te ocultaba nada, Justin. No me pasaba nada. Te estaba manipulando para que no me enterara de sus aventuras.

—Quería contártelo, pero cuanto más tiempo pasaba, más difícil era admitir que había estado ocultándote algo. Así que decidí no decir nada. Solo intentaba protegerte.

—Justin...

—Déjame acabar —interrumpió.

—Vale.

—Ambos venimos de hogares rotos, pero desde que te conocí, mi mundo empezó a estar un poco menos roto. Siempre sentí que mi trabajo era protegerte y ocultarte lo que hacían formaba parte de eso. No pretendía ser un mentiroso.

Ahora lo entiendo.

Había muchas cosas que me avergonzaba admitir respecto a mis sentimientos de aquella época, pero no podía seguir ocultándolo. Me estaba dando una oportunidad para explicarme. Dándole un largo trago al vino, me preparé para ponerlo todo sobre la mesa.

—Hui porque me fue imposible gestionar mis sentimientos. Era algo más que el hecho de que me ocultaras ese secreto. Era lo que significaba para mí: que en el futuro me ocultarías otras cosas. —Hice una pausa. *Dilo y ya—*. Estaba empezando a sentir por ti mucho más que una amistad y me veía incapaz de manejarlo. No sabía cómo decírtelo. Tenía miedo de asustarte. Creía que acabarías haciéndome daño, así que decidí alejarme antes de que eso sucediera. Fue mi forma de controlarlo, aunque fue precipitado y estúpido.

Era la primera vez que admitía que había sentido algo más que amistad por él.

Me miró durante un rato.

—¿Por qué no me dijiste lo que sentías, incluso antes de que nuestros padres lo estropearan todo? —inquirió.

—Pensaba que no sentías lo mismo por mí y no quería asustarte. No quería perderte.

—Entonces, huiste y me perdiste de todas formas. ¿Qué sentido tiene eso?

—No sé, pero creí que, si me iba antes de que pasara lo peor, no me dolería tanto. En fin, la cosa es que era una chica idiota de quince años. Irme a vivir con mi padre no fue una buena forma de gestionarlo, pero tampoco me diste la oportunidad de decirte lo mucho que me arrepentí al año siguiente. Así que tengo que hacerlo ahora: siento mucho si te hice daño cuando me fui.

—¿Daño? —Dejó escapar una risa entre dientes y lo que dijo a continuación me pilló por sorpresa—: Me *cambió*. Te quería, Amelia. Estaba *enamorado* de ti. —Justin se pasó los dedos por el pelo con frustración—. ¿Cómo diablos no lo sabías?

Sentí que sus palabras me atravesaban el corazón y me fue imposible responder. Ni en un millón de años esperaba que dijera eso. Sabía que le importaba, pero nunca supe que me había amado como yo lo había amado a él.

¿Me había amado?

—Por aquel entonces habría muerto por ti —continuó—. Cuando te fuiste, fue como si mi mundo se hubiera acabado. Además de tu abuela, eras la única persona con la que podía contar. Siempre estabas ahí..., hasta que dejaste de estarlo. Perderte me enseñó a no contar con nadie más que conmigo mismo. Me convirtió en quien soy ahora... y eso no siempre es bueno.

Me dolió mucho oírle decir eso.

—Lo siento.

—No hace falta que te disculpes otra vez; ya lo has hecho.

—Si no me perdonas, sí tengo que repetirlo.

Dejó escapar un suspiro largo y profundo.

—Tal y como te dije antes, he pasado página.

No quería que pasara página. Quería ir hacia atrás, retroceder en el tiempo y abrazarlo. No dejarle ir jamás.

Todavía conmovida por su confesión, clavé las uñas en el respaldo del sofá y dije:

—No quiero que seamos casi unos extraños. Todavía significas mucho para mí. El hecho de que estés enfadado conmigo no va a cambiar eso.

—¿Qué quieres de mí?

—Quiero que intentemos ser amigos de nuevo. Quiero que seamos capaces de sentarnos en la misma habitación y hablar el uno con el otro, tal vez reírnos un poco. De todas formas, siempre vamos a tener esta casa juntos. Algún día traeremos hijos a este sitio. Tenemos que llevarnos bien.

—Yo no voy a tener hijos —dijo con énfasis.

Se me había olvidado que Jade me había confiado que Justin no quería tener hijos.

—Jade me lo contó.

—¿Ah, sí? ¿De qué más habéis hablado? ¿Del tamaño de mi verga? ¿Le dijiste que la habías visto?

Decidí pasar por alto la pulla.

—¿Por qué no quieres tener hijos, Justin?

—Tú, más que nadie, deberías entender que es una estupidez traer un hijo a este mundo si no estás muy seguro de tus capacidades. Mis padres son un buen ejemplo de personas que no deberían haber procreado.

—Tú no eres tus padres.

—No, pero soy el jodido producto de sus errores y no pienso repetir la historia.

Me entristeció mucho que se sintiera así. Pensando en lo protector que siempre había sido conmigo, sabía que Justin sería un padre increíble. Pero él no lo veía. Consciente de que había prometido que no volveríamos a hablar del pasado después de esta noche, me invadió una necesidad urgente de desahogarme.

—No estoy de acuerdo. Creo que eres mucho más fuerte como persona que los niños a los que han mimado y se lo han regalado todo. Les has dado a los demás lo que tus padres no te dieron a ti. Nunca olvidaré cómo te las apañabas para hacerme reír incluso cuando parecía imposible, cómo sabías lo que necesitaba, cómo me protegías. Esas son las cualidades que hacen de alguien un buen padre. Y, tanto si tienes hijos como si no, eres un ser humano increíble. Y no solo eso, tu talento musical me deja boquiabierta. Me entristece mucho pensar en todo lo que me he perdido por culpa de mis miedos. Sé que los dos hemos cambiado, pero sigo viendo todo lo bueno que hay en ti, incluso cuando te empeñas en esconderte detrás de una máscara. —Se me empezaron a humedecer los ojos y derramé una lágrima—. Te echo de menos, Justin. —Parecía que todo había salido a borbotones y no había pensado en las consecuencias de haber confesado mis sentimientos.

Me sorprendió que se acercara y me quitara una lágrima de la mejilla con el pulgar, lo que hizo que cerrara los ojos. Su tacto era tan agradable...

—Creo que ya hemos hablado bastante por esta noche —dijo.

Asentí.

—Vale.

Se levantó del sofá y apagó la televisión.

—Venga. Vamos a tomar el aire.

Lo seguí y cruzamos la puerta principal y bajamos a la playa. Caminamos en silencio durante lo que me pareció una eternidad. La noche estaba tranquila, excepto por el sonido del romper de las olas. La brisa del mar tenía un efecto relajante y, por extraño que fuera, el silencio entre nosotros parecía una especie de terapia. Sentí como si me hubiera quitado un gran peso de encima porque había conseguido decir lo que quería. Y aunque no habíamos llegado a ninguna conclusión sobre nuestro conflicto, la herida parecía más cerrada.

Una llamada al móvil de Justin interrumpió la tranquilidad de nuestro paseo. Respondió.

—Hola, cariño. Todo va bien. Eso es genial. ¡Vaya! Dando un paseo.

Me pareció interesante que no mencionara que estaba conmigo.

—Y yo. Tengo muchas ganas. Yo también te quiero. Vale. Adiós.

Después de colgar, lo miré.

—¿Cómo está Jade?

—Bien. Podrá actuar mañana por la noche porque el abuelo de la protagonista ha muerto.

—¡Vaya! Eso es increíble. En plan, no la parte en la que el abuelo muere...

—Sí, lo he pillado.

No pronunciamos palabra hasta que nos acercamos a casa.

Justin señaló algo en la distancia.

—¿Ves eso?

—¿Dónde?

Lo siguiente que supe fue que me sentía ligera. Justin me había levantado del suelo y corría hacia la orilla. A juzgar por su risa, solo intentaba distraerme el tiempo suficiente para agarrarme.

Idiota.

Lanzó mi cuerpo al océano. El agua salada me corrió por la garganta y la nariz. Justin corrió enseguida hacia la arena y me dejó nadando tras él. Se había sentado en la arena y seguía riéndose. Se había quitado la camiseta, que se había mojado, y tenía los pantalones empapados.

—¿Te sientes mejor ahora? —resoplé.

—Un poco. —Se rio—. La verdad es que... mucho.

—Bien... Vale. Me alegro por ti —dije mientras me escurría el vestido.

Se levantó.

—Déjame. —De forma inesperada, Justin se colocó detrás de mí y me retorció el pelo para ayudarme a extraer el agua. Sus manos se quedaron ahí unos segundos, lo que me provocó un cosquilleo en los pezones. Me di la vuelta para dejar de pensar en ello y me encontré con sus ojos azules mirándome fijamente. Brillaban bajo el reflejo de la luz procedente de nuestra casa. Era desgarrador lo guapo que estaba.

—Esto... Gracias —dije, trabándome un poco con mis propias palabras—. Bueno, supongo que no debería darte las gracias, ya que has sido tú el que me ha hecho esto.

—Llevaba mucho tiempo esperando hacer algo así. De hecho, desde el primer día que llegué.

—¿En serio?

—Sí, en serio. —Sonrió con picardía.

—Por cierto, ¿por qué sigues aquí?

Entrecerró los ojos.

—¿A qué te refieres?

—Podrías haber vuelto a Nueva York con Jade, ya lo sabes.

—¿Qué estás insinuando?

—No estoy insinuando nada. Tan solo sé que has utilizado los conciertos en Sandy's como excusa, y no acabo de creérmelo.

—¿Qué quieres oír, Amelia? ¿Que estoy aquí por ti?

—No... No lo sé.

—No sé por qué estoy aquí, ¿vale? Esa es la verdad. Tan solo creía que no era el momento de irme.

—Está bien.

—¿Has acabado con tu noche de interrogatorio, Dolores?

—Sí. —Sonreí. «Dolores» era otro de los apelativos que utilizaba. Era un juego de palabras con mi apellido: Payne*.

—Bien.

—Que conste que me alegro mucho de que te hayas quedado.

Sacudió la cabeza y se frotó los ojos.

—Intentar odiarte es agotador —contestó.

—Pues deja de intentarlo.

Empezaron a castañearme los dientes; empezaba a hacer frío fuera.

—Será mejor que entremos —dijo.

Siguiéndole hasta la casa, no pude evitar pensar que el aire frío de fuera no tenía nada que ver con la sensación de calidez que sentía en mi interior por haber vuelto a conectar con Justin.

—¿Tienes hambre? —preguntó.

—Me muero de hambre, la verdad.

—Ve a cambiarte. Yo haré la cena.

—¿De verdad?

—Bueno, tenemos que comer, ¿no?

---

* N. de la T.: En inglés, «payne» suena como *pain* ('dolor' en inglés).

—Sí, supongo que sí. Ahora vuelvo. —Sonreí todo el camino hasta mi habitación, mareada ante la idea de que cocinara para mí.

Cuando volví con la ropa seca, me dio un vuelco el corazón al ver a Justin de pie junto a la cocina. Seguía sin camiseta y llevaba su gorro de lana gris mientras freía unas verduras en una sartén.

Me aclaré la garganta.

—Huele bien. ¿Qué estás haciendo?

—Un sofrito con teriyaki y arroz, en vista de que tienes muy poca cosa. ¿Cuándo cojones dejaste de comer carne roja, por cierto? Solías ser carnívora.

Debió de acordarse de lo mucho que disfrutamos del Burger Barn en los viejos tiempos.

—Un día me desperté y pensé en lo raro que era comerme una vaca. No tenía sentido. Y dejé de hacerlo de un día para otro.

—¿En serio? Es un poco ridículo.

—Sí.

—Siempre has sido un poco rara, Amelia. No puedo decir que me sorprenda.

Le guiñé un ojo.

—Por eso me quieres. —Lo dije en broma, pero al momento me arrepentí de haber usado la palabra «querer», teniendo en cuenta lo que había confesado antes. Cuando no respondió, entré en pánico y empezó la verborrea—: No me refería a que sigues queriéndome. Solo estaba bromeando. No...

Alzó una mano.

—Para el carro. Sabía a lo que te referías.

Fruncí los labios, intentando pensar rápido en otro tema de conversación.

—¿Volverás a tocar en Sandy's mañana por la noche?

—Lo más probable es que sí.

—Bien. Tengo muchas ganas de volver a escucharte tocar.

Agarró dos platos y vació el contenido de la sartén en cada uno de ellos antes de deslizar el mío por la encimera.

—Toma.

—Gracias. Huele de maravilla.

El plato que había preparado estaba realmente bueno. Le había añadido semillas de sésamo y castañas de agua.

—¿Dónde aprendiste a cocinar así?

—Autodidacta. Llevo años cocinando para mí.

—¿Dónde están tus padres ahora?

—Creía que habíamos acabado de hablar del tema.

—Lo siento. Tienes razón.

A pesar de haber dicho eso, alzó la vista del plato y respondió a mi pregunta de todas formas.

—Mi madre se mudó a Cincinnati cuando yo iba a la Universidad. Vendieron la casa. Mi padre vive ahora en un apartamento en Providence.

—Después de que me fuera, ¿cuánto tiempo duraron las cosas entre mi madre y él?

—Un año más o menos. Mi madre se enteró de lo que hacían bajo nuestro techo y lo echó. Vivió con Patricia durante un tiempo antes de que las cosas entre ellos se enfriaran.

—¿Se mudó con ella?

—Sí.

No podía creérmelo.

—Mi madre me lo ocultó. Eso explica por qué Nana dejó de hablarle por aquella época. Estaría muerta de vergüenza por lo que hacía.

—Pasé mucho tiempo con tu abuela antes de mudarme. Era la única persona que me mantenía cuerdo.

—¿Alguna vez hablaste de mí con ella?

—Lo intentó, pero yo no quise.

—¿Crees que nos dejó esta casa porque sabía que eso nos obligaría a aclarar las cosas?

—Sinceramente, no lo sé, Amelia.

—Yo creo que sí.

—Yo no tenía ninguna intención de venir aquí y hacer las paces contigo.

—¿En serio? No me había dado cuenta. —Cuando esbozó una leve sonrisa, pregunté—: ¿Sigues sintiéndote igual?

—Las cosas no cambian de la noche a la mañana. Hemos hablado, pero eso no va a borrar los años de mierda que pasamos. No podemos volver a ser mejores amigos por arte de magia.

—Nunca esperé eso. —Jugueteando con los restos de la comida, pensé largo y tendido antes de volver a hablar—. Solo voy a decir una última cosa, y luego prometo que no insistiré más.

—Yo no estaría tan seguro de eso. —Su boca se curvó para formar otra sonrisa, y eso bastó para darme la confianza necesaria para soltarlo todo por última vez.

—Lo más probable es que me pase el resto de mi vida preguntándome qué habría pasado si no me hubiera ido, si hubiera dejado de lado el miedo y te hubiera dicho todo lo que sentía. Esta noche me has confesado que estuviste enamorado de mí. No lo sabía, Justin, de verdad, pero ojalá lo hubiera sabido. No tenía ni idea de que te sentías así. Necesito que sepas que yo también te quería. Pero mi forma de demostrarlo era una mierda. ¡Y pensar que te has pasado todos estos años odiándome! Lo único que quiero es que seas feliz. Si estar cerca de mí te enfada o te estresa, entonces no quiero forzar nada, y si ese es el caso, tal vez sea mejor que mantengamos las distancias. Pero si existe la posibilidad de que podamos volver a ser amigos de verdad, no hay nada que desee más. Y no soy estúpida. Por supuesto que sé que no va a ocurrir de la noche a la mañana. Eso es todo. No diré nada más al respecto. —Me levanté de la mesa y puse el plato en el lavavajillas—. Gracias por la cena y por hablar conmigo. Me voy a acostar temprano.

Justo cuando mi pie tocó el primer escalón para empezar a subir, su voz me detuvo.

—Nunca te he odiado. No podría odiarte ni aunque lo intentara. Y, créeme, lo he intentado.

Me giré y sonreí.

—Bueno es saberlo —dije.

—Buenas noches, Dolores.

—Buenas noches, Justin.

7

Dos días después, estaba tomándome mi café matutino cuando una notificación iluminó la pantalla de mi móvil. Me había llegado un mensaje. Era del Dr. Will Danger.

¿Qué te parece si cenamos mañana por la noche?

Reflexioné sobre mi respuesta. Me vendría bien aprovechar la oportunidad para distraerme de Justin. Desde la charla que habíamos tenido la otra noche, la atmósfera se había vuelto más amable. Al menos ya no me evitaba. Tras su concierto de anoche, habíamos vuelto juntos a casa desde Sandy's. Hicimos el trayecto en silencio, pero la situación iba tan bien como era posible.

El problema era yo. Seguía siendo incapaz de frenar mi atracción por él y no sabía dónde poner el límite a mis sentimientos. Pensaba en él cada segundo del día. Dentro de poco nos íbamos a separar, por no mencionar el «pequeño» detalle de su relación con Jade. Nunca haría nada a propósito que la estropeara. No obstante, seguía sin poder controlar mis sentimientos.

Mis dedos se obligaron a escribirle una respuesta a Will.

Mañana por la noche me parece genial.
Avísame con la hora.

La voz profunda y matutina de Justin me sobresaltó.

—Veo que has hecho la fusión de cafés.

Di un salto y me apresuré a bajar el móvil.

Se rio.

—¡Vaya! ¿He interrumpido algo? ¿Estás escribiéndole a un chico?

—No.

Me miró con suspicacia.

—Mentirosa.

Se me escapó una risa nerviosa.

—¿Quieres un café?

—¿Intentas cambiar de tema?

—Puede.

—Bueno, ¿quién era?

—Will.

—¿El Dr. Danger?

—Sí.

—¿Has oído hablar de eso de que los extraños son peligrosos?

—Sí.

—Crearon ese término por él.

—¿Ah, sí?

—Estoy bastante seguro. —Se sirvió una taza de café y se volvió hacia mí de nuevo—. ¿En serio? ¿El Dr. Cursi? ¿Vas a tener una cita con él?

Asentí.

—Mañana por la noche. ¿Qué problema tienes con él?

—Es irrespetuoso.

—¿En qué sentido?

—Ese tío te estaba follando con la mirada antes de confirmar que no estábamos juntos.

—Tal vez solo es perspicaz.

—¿Cómo?

—Percibió el desprecio que sentías por mí. Era bastante obvio.

—¿Adónde te va a llevar?

—No lo sé todavía.

—Deberías averiguarlo.

—¿Qué más da?

—En el caso de que desaparezcas, sabré dónde decirle a la policía que empiece a buscar.

Casi había anochecido y no tenía ni idea de qué ponerme. Will dijo que iba a llevarme a un restaurante frente al mar, en Tiverton. Iba a ser una noche húmeda, así que opté por un ligero vestido ajustado, con estampado de flores, que me había comprado una tarde a principios de verano con Jade.

Desde el pasillo oía cómo jadeaba Justin.

Otra vez no.

Después de lo que había ocurrido la vez que fui testigo de aquella fiesta pajera, no me atrevía a acercarme para comprobarlo. Varios minutos después, se añadió a los sonidos lo que parecían puñetazos. Rompí mi promesa de mantenerme al margen y salí de mi habitación para ver qué pasaba.

Resultó que Justin estaba en la sala de ejercicios dándole una paliza a un saco de boxeo Everlast.

Las gotas de sudor corrían por su esculpida espalda. La habitación olía a sudor mezclado con su colonia. Tenía el pelo empapado. Llevaba los auriculares puestos y oía la música que sonaba a través de ellos. Apretando los dientes, golpeó el artilugio de goma negra con más fuerza. El corazón me latía más rápido con cada golpe.

Cuando me acerqué con cautela, gruñó:

—Quítate de en medio. —Me estremecí cuando su brazo se acercó peligrosamente a mí.

Retrocedí, pero me quedé mirándolo desde la esquina de la habitación. Ya lo había visto hacer ejercicio antes, pero nunca así. Era como una bestia, tan fuerte y viril. Se me ocurrió que, como Jade llevaba tanto tiempo fuera, debía de estar frustrado sexualmente. Tal vez por eso se estaba desquitando con el saco de boxeo. Fuera cual fuese la razón, me quedé fascinada por la energía que estaba utilizando y fui incapaz de apartar los ojos de él.

De repente se detuvo, se quitó los auriculares y se acercó a la puerta, donde había colocado una barra de metal para hacer dominadas. Mis ojos siguieron el movimiento que hacía su cuerpo a medida que levantaba su propio peso, y cómo sus abdominales duros como piedras se tensaban y curvaban cada vez que se alzaba.

Se bajó de la barra y se limpió el sudor de la frente con el dorso de la mano.

—¿No tienes nada mejor que hacer que ver cómo hago ejercicio? ¿No se supone que deberías estar vistiéndote para una cita?

—*Estoy* vestida.

—Ese es el vestido de Jade, ¿no?

—No. Es el mismo que tiene ella, pero este es mío. Nos los compramos las dos el mismo día en la misma tienda que estaba en liquidación.

—A ella le queda normal. A ti... te queda ridículo.

Se me cayó el alma a los pies.

—¿Me estás diciendo que estoy gorda?

—No, pero tu cuerpo es diferente al de ella. En ti, ese vestido es obsceno.

Me miré a mí misma y me sentí desnuda de repente.

—¿A qué te refieres?

—¿Quieres más detalles?

—Sí.

Se acercó a mí por detrás, me agarró por los hombros y me colocó frente al espejo de cuerpo entero que había en la pared. Me recorrieron escalofríos al sentir sus ásperas manos sobre mí.

—Mira. Se te salen las tetas. Y tus pezones se marcan en el centro de estas margaritas.

Mi mente estaba en una niebla porque lo único que podía ver era a mí en el espejo con el cuerpazo sudoroso de Justin detrás de mí. Entonces, me dio la vuelta rápidamente y sus ojos se clavaron en los míos. Estaba demasiado cerca para ser cómodo y mis piernas estaban a punto de flaquear por la excitación que me recorrió el cuerpo como una ola.

—Mírate por detrás en el espejo. La tela apenas te cubre el culo. ¿Crees que el Dr. Doolittle será capaz de mirarte solo a los ojos si vas así vestida?

—¿De verdad crees que me queda tan mal?

De repente, se alejó de mí y volvió a la barra de dominadas. Me hormigueaban los pezones. Lo único que quería era volver a tener sus manos sobre mí.

—Creo que no es el vestido adecuado... —respondió antes de hacer unas cuantas repeticiones más en silencio. Bajó de un salto y el peso de su cuerpo golpeó el suelo de madera con fuerza—. No te das cuenta, ¿verdad?

—¿De qué?

—Nunca has tenido ni idea del efecto que causas en los demás.

—Explícame eso, por favor.

—Cuando éramos más jóvenes, te sentabas en mi regazo, me ponías las manos encima, me pasabas los dedos por el pelo, me abrazabas todo el tiempo, apretándome contra tus enormes tetas. Me pasé la mitad de la adolescencia con una puta erección contra la que no podía hacer nada. Y, al parecer, nunca fuiste consciente de eso.

—No.

—Ahora lo sé. Y no tienes ni idea de cuántas veces tuve que defenderte a tus espaldas. Chicos hablando de tu cuerpo, diciendo cosas sexuales sobre ti delante de mi puta cara. Ni te imaginas en cuántas peleas me metí por ti.

—Nunca me lo dijiste.

—No, no te dije nada porque intentaba proteger tus sentimientos. Me esforcé mucho por protegerte de toda esa puta mierda, y eso fue lo que acabó volviéndose en mi contra.

—Lo siento.

Alzó las manos.

—¿Sabes qué? Da igual. Culpa mía. No volvamos a hacerlo. Te dije que habíamos acabado de hablar y así es.

—Vale.

—Si no te importa, me gustaría seguir haciendo esto tranquilo.

—De acuerdo.

De vuelta a mi habitación, oí que había vuelto al saco de boxeo con todas sus fuerzas. Todavía sacudida por sus palabras, no pude evitar preguntarme si tenía razón. Tal vez *sí* que era una persona que no tenía ni idea de nada, pero él tampoco me había expresado nunca sus sentimientos. ¿Se suponía que tenía que leer la mente? Creía que tenía que aclararlo. Me estaba molestando. Volví a recorrer el pasillo y hablé a través de los ganchos violentos que le estaba dando al saco.

—La otra noche me preguntaste por qué nunca te dije lo que sentía. Bueno, está claro que tú tampoco tuviste el valor de decirme cómo te sentías.

Justin dejó de dar golpes, pero mantuvo los brazos sobre el saco, apoyándose en él. Se tomó unos segundos para recuperar el aliento.

—Pensaba que se sobrentendía. No podía ser más obvio. ¿Todas las putas canciones que te escribí? ¿Alguna vez me viste con otra chica?

—No, pero sí admitiste haber besado a alguien antes de aquella noche en casa de Brian.

—Sí, había besado a una chica. ¿Quieres saber por qué? Porque no quería no tener ni puta idea de lo que estaba haciendo cuando por fin me atreviera a besarte. Para mí nunca fue un beso de verdad. Quería que mi primer beso de verdad fuera contigo. Lo quería todo contigo. Pero tenía miedo de que fueras demasiado joven, así que esperé. No quería precipitar las cosas y echarlo a perder, pero tienes razón. Una parte de mí tampoco tuvo los cojones de decirte lo que sentía.

—Ojalá lo hubieras hecho. Tú estabas siendo cauteloso y yo era una ignorante. Juntos éramos... descuidados.

—¿«Cauteloso» e «ignorante» es igual a «descuidado»? ¿Te lo acabas de inventar ahora mismo?

—Sí.

—Eso es una puta horterada.

—Muchas gracias.

—Será mejor que te prepares para tu cita con el Dr. House.

Me reí, aliviada de que bromeara.

—¿Me ayudarías?

—¿Ayudarte? ¿Para qué diablos necesitas ayuda?

—Para ayudarme a elegir qué ponerme, porque creo que tienes razón. Esto es un poco provocativo.

—¿Un poco provocativo? La revista *Hustler* te llamaría mañana si les enviara una foto.

—Vale. Está claro.

—¿No puedes resolverlo por tu cuenta? Es bastante simple. Te cubres las tetas y el culo. Listo.

—Sí, pero quiero tener buen aspecto. Sabes que tiendo a elegir cosas raras. Alta costura de un saco de patatas y todo eso. Siento que voy de un extremo al otro, y no sé cómo vestirme en un punto intermedio.

—Vale. —Justin dejó escapar un suspiro agotado y me siguió hasta mi habitación.

Empecé a sacar vestidos de mi armario y los fui tirando sobre la cama uno a uno.

—¿Qué te parece esto?

—Provocativo.

—¿Este?

—Más todavía.

—Vale. ¿Este?

—¿Tienes unas sandalias con las que conjuntarlo?

—Vale... ¿Y este?

—Bueno, sería una buena forma de deshacerte de él.

Me cubrí la cara y solté un sonido de exasperación.

—¡Qué frustrante!

—Yo me sé una solución.

—¿Cuál?

—No vayas a la cita.

—¿Porque no sé qué ponerme?

—Sí. Creo que deberías quedarte en casa.

—Lo único que pasa es que no te cae bien.

—Tienes toda la razón.

—¿Me repites por qué?

—Lo único que quiere es meterse entre tus piernas, Amelia.

—Bueno, no se va a meter entre mis piernas.

—¿Segura?

—No me acuesto con chicos en la primera cita.

Levantó la ceja con escepticismo.

—¿Nunca te has acostado con un chico en la primera cita?

—Bueno...

—Exacto.

—Incluso si quisiera acostarme con él, que no quiero, no ocurriría esta noche.

—¿Por qué?

—He vuelto a apuñalarme a mí misma.

Sacudió la cabeza y se rio cuando se dio cuenta de que me refería a que tenía el periodo.

—Ya veo.

—De todas formas, ¿por qué piensas que solo le intereso por mi cuerpo?

—Fue su mirada. No me inspiró confianza. Puedes saber mucho de alguien por su mirada. La suya me dio malas vibraciones.

—Bueno, tengo otras cualidades más allá de mis tetas y mi culo. Así que espero que te equivoques.

—Tienes razón. También se te forman unos hoyuelos bonitos cuando sonríes.

Mi cuerpo se sonrojó ante el cumplido, el cual había salido de la nada. No sabía cómo responder, así que me limité a decir:

—Calla.

—Tú ten cuidado —dijo con seriedad, y se metió la mano en el bolsillo trasero—. Hablando del tema... Llévate esto. —Era su vieja navaja suiza roja de cuando éramos más jóvenes.

—¿Todavía la tienes?

—Nunca dejaré de necesitarla.

—¿En serio quieres que me la lleve?

—Sí.

La agarré.

—De acuerdo —contesté.

—¿Hemos acabado?

—Todavía no hemos elegido lo que me voy a poner.

Justin se acercó a mi armario, pasó la mano lentamente por la fila de ropa y, finalmente, se detuvo en un sencillo vestido negro sin mangas que estaba lejos de ser revelador. Parecía más bien algo que se podía llevar a un funeral. De hecho, ese era el vestido que me compré para llevar al funeral de Nana antes de darme cuenta de que ella había escrito explícitamente que no quería que se celebrara ninguno. Quería que la incineraran y que arrojaran sus cenizas al mar sin ninguna parafernalia.

—¿Este? ¿En serio?

Me tendió el vestido.

—Si no vas a escucharme no me pidas ayuda.

—Vale. Llevaré este. —Se lo quité y miré cómo salía por la puerta. Mis ojos se centraron en el tatuaje rectangular que tenía en la espalda. A pesar de que siempre había pensado que era increíblemente sexi, por alguna razón nunca pude verlo bien hasta ahora.

—Justin.

Se dio la vuelta.

—Dime.

—¿Qué es ese tatuaje que tienes en la espalda?

Su cuerpo se tensó.

—Es un código de barras.

—Eso pensaba. Siempre me lo he preguntado. ¿Significa algo?

Negándose a responder a mi pregunta, se limitó a decir:

—Vístete. No querrás hacer esperar al Dr. Verga.

Se suponía que Will tenía que recogerme en unos veinte minutos. Me senté en la encimera de la cocina mientras me tomaba una copa de vino blanco para relajarme. La verdad era que el vestido negro que había elegido Justin estaba bastante bien. No revelaba ninguna porción de piel innecesaria, y así era como debía ser probablemente. Acabé recogiéndome el pelo largo y castaño oscuro en un moño.

Una ráfaga de su colonia hizo que mirara a un lado. Se me aceleró el corazón cuando vi a Justin de pie en la entrada. No me había fijado en él hasta que lo olí. Parecía que había estado mirándome sin que yo lo supiera.

Acababa de ducharse después de hacer ejercicio y estaba increíblemente sexi con una sencilla camiseta negra que se le ceñía a los músculos. Los vaqueros que llevaba eran los que siempre le marcaban el culo de la mejor manera posible. Yo libraba ese día, pero Justin tenía que tocar en Sandy's. Las mujeres se iban a volver locas.

Se acercó y colocó un taburete a mi lado. Mis pezones reaccionaron ante la proximidad de su cuerpo.

Me examinó el rostro.

—No pareces muy emocionada —comentó.

—Si te soy sincera, no estoy segura de cómo me siento.

—No estarás nerviosa porque tienes una cita con ese imbécil, ¿verdad?

—Un poco.

—¿Por qué? No se merece tus nervios.

—Es la primera cita que tengo desde Adam.

Apretó la mandíbula casi con rabia.

—Ese es el tipo que te engañó...

—Sí. ¿Cómo lo sabes?

—Me lo contó Jade.

Me sorprendió que hubieran estado hablando de mí. No estaba segura de cómo me sentía ante el hecho de que Justin supiera lo de Adam.

—¡Ah!

—No dejes que lo que pasó con ese imbécil te haga pensar que debes conformarte con el primer Tom, Dick o Harry que se te presente.

—¿Alguna vez has engañado a alguien?

Dudó antes de responder.

—Sí. Y no estoy orgulloso de ello. Pero entonces era más joven. No es algo que haría hoy en día. En mi opinión, si quieres engañar a alguien, deberías romper con esa persona. Engañar es de cobardes.

—Estoy de acuerdo. Ojalá Adam hubiera roto conmigo.

—Me alegro de que ya no estés con él.

—Yo también.

—Intentaba tener lo mejor de ambos mundos. Acabará haciéndolo también con la otra chica. Espera y verás.

—Jade tiene suerte de tenerte, de estar con alguien que es leal.

Se le ensombreció la expresión antes de contestarme.

—La tentación es natural. Eso no significa que debas actuar en consecuencia. —Parecía estar reflexionando sobre sus propias palabras en un intento por convencerse de ello.

—Por supuesto.

Justin cambió rápidamente de tema.

—¿Llevas la navaja?

—Sí. No me va a hacer falta, pero está en mi bolso.

—Bien. ¿Tienes mi número de móvil?

—Sí.

—Deberías ir en tu coche.

—Bueno, ya acepté que me recogiera.

—Si intenta algo raro, llámame. Iré a buscarte.

—Pero estarás en medio del concierto.

—Da igual. Llámame si necesitas que vaya a por ti.

—Vale. Lo haré.

Su protección me recordó a los viejos tiempos. Tener a alguien que me cuidara era una sensación maravillosa. De hecho, llevaba sin sentirla desde que me fui de casa hace tantos años.

Le di otro sorbo a la bebida. Antes de que pudiera depositar la copa en la encimera, sentí la mano de Justin sobre la mía cuando me quitó la copa de la mano y se bebió el resto del vino.

Mi voz era casi un susurro.

—No sabía que te gustaba el vino blanco.

—Supongo que esta noche estoy de otro humor. —Llevó la copa a la pequeña zona donde estaban las bebidas y la rellenó antes de volver a sentarse y colocarla frente a mí.

Bebimos tranquilamente de la misma copa, pasándonosla el uno al otro y manteniendo un contacto visual silencioso. Cada vez que se lamía el Chardonnay de los labios, me excitaba por completo. Me sentía muy culpable por sentirme así, pero no podía controlarlo. Como él había dicho, la tentación era natural, ¿no? Sin embargo, saber que ni podía ni iba a actuar en consecuencia hacía que los sentimientos fueran mucho más poderosos. El hecho de que fuera inalcanzable lo consumía todo.

Para ser sincera, ninguna parte de mí quería salir con Will esta noche. En cambio, cada parte de mí quería ir a ver tocar a Justin, sobre todo porque dentro de poco regresaría a Nueva York.

El golpe en la puerta fue fuerte y seguro. Justin se frotó la nuca para masajearse la tensión que se le había acumulado. Si no lo supiera, pensaría que era él quien estaba nervioso por la cita.

—Espera —dijo cuando me bajé del taburete para ir a abrir la puerta.

—Dime.

—Estás muy guapa. Creo que ese vestido ha sido la elección correcta.

Me dio un vuelco el corazón.

—Gracias.

Mis tacones repiquetearon en las baldosas a medida que me acercaba a la puerta principal.

Will sujetaba un pequeño ramo de flores.

—Buenas noches, Amelia. ¡Dios! ¡Estás impresionante!

—Hola, Will. Gracias. Pasa.

Justin tenía los brazos cruzados. Su lenguaje corporal se parecía más al de un guardia armado en un banco que al de un hombre despreocupado en su propia cocina.

—¿Recuerdas a mi compañero de piso, Justin?

—Claro. ¿Cómo estás?

—Ahora mismo con mucha energía, Dr. Danger.

Justin lo pronunció mal, ante lo que Will pareció molesto.

—Dan-ger —corrigió.

—Lo siento. No pretendía enfadar al Dr. Dan-ger.

A Will no le hizo gracia.

—No te preocupes.

—¿Adónde vais a ir esta noche?

—A The Boathouse. ¿Habéis estado allí?

—Justo en el agua. Te lo has currado.

Mientras agarraba el bolso, intervine.

—Bueno, deberíamos irnos.

Justin extendió la mano.

—Ya me encargo yo de las flores.

No sé por qué, pero me pregunté si acabarían en la basura en cuanto se cerrara la puerta detrás de nosotros.

—Gracias.

—De nada.

Cuando salimos, Will se volvió hacia mí.

—A tu compañero de piso le gusta reírse de mi apellido. Es un listillo.

—Sí, a veces.

Will abrió la puerta de su Mercedes y me dejó entrar en el lado del pasajero. La conversación fue tranquila de camino a Tiverton. Me preguntó por mi carrera como docente y hablamos de su época en la Facultad de Medicina de la Universidad de Carolina del Norte, en Chapel Hill.

Mi móvil vibró. Era un mensaje de Justin.

Las flores eran del supermercado.

¿Cómo lo sabes?

Se ha dejado la pegatina naranja puesta. ¡Menudo imbécil!

La intención es lo que cuenta.

Mira en el asiento trasero. Seguro que ves leche y huevos.

¿No tienes que ir a Sandy's?

Ya me iba.

Mucha mierda esta noche.

No te acerques al peligro.
Mejor aún, mantén al peligro alejado de ti.

Eres un payaso.

Pide langosta. Al menos sacarás algo de esta noche.

¡Adiós, Justin!

—¿Qué es tan gracioso?

—¡Oh! No es nada. Lo siento.

Miró hacia mí.

—Bueno, ¿qué estábamos diciendo? Sí, estabas a punto de decirme cuándo piensas volver a Providence...

—La última semana de agosto. Tengo que preparar el aula para principios de septiembre.

—Seguro que tus alumnos te aprecian mucho.

—¿Por qué dices eso?

—Ojalá hubiera tenido una profesora como tú cuando iba a secundaria.

—Bueno, me gusta pensar que me aprecian por otras razones.

—Seguro que lo hacen.

Cuando llegamos al restaurante, ya había oscurecido, por lo que la imagen del paseo marítimo no era tan buena como lo hubiera sido durante las horas de luz. Empezaba a hacer frío, así que optamos por una mesa junto a la ventana en el interior, pero con vistas al mar. Las luces de algunos veleros iluminaban el oscuro océano. Las tiras de bombillas blancas que colgaban en el interior del restaurante creaban un ambiente acogedor. El olor a marisco fresco llenaba el aire. Me reí para mis adentros, pensando en que Justin diría que el lugar olía a bragas sucias.

Acabé pidiendo pez espada con salsa de mango, mientras que Will optó por el pollo marsala. La conversación que tuvimos mientras esperábamos a que llegara la comida fue bastante superficial. Hablamos un poco sobre las próximas elecciones presidenciales. Will era republicano y yo demócrata. También le conté la historia de cómo llegué a heredar la casa de Nana.

Mi móvil vibró.

¿Cómo va todo?

Era Justin. No quise ser descortés y contestarle. Así que ignoré el mensaje hasta que Will se excusó para ir al baño.

¿No se supone que estás cantando?

Es mi descanso de diez minutos.

Todo va bien.

Solo quería asegurarme de que sigues viva.

No he tenido que usar la navaja.

¿Pediste la langosta como te dije?

No. Pez espada.

No respondió, así que supuse que ya no iba a escribirme más, lo cual era bueno, ya que Will estaba volviendo a la mesa.

Llegó nuestra comida y la camarera me trajo una segunda copa de vino. Estábamos comiendo en un cómodo silencio cuando noté que me vibraba el móvil en el regazo. Supuse que era Justin, por lo que sentí curiosidad por mirar hacia abajo, pero no quise parecer maleducada. Cuando estaba a mitad de la comida, decidí excusarme para ir al baño y poder mirar el móvil.

En el baño, me apoyé en el lavabo mientras sacaba el móvil.

> Tenías razón.

¿A qué se refería?

> ¿Tenía razón en cuanto a qué?

Después de esperar un total de cinco minutos, decidí volver a la mesa.

—¿Todo bien?

—Sí, todo bien.

—Estaba pensando que podríamos volver a Newport, tal vez dar un paseo nocturno por Main Street y parar a tomar un café o un helado, lo que prefieras.

La verdad era que quería irme a casa, quitarme los tacones y sumergirme en un buen baño caliente.

—Suena muy bien —mentí.

Me volvió a vibrar el móvil. Esta vez, me miré el regazo para echarle un vistazo a la respuesta de Justin.

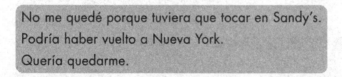

> No me quedé porque tuviera que tocar en Sandy's.
> Podría haber vuelto a Nueva York.
> Quería quedarme.

Esas palabras consiguieron dejarme totalmente ida durante el resto del tiempo que pasamos en The Boathouse. No respondí al mensaje, más que nada porque no sabía qué decir. No tenía por qué estar esperando una respuesta sí o sí. Notaba el corazón muy pesado.

De vuelta en el coche, acabábamos de llegar a Newport cuando Will dijo que tenía que comprar una cosa y que tardaría un minuto. De repente, me empezó a gotear la nariz. Necesitaba un pañuelo urgentemente, así que abrí la guantera con la esperanza de encontrar algo con lo que limpiarme la nariz. Aunque no encontré un pañuelo, mi mano tropezó con algo: una alianza de oro para hombre.

¿Qué cojones?

El corazón empezó a latirme con fuerza.

¿Me estás tomando el pelo?

El muy imbécil debía de estar comprando condones para tener sexo conmigo. Sin pensármelo dos veces, salí del coche y cerré la puerta de golpe. No estaba de humor para enfrentarme a él y, sinceramente, no me importaba lo suficiente para echarle la bronca. Lo único que me importaba era ir a ver a Justin. Tras mirar el móvil, me di cuenta de que todavía estaría tocando el último set en Sandy's, que estaba a unos ochocientos metros de donde me encontraba. Corriendo con los tacones, jadeé mientras me dirigía al centro de Newport.

Me detuve para recuperar el aliento antes de entrar en el restaurante. Como esta noche hacía más frío, Justin estaba tocando en el escenario del interior. Me colé dentro y me escondí en un rincón donde no pudiera verme, pero donde yo pudiera mirarlo. Tenía que quedarle poco para acabar.

De repente, su voz vibró a través del micrófono.

—Esta última canción va dirigida a todas aquellas personas que alguna vez han tenido esa clase de amigo o de amiga que te vuelve loco. De esos que se te meten bajo la piel y se quedan ahí incluso cuando no están contigo físicamente. De los que tienen hoyuelos con los que sueñas desde que eras niño. De los que tienen unos ojos verdes como el mar en los que puedes perderte. De los que te confunden por completo. Si te sientes identificado o identificada, esta canción es para ti.

¡Dios mío!

Justin empezó a tocar una versión de una canción que reconocí. Era *Realize* de Colbie Caillat. Al intentar escuchar la letra, fui incapaz de descifrarla del todo porque estaba demasiado absorta en la forma en la que estaba cantando. La letra hablaba, sobre todo, de darse cuenta de los auténticos sentimientos y de cómo a veces pueden ser unilaterales. Mantuvo los ojos cerrados durante la mayor parte de la canción, aunque estaba tocando la guitarra. No sabía que estaba aquí y estaba bastante segura de que estaba pensando en mí. No supe si irme o no. Sentía que estaba invadiendo un poco su privacidad. Dudaba que hubiera elegido cantar esta canción conmigo delante.

Cuando Justin acabó la canción, dio las gracias al público y se levantó al instante. Ignorando a las mujeres que intentaban acercarse a él para pedirle que le firmaran el cedé, se marchó al fondo del restaurante. Tenía que decidir si iba a hacer acto de presencia.

Todavía en la esquina de la sala, noté cómo me vibraba el móvil. Era Justin.

Listo por hoy. Me voy a casa. ¿Todo bien?

No exactamente.

¿¿¿

Opté por fingir que no había escuchado la canción ni lo que había dicho antes de ella. Su intención no había sido que yo lo oyera. Volviendo al exterior, escribí la respuesta.

Estoy bien. Acabo de llegar a Sandy's. Estoy fuera.

A los diez segundos, la puerta se abrió y Justin salió con la guitarra. Tenía el enfado escrito por todo el rostro.

—¿Qué diablos?

—Hola a ti también.

—¿Qué ha pasado?

—Tus sospechas en cuanto a su personalidad eran correctas.

—¿Ha intentado tocarte?

—No, no me ha puesto la mano encima.

—¿Qué ha hecho entonces?

—Se le olvidó mencionar que está casado.

—¿Qué? ¿Cómo te has enterado?

—Encontré una alianza de hombre en la guantera de su coche.

—Cabrón.

—Gracias por cuidar de mí.

—Supongo que las viejas costumbres son difíciles de erradicar. —Se quedó mirando el cielo estrellado—. Aun así, siento que hayas desperdiciado tu noche.

—Lo único que lamento es haberme perdido tu concierto. Lo dejé en la tienda de Cumberland Farms y he corrido hasta aquí tan rápido como pude, pero no he llegado a tiempo.

—No te has perdido mucho.

—¿Por qué?

—No me encontraba muy bien esta noche.

—Seguro que solo ha sido una impresión tuya.

—No. Estaba distraído.

Un grupo de chicas salió a la calle y se quedó a su alrededor. Una de ellas se acercó a él con un cedé.

—¿Te importaría firmármelo, Justin?

—En absoluto. —Se mostró muy amable al respecto.

La chica soltó un chillido antes de salir corriendo con sus amigas.

Me reí.

—Bueno, ¿crees que podría conseguir que una estrella de la música me lleve a casa en coche?

—No lo sé. Tu casa podría pillarme demasiado lejos. —Movió la cabeza—. Venga, anda. Tengo el coche en el aparcamiento de enfrente.

Me encantaba ir en el Range Rover de Justin, porque dentro su embriagador olor se multiplicaba por diez. Apoyando la cabeza en el asiento, cerré los ojos, increíblemente feliz de estar con él. Recordé que solo faltaban unos días para que se fuera a Nueva York. Yo echaría el cierre a la casa y dejaría de verlo todos los días.

Cuando abrí los ojos, me di cuenta de que estábamos cruzando el puente de Mount Hope. Estaba saliendo de la isla.

—¿Adónde vamos?

—Estamos desviándonos un poco. ¿Te parece bien?

Me vi inundada por la emoción.

—Sí.

Cuarenta minutos después, llegamos a Providence, la ciudad en la que viví y en la que crecimos.

—Hace siglos que no vengo por aquí —comentó.

—No te pierdes mucho.

—Más bien intento no pensar en lo que me pierdo.

Condujimos a través de nuestro antiguo barrio y finalmente nos abrimos paso por las abarrotadas calles del lado este de la ciudad. Cuando giró en una calle lateral, me di cuenta de adónde me llevaba. Como si estuviera reservado para nosotros, había una plaza de aparcamiento libre justo delante del pequeño cine rojo. Justin aparcó en paralelo y apagó el motor.

Se quedó sentado durante unos segundos y se volvió hacia mí.

—Parece que está abierto. ¿Crees que seguirán poniendo películas a medianoche?

—Hace años que no vengo. Podríamos comprobarlo.

Nunca esperé abrir el baúl de los recuerdos.

Justin se acercó al desaliñado anciano que había detrás del mostrador.

—¿Todavía proyectan películas independientes?

—Como quieras llamarlas.

—¿Cuándo es la próxima película?

—En diez minutos.

—Denos dos entradas.

—Número uno a la izquierda.

—Gracias —contestó Justin antes de guiarme al interior del oscuro cine. Miré a mi alrededor.

—Me alegro de que hayas pensado en esto —dije.

—¿Te acuerdas de esta sala? —preguntó.

—Sí. —Señalé el centro—. Solíamos sentarnos justo ahí. Huele peor de lo que recordaba.

—Sí que huele bastante mal.

Solo había otra persona en el cine; un hombre sentado en diagonal delante de nosotros.

Las luces se atenuaron y empezó la presentación del largometraje. A los pocos segundos, quedó claro que, aunque el pequeño cine rojo parecía igual físicamente, todo lo demás había cambiado.

La secuencia inicial presentaba un montaje musical de mujeres chupándosela a diferentes hombres. Parecía que nuestro pequeño cine rojo había perdido su inocencia por completo durante los años en los que lo habíamos abandonado. Ahora era un cine porno.

Cuando miré a Justin, se estaba riendo tanto que prácticamente estaba llorando.

—Júrame que no lo sabías —le susurré.

Se limpió los ojos.

—Te lo juro por Dios, Amelia. No tenía ni idea. ¿Acaso has visto un cartel..., algo?

—No, pero nunca ha habido carteles que anunciaran las películas, así que supuse...

—Ya sabes lo que dicen sobre suponer cosas...

—¿Hace que quedemos como unos idiotas?

—Casi. A veces, cuando asumes cosas, acabas por accidente en un cine porno viendo una escena de sexo anal.

Señaló la pantalla, que no mostraba nada más que un culo gigantesco al que se estaban follando.

—Nuestro pequeño cine rojo se ha corrompido, Patch.

Para empeorar las cosas, el otro espectador parecía estar sacudiendo la mano arriba y abajo debajo de una manta. Los dos nos quedamos mirando al hombre y luego estallamos en carcajadas.

—¿Crees que esa es la señal para que nos vayamos? —pregunté.

—Puede ser.

De repente, una nueva escena apareció en la pantalla. No era tan dura como la otra y parecía más cinematográfica, como una película de verdad y no un vídeo triple X barato. La música era más suave. El fragmento mostraba a dos hombres dándolo todo de forma lenta y sensual con una chica. Ella le estaba practicando sexo oral a uno mientras el otro se lo estaba chupando a ella. Se suponía que nos íbamos a ir, pero me quedé congelada en mi asiento, incapaz de apartar los ojos de aquello. Sabía que Justin también lo estaba viendo porque estaba callado. Duró unos diez minutos.

Cuando acabó, miré a Justin, quien se limitó a mirarme fijamente. ¿Había estado viendo la película o había estado mirándome a *mí* viendo la película? ¿Sabía que me había excitado? Fuera como fuese, no hizo ningún comentario sarcástico y, desde luego, no se rio de mí.

Por fin habló, y su voz sonó tensa cuando me susurró al oído:

—¿Quieres quedarte?

—No. Deberíamos irnos.

—Vale.

Cuando empecé a levantarme, me puso la mano en el brazo para detenerme.

—Necesito un minuto.

—¿Por qué?

Se quedó mirándome como si debiera saber por qué.

Caí en la cuenta.

—¡Oh!

No sabía qué me excitaba más, si haber visto esa escena o saber que Justin estaba empalmado por haberla visto. Era demasiado para mí. Cerró los ojos durante un minuto y luego me miró.

—No baja.

—Quedarse aquí no va a ayudar.

—Puede ser.

—Vámonos, anda. —No quise reírme, pero era bastante gracioso.

Ambos nos levantamos y salimos del cine. Intenté con todas mis fuerzas no mirar hacia abajo, pero mis ojos me traicionaron cuando se desviaron hacia el bulto que sobresalía de sus vaqueros. Mi mente se vio inundada de pensamientos impuros. Deseaba que las cosas fueran diferentes, porque se me ocurrían un millón de maneras de ayudarle a deshacerse de la erección.

El viaje de vuelta a Newport fue tranquilo. La tensión sexual en el aire era patente. Mis pezones se habían vuelto de acero y tenía las bragas empapadas al saber que, probablemente, seguía empalmado. Se me pasó por la cabeza que ciertas situaciones podían ser incluso más excitantes que el sexo en sí; esas situaciones en las que deseabas muchísimo algo, pero no podías tenerlo. Mi cuerpo estaba experimentando un estado imposible de excitación.

Llegamos a casa. Cuando apagó el motor, apoyó la cabeza en el asiento y se volvió hacia mí, como si quisiera decir algo, pero no encontrara las palabras.

Para romper el hielo, le dije:

—Gracias por intentar mejorar mi noche.

—«Intentar» es la palabra clave. Ha sido un fracaso total.

—¡Qué va!

—¿Que no? Te he llevado a ver una película porno sin querer y me he empalmado en el proceso. ¿Qué diablos? ¿Tengo quince años o qué?

—Yo también estaba cachonda. Solo que no es tan obvio.

—Lo sé. Me di cuenta. Eso fue lo que... —Dudó y sacudió la cabeza—. No importa.

—En fin. Aun así, ha sido mejor que la cita con el Dr. Danger.

—No me creo lo de ese imbécil. Debería ir al hospital y darle una paliza mañana.

—No vale la pena. —Miré por la ventana—. Bueno, deberíamos entrar.

—Sí.

De vuelta en la casa, nos quedamos en la cocina. No estaba preparada para irme a dormir, a pesar de que era más de la una de la mañana. Ninguno de los dos se movió.

—Es muy tarde, pero no estoy nada cansada —comenté.

—Si hago un poco de la fusión de cafés, ¿querrás un poco?

—Sí, me encantaría. —Sonreí.

Contemplé todos sus movimientos mientras preparaba el café.

Te quiero.

¡Dios! El pensamiento salió solo de mi subconsciente. De vez en cuando, esas dos palabras sonaban en mi cabeza cuando estaba con él. Era verdad que lo amaba, tanto como siempre lo había hecho. No obstante, tenía que controlar esos sentimientos, de lo contrario me estaría preparando para una decepción enorme.

Estaba de espaldas a mí cuando dijo:

—Jade volverá en unos días.

Se me paró el corazón.

—¿En serio? ¿Vas a volver a Nueva York con ella?

—No. Cuando se vaya, me quedaré unos días más para cumplir mi promesa con Salvatore.

—¡Oh!

Colocó una taza caliente y humeante frente a mí.

—Aquí tienes.

—Gracias.

Durante las últimas cuarenta y ocho horas, parecía que algo había cambiado entre nosotros. Tal vez su cambio de actitud era el resultado del inminente fin del verano.

—No creo que ninguno de los dos se vaya a dormir pronto después de esto —dije, tras lo que le di un sorbo al café.

—Podríamos quedarnos despiertos.

Durante las dos horas siguientes, Justin y yo nos dedicamos a hablar de las cosas que nos habíamos perdido de la vida del otro. Me enteré de que, antes de mudarse a Nueva York, cursó un semestre en el Berklee College of Music de Boston, pero que no pudo permitirse continuar. Sus padres se negaron a financiar sus estudios si elegía especializarse en música. Decidió mudarse a Nueva York y aceptó trabajos esporádicos y bolos hasta que volvió a estudiar y se especializó en negocios con un título adicional en música. Me contó que había conocido a su exnovia, Olivia, unos años después de mudarse allí. Vivieron juntos un par de años y siguieron siendo amigos después de que rompiera con ella. Fue su única novia seria antes de Jade. Según él, Jade cree que su ex quiere volver con él, a pesar de que Olivia está ahora con otra persona. Entre esas dos relaciones, se había acostado con una buena cantidad de mujeres. Aprecié que fuera sincero conmigo, pero aun así me dolió escuchar eso.

Le conté anécdotas sobre mis años en la Universidad de Nuevo Hempshire y sobre cómo elegí la carrera de Educación porque me parecía una opción sólida, no porque fuera algo que me apasionara. Admití que, aunque me gustaba enseñar, sentía que me faltaba algo, algo más que tenía que hacer con mi vida y que no había descubierto todavía.

Excitados por el café, hablamos literalmente durante toda la noche. Todavía llevaba puesto el vestido negro de la cita. En un momento dado, subí a usar el baño. Cuando bajé a la cocina, él estaba sentado en un taburete junto a la ventana, tocando la guitarra.

El sol empezaba a salir por el océano. Estaba de espaldas a mí y empezó a tocar *Here Comes the Sun* de los Beatles. Me apoyé en el umbral de la puerta y escuché su relajante voz. Cuanto más prestaba atención a la letra de la canción, más metafórica me parecía. La última década había sido como una larga temporada de oscuridad y arrepentimiento en lo que respectaba a Justin y a mí. Esta reconexión era como si el sol volviera a salir por primera vez en mucho tiempo. Lo más probable era que hubiera elegido cantar esa canción porque el sol estaba saliendo en ese momento. Aun así, no pude evitar que mi mente tomara ese camino, sobre todo cuando no había dormido nada.

Deja de enamorarte de él otra vez, Amelia.

¿Cómo iba a cambiar lo que sentía? Era imposible. Solo tenía que aprender a aceptar que Justin estaba con Jade. Él era feliz. Tenía que averiguar cómo volver a ser su amiga sin salir herida en el proceso.

Cuando la canción acabó, se dio la vuelta y vio que lo había estado mirando.

Me acerqué adonde estaba sentado y miré hacia fuera.

—El amanecer es bonito hoy, ¿verdad?

—Precioso —convino, salvo que no estaba mirando el sol en absoluto.

8

Jade llegaba mañana y eso me estaba poniendo muy nerviosa.

Necesitaba hablar con alguien, así que obligué a mi amiga y compañera de trabajo, Tracy, a venir de visita a la isla. Quedé con ella para comer en el *pub* Brick Alley, en la ciudad. Llevaba sin ver a Tracy desde que acabó el curso escolar. Debido a la apretada agenda de verano de sus hijos, no había podido escaparse hasta ahora.

La primera mitad de nuestra quedada para almorzar la pasamos comiendo nachos, contándole toda mi historia con Justin y repasando lo que había pasado en la casa de la playa hasta ahora.

—¡Dios! ¡No me gustaría estar en tu lugar —dijo—. ¿Qué vas a hacer?

—¿Qué *puedo* hacer?

—Podrías decirle lo que sientes por él.

—Está con Jade y es una buena persona. No puedo intentar conquistarlo delante de sus narices, si es lo que estás insinuando. No pienso hacer eso.

—Pero es obvio que te quiere.

—Yo no estaría tan segura.

—¡Venga ya! ¿Y la canción que te dedicó? Sí, no sabía que la escuchaste, pero está claro que todavía siente algo.

—Sentir algo todavía es una cosa... Actuar en consecuencia es totalmente diferente. No va a dejar a su novia preciosa, talentosa y estrella de

Broadway, que ha estado a su lado cuando yo no lo estaba, solo porque se hayan reavivado viejos sentimientos. Jade es una chica estupenda.

—Pero ella no es tú. Siempre te ha querido a ti. Tú eres la que se le escapó.

—Yo soy la que *se escapó*. No va a olvidarlo. Puede que aprenda a perdonarme, pero no sé si alguna vez confiará del todo en mí. No es justo que espere que lo haga.

—Estás siendo demasiado dura contigo misma. Eras una niña. —Tracy le dio un mordisco a una patata frita y habló con la boca llena—. Has dicho que no vais a vender la casa, ¿verdad?

—Sí. Hemos acordado quedárnosla. Es lo que Nana querría.

—Entonces, tanto si se queda con Jade como si no, esta casa os va a unir a los dos para siempre. ¿De verdad quieres pasar todos los veranos del resto de tu vida viendo cómo el hombre que amas va allí con otras mujeres?

Sentí que mi corazón se partía en dos. En mi mente se reprodujeron destellos de muchos veranos convirtiéndose en inviernos a cámara rápida. La idea sonaba desalentadora. Un año tras otro de amor no correspondido era algo que no quería tener que soportar.

—No estás ayudando a resolver mi dilema. Esperaba que me hicieras entrar en razón, que me ayudaras a darme cuenta de que tengo que aceptar las cosas tal y como son y pasar página.

—Pero eso no es lo que quieres realmente, ¿verdad?

No, no lo es.

Esa noche libraba. No sabía si sentirme decepcionada o aliviada por perderme el concierto de Justin. Habíamos mantenido las distancias desde aquella noche en la que nos quedamos despiertos. Era lo mejor, ya que entonces faltó poco para que la situación se volviera inapropiada, al menos en mi cabeza.

Tracy decidió quedarse y pasar la noche en la casa de la playa. Como Justin no estaba en casa, tuvo la brillante idea de comprar algo de alcohol y tener una noche de chicas.

Llegamos a la casa con una bolsa de papel llena de tequila, limas y sal gruesa. Me dio un vuelco el estómago cuando vi el coche de Justin en la entrada.

Se suponía que estaba trabajando. ¿Qué estaba haciendo en casa?

—¡Mierda! Justin está en casa.

—Pensaba que estaba trabajando —contestó.

—Y yo.

Justin no estaba por ningún lado cuando entramos por la puerta. Dejé la bolsa en la encimera de la cocina y fui a enseñarle a Tracy la terraza de arriba. Allí encontramos a Justin sentado, fumándose un cigarro con las piernas sobre la barandilla mientras miraba hacia el océano. Tenía el pelo mojado, como si acabara de darse un chapuzón en el mar. Estaba sin camiseta. La parte superior de los calzoncillos le sobresalía de los vaqueros. Parecía sacado de un puto anuncio de Calvin Klein. Tracy se quedó con la boca abierta cuando lo vio.

—¿Qué haces aquí? Pensaba que estabas tocando en el restaurante.

Le salió humo de la boca.

—Se suponía que sí. Pero ha faltado poco para que salga ardiendo.

—¿Qué?

—Ha habido un incendio esta tarde en la cocina. Cuando aparecí, me dijeron que tenían que cerrar para ventilar todo el restaurante. No volverán a abrir hasta dentro de una semana por lo menos. No tiene pinta de que vaya a volver a tocar allí antes de irme.

—¡Hostia! ¿Alguien ha resultado herido?

—No, pero Salvatore estaba hecho polvo. —Miró hacia Tracy—. ¿Quién es?

—Esta es Tracy, una buena amiga de Providence y profesora en mi instituto. Ha venido a pasar el día conmigo. Se va a quedar a dormir esta noche.

Justin se colocó la gorra de béisbol hacia atrás en la cabeza y se puso de pie.

—Encantado de conocerte —dijo, ofreciéndole la mano.

—Igualmente —contestó, tomándola.

Sacudí la cabeza con incredulidad, no solo por el incendio sino por el hecho de que Justin probablemente se fuera con Jade antes de lo que pensaba.

—¡Vaya! No puedo creerme lo del incendio.

—No estaba de buen humor para tocar esta noche, pero nunca le habría deseado eso a Sal.

—¡Dios! Me pregunto si volveré a trabajar allí antes de que acabe el verano.

Le dio otra calada al cigarro y sacudió las cenizas. Ese gesto desprendió algo muy sensual.

—¿Qué van a hacer esta noche, señoritas?

—Íbamos a tomarnos unas copas y a tener una noche de chicas.

—Eso suena a desmelene.

Tracy se rio.

—No todas las noches me alejo de mis hijos. Así que, para mí, una noche de chicas en casa es lo más salvaje que voy a tener.

Justin le guiñó un ojo.

—Bueno, entonces me mantendré al margen.

—No tienes por qué —dijo Tracy—. Deberías unirte y tomarte algo con nosotras.

—Tranquila. No pasa nada.

Cuando volvimos abajo, Tracy fue a usar el baño. Estaba cortando limas cuando Justin bajó y vio la botella gigantesca de tequila que había sobre la encimera.

—¡Madre mía! ¿Tenéis suficiente tequila?

—Fue idea suya. Yo nunca he tomado chupitos de tequila.

Entrecerró los ojos.

—¿Nunca te has tomado un chupito de tequila?

—No.

—¡Joder, Patch! ¿Es que en Nuevo Hampshire no sabían pasárselo bien?

—Nunca había bebido realmente hasta hace un año. De hecho, nunca he bebido más de lo que he bebido este verano.

Esbozó una sonrisa pícara.

—¿Asumo la responsabilidad de eso?

—Tal vez. —Me reí.

Nuestra atención se centró en Tracy cuando volvió a bajar las escaleras.

—Lo siento mucho, Amelia, pero Todd acaba de llamarme y me ha dicho que Ava está enferma y vomitando. Necesita que vuelva a casa, a Warwick.

—¿En serio? ¡Qué pena!

—Supongo que tendréis que disfrutar del tequila sin mí. Menos mal que Todd ha llamado antes de que empezara a beber y me fuera imposible conducir a casa.

—¿Necesitas algo para el camino? —pregunté—. ¿Una botella de agua o algo?

—No. Estoy bien. —Tracy me abrazó y me dijo—: De todas formas, te veré en clase dentro de unas semanas.

—Gracias por venir, Tracy. Me lo he pasado genial.

—Ha sido un placer conocerte, Justin.

Justin le ofreció una despedida silenciosa con la mano antes de que la acompañara a la puerta.

Cuando Tracy se fue, el ambiente se volvió muy tenso. Cuando me di la vuelta, Justin estaba apoyado en la encimera de la cocina con los brazos cruzados.

Esto era justo lo que había intentado evitar. Parte de la razón por la que había animado a Tracy a pasar aquí la noche era para evitar estar a solas con él. Esta noche sería la última vez que estaríamos solos antes de que él regresara a Nueva York.

Me dirigí despacio hacia donde él estaba.

Justin sonrió.

—¿Qué vamos a hacer con todo este tequila?

Me encogí de hombros.

—No lo sé —respondí.

—Creo que deberíamos bebérnoslo.

—No sé cómo se toman los chupitos de tequila. Tracy iba a enseñarme.

—Fácil. Lames, tragas, chupas.

—¿Perdón?

—Es un proceso de tres pasos. Te mojas la mano, lames la sal, te tragas la bebida de una sola y chupas la lima. Lamer, tragar, chupar. Te enseñaré cómo se hace.

Oírle decir las palabras «lamer», «tragar» y «chupar» hizo que mi cuerpo se estremeciera.

En ese momento, mi móvil vibró contra la encimera. Estaba justo al lado de Justin. Su expresión se ensombreció cuando miró la pantalla.

Levantó el móvil y, antes de dármelo, murmuró:

—Muy bonito, ¡joder!

Toda la sangre de mi cuerpo pareció subírseme a la cabeza cuando leí el mensaje de Tracy.

Está claro que Justin te desea. Deberías follártelo esta noche.

Cuando alcé la vista, su mirada era penetrante.

Devanándome los sesos en busca de una respuesta, dejé escapar una risa falsa.

—Es una bromista. Le gusta tocar las narices. Lo siento.

No dijo nada, solo me miró con una intensidad incómoda.

Me cago en todo. ¡Muchas gracias, Tracy!

El corazón me latía frenéticamente.

Justin se quedó callado durante mucho tiempo y luego se limitó a decir:

—Necesito esa puta bebida.

Exhalé un suspiro de alivio.

—Yo también —contesté.

Examinó la botella.

—¿Elegiste tú el tequila?

Bien. Lo iba a dejar pasar.

—Sí.

—Esta marca es una mierda. Es barata.

—Ya te lo he dicho. No sé nada de tequila.

—La verdad es que tampoco es tan malo, porque nos lo vamos a tragar tan rápido que ni siquiera notarás el sabor. Si fuera de los caros, sería un desperdicio.

Justin abrió el salero, agarró dos vasos de chupito del mueble y los colocó sobre el granito antes de deslizar uno de ellos hacia mí.

Alzando la mano, estiró el pulgar y el índice, y señaló el espacio entre ellos.

—Pon tu mano así y haz lo mismo que yo. —Luego lamió el espacio entre sus dedos. ¡Dios! ¡Ese único movimiento que hizo con la lengua era demasiado erótico. Hizo que fuera fácil imaginar lo que esa boca era capaz de hacer en otros contextos.

Jade es una mujer afortunada.

Justin observó cada movimiento de mi lengua mientras repetía lo que él había hecho. Luego espolvoreó un poco de sal entre sus dedos y los míos.

—Vas a lamer la sal muy rápido antes de beberte el tequila de un trago. No te detengas. Bébetelo todo. Luego, toma una lima y chupa.

¡Joder! Escuchar cómo salían de su boca las palabras «lamer» y «chupar» con ese tono exigente... era demasiado.

—¿Lista? Lo haremos juntos. A la de tres. Uno... dos... tres.

Siguiendo su ejemplo, me lamí la mano y me tragué el líquido de golpe, y el tequila me quemó la garganta.

Se me había olvidado la lima. Justin tomó una y me la puso en la boca.

—Rápido. Chupa esto. Disipará el sabor.

Chupé el jugo, saboreando su acidez. Mis labios le estaban tocando los dedos mientras sostenía la fruta. Me miraba atentamente al tiempo que la chupaba. Me hubiera gustado tragarme sus dedos enteros.

Cuando retiró la lima, me lamí los labios.

—¡Dios! ¡Qué fuerte! ¿Y ahora qué? ¿Otro?

—Tranquila, no seas borracha. Deberíamos esperar un poco. A ti se te sube rápido.

Espaciamos los chupitos, y cada uno pegaba más fuerte que el anterior. Cuando perdí un poco el equilibrio, Justin dijo:

—Muy bien. Ya está. No más alcohol para ti.

Vi cómo se tomaba dos chupitos más. Después de varios minutos, los ojos se le empezaron a poner vidriosos. Los dos estábamos bastante borrachos.

La habitación se balanceó mientras me dirigía al sofá y cerraba los ojos. Sentí un gran peso cuando Justin se dejó caer a mi lado. Recostó la cabeza hacia atrás y cerró los ojos también. Se había quitado la gorra y tenía el pelo revuelto. La iluminación del salón incidía en su cabeza y le resaltaba los mechones rubios. Después de mirarlo durante un rato, la necesidad de pasarle los dedos por ese pelo sedoso se hizo insoportable. Acerqué la mano y empecé a rascarle despacio. Sabía que estaba mal, pero me había convencido de que era un gesto inocente entre amigos. Como solíamos hacer. En el fondo, sabía que me estaba engañando. El alcohol había nublado mis inhibiciones y me había dado el coraje para hacer algo que llevaba mucho tiempo deseando hacer.

Justin dejó escapar un suspiro largo y tembloroso, pero mantuvo los ojos cerrados mientras mis dedos seguían masajeándole el cabello. Al principio, parecía estar en éxtasis, así que no me detuve. Sin embargo, al cabo de un minuto, su respiración se hizo más pesada y empezó a inquietarse.

Me sobresaltó cuando de repente abrió los ojos y se volvió hacia mí.

—¿Qué diablos haces, Amelia?

Retiré la mano. El corazón empezó a latirme con fuerza mientras intentaba inventarme una excusa.

—Lo siento. Me... Me dejé llevar.

—Ya veo. ¿Culpa del alcohol? —se burló.

Se levantó, se dirigió al otro lado de la habitación y se tiró del pelo con frustración mientras caminaba de un lado a otro. Entonces, hizo algo de lo más extraño. Se tiró al suelo y empezó a hacer una secuencia rápida de flexiones.

Intentando combatir las lágrimas de humillación que me escocían los ojos, vi cómo seguía con los ejercicios durante varios minutos. Estaba jadeando y agotado cuando se desplomó sobre la espalda. Por fin se sentó, con la cabeza inclinada hacia el suelo mientras parecía sumido en sus pensamientos. El sudor le caía por la espalda.

Decidí que ya había hecho suficiente daño por una noche, así que me levanté y empecé a subir las escaleras.

Su voz me detuvo.

—No te vayas.

Me giré al pie de las escaleras.

—Debería irme a dormir —contesté.

—Ven aquí —dijo en voz baja.

Cuando volví a sentarme en el sofá, su voz era más exigente.

—He dicho que vengas... aquí. —Señaló a su lado, al suelo. Mientras Justin se sentaba rodeándose las espinillas con los brazos, yo me coloqué en el suelo junto a él, todavía demasiado avergonzada para mirarle a los ojos.

Me dio la espalda.

—Me preguntaste qué significaba el tatuaje que tengo en la espalda. Mira los números en tres grupos de cuatro que hay debajo del código de barras.

Parecían números al azar sin ningún orden en particular. Tres grupos de cuatro. ¿Qué significaban?

Finalmente, entendí el primer grupo: 1221.

—El 21 de diciembre, tu cumpleaños.

Asintió con la cabeza.

—Sí.

La siguiente serie era 0323.

—¿Esa cuál es?

—El 23 de marzo de 2001 —respondió.

—¿Qué significa esa fecha?

—¿No lo sabes?

—No.

—Ese fue el día que nos conocimos.

—¿Cómo es posible que te acordaras de la fecha exacta?

—Nunca se me olvidó.

Miré la siguiente serie de dígitos: 0726.

Esa era una fecha que nunca podría olvidar.

—El 26 de julio fue la fecha en la que me fui de Providence en 2006. —Me quedé mirándolo un rato antes de seguir hablando—: El código de barras representa tu nacimiento y el principio y el final de nuestra relación.

—Sí. Momentos que definen mi vida.

—¿Cuándo te hiciste este tatuaje?

—La noche que me lo hice estaba en Boston acabando mi primer y último semestre en el Berklee College of Music. Sabía que no iba a volver porque no podía permitírmelo. Esa noche estaba deprimido y te echaba mucho de menos. Pero me había negado a hablar contigo cuando intentaste contactar conmigo el año anterior y no iba a ceder. Era joven y cabezota. Quería que pagaras por haber huido. La única manera que conocía para conseguirlo era hacerte lo que tú me hiciste a mí: desaparecer. Encontré un estudio de tatuajes cerca de la facultad y me lo hice. Representaba dejarte ir de una vez por todas.

—¿Funcionó?

—Después de aquel día, cumplí mi promesa de pasar página. Y cada año se hizo más fácil olvidarlo todo, sobre todo después de que me mudara a Nueva York. Pasaban los días y las semanas, y no pensaba en ti. Creía que te había dejado en el pasado, donde pertenecías.

—Hasta que no pudiste evitarme más.

Asintió con la cabeza.

—Al venir aquí, no tenía ni idea de qué esperar. Cuando te vi el primer día en la cocina, me di cuenta al instante de que los sentimientos no habían desaparecido en absoluto. Solo los había reprimido. Verte de nuevo como una mujer adulta... fue chocante. No supe cómo gestionarlo.

—¿Además de siendo cruel?

—Al principio seguía muy enfadado contigo. Quería que me trataras como una puta mierda para que, al menos, el enfado estuviera justificado. Pero en vez de eso... fuiste dulce y estabas llena de arrepentimiento. El objetivo de mi enfado se ha ido desplazando, poco a poco, de ti a mí mismo... por desperdiciar todos esos años en el rencor. Así que ¿sabes lo que representa ahora este tatuaje para mí? —Hizo una pausa—. La puta estupidez.

—Yo fui la estúpida por dejarte. No...

—Déjame acabar. Tengo que soltarlo esta noche.

—Vale.

Lo siguiente que salió de su boca fue totalmente inesperado.

—Tenemos que hablar de nuestra atracción mutua, Amelia.

Tragué saliva.

—De acuerdo.

—Ese mensaje de tu amiga... Tenía razón. Ahora mismo tengo tantas ganas de follar contigo que casi estoy temblando. Mi conciencia es lo único que me detiene. Está mal y sería una cagada enorme.

Mi cuerpo se agitó ante su confesión, y no sabía si excitarme o vomitar. Continuó.

—Desde el día que te pillé mirándome en mi habitación... no he podido sacarte de mi cabeza.

—No debería haberlo hecho.

—No, no deberías haberlo hecho. Pero el caso es que... ni siquiera pude enfadarme contigo, porque que me vieras masturbándome fue lo más excitante que he experimentado en mi vida.

¡Vaya! No creí que se sintiera así.

—Creía que pensabas que era una pervertida.

—Yo habría hecho lo mismo si pasara por tu habitación y te viera tocándote.

—Tienes un cuerpo precioso, Justin. Era difícil apartar la mirada.

—¿En qué pensabas?

—¿Qué quieres decir?

—Cuando me estabas mirando. ¿En qué pensabas?

Ya que estaba siendo tan sincero conmigo, decidí decirle toda la verdad.

—Estaba imaginándome que estaba contigo.

Su respiración se entrecortó y apartó la mirada un momento antes de establecer contacto visual.

—¿Siempre te has sentido tan atraída hacia mí como ahora?

—Sí. Pero ahora todavía más. Sé que está mal, Justin.

—Bien o mal, no podemos evitar hacia quién nos sentimos atraídos. No quiero desearte así. El simple hecho de estar sentado a tu lado ahora mismo me resulta difícil. Pero desear a alguien y actuar en consecuencia son dos cosas diferentes. Por eso, cuando me tocaste el pelo, tuve que detenerte.

—No estaba intentando acostarme contigo, de verdad. Solo echaba de menos tocarte el pelo. Eso es todo. Fue egoísta.

—Créeme, lo entiendo. No soy inocente. Yo también he buscado excusas para tocarte. Pero tengo novia. Tenemos una buena vida en Nueva York. No hay excusa. Estoy empezando a sentirme como mi padre, totalmente fuera de control sin preocuparme por nadie más.

—Tú no eres tu padre.

—Mi madre era igual de mala.

—Bueno, tú no eres tus padres.

—Tampoco quiero hacerte daño, Patch. Estoy hecho un puto lío. Esto de compartir la casa hace que todo sea muy incómodo. —Cerró los ojos durante un largo instante antes de continuar—: Quizá deberíamos llegar a un acuerdo el año que viene.

—¿Un acuerdo?

—Sí, como alternar los meses tal vez, para que así que no tengamos que estar aquí al mismo tiempo.

Sentí como si me hubiera arrancado el corazón.

No podía creer lo que estaba escuchando.

—A ver si lo entiendo. ¿Eres incapaz de confiar en ti mismo cuando estás cerca de mí, así que no quieres verme físicamente nunca más?

—No es eso.

—Entonces, ¿por qué otra razón no querrías estar cerca de mí?

Alzó la voz, con un tono que rozaba el enfado.

—¿Realmente disfrutas oyéndonos a Jade y a mí follando?

—No, pero...

—Bueno, yo tampoco quiero oírte follar con nadie. Intento protegernos a los dos.

Me hervía la sangre.

—Entonces, ¿prefieres no verme en absoluto?

—No he dicho eso. Pero al menos deberíamos considerar lo de acordar un calendario. Creo que sería una opción inteligente.

Las palabras salieron volando de mi boca.

—A pesar de lo difícil que ha sido para mí, nunca se me ha pasado por la cabeza algo así. Esa es la diferencia que hay entre nosotros. Yo lidiaría con toda la incomodidad que hiciera falta con tal de tenerte en mi vida.

Nunca elegiría una opción que implicara fingir que no existes. Me quedaría con cualquier fragmento de ti antes que no tener nada en absoluto. Está claro tú no sientes lo mismo por mí. Así que, ¿sabes qué?, ahora que lo sé... me parece estupendo lo del calendario. —Unas cuantas lágrimas calientes me corrieron por las mejillas.

—¡Joder, Patch! No llores.

Alcé la mano mientras me levantaba.

—Por favor. No vuelvas a llamarme así nunca más.

Ocultó la cara entre las manos y gritó entre ellas.

—¡Joder!

Me dirigí a la cocina y abrí la botella de tequila para servirme otro chupito. No me molesté en ponerle sal ni lima y me lo bebí de un trago.

Justin agarró la botella antes de que pudiera servirme otro.

—Te vas a poner enferma.

—Eso no es de tu incumbencia.

En ese momento, la puerta se abrió con un clic. Ambos giramos la cabeza hacia ella a la vez.

Palideció antes de esbozar una falsa sonrisa y exclamar:

—¡Jade!

Ella corrió hacia él a toda velocidad para rodearlo con los brazos.

—No podía esperar hasta mañana. Te echaba mucho de menos.

Plantó sus labios sobre los de él y el cuerpo de Justin se tensó. Se notaba que se sentía incómodo besándola delante de mí después de lo que acababa de ocurrir.

Jade se apartó de él.

—Hueles a tequila.

—Sí. Su amiga ha estado aquí y lo ha traído.

—Me alegra ver que todavía os habláis. —Me miró y se acercó para darme un abrazo—. A ti también te he echado de menos, Amelia. —El sentimiento de culpa crecía en mi interior con cada segundo que su delgado cuerpo se apretaba contra mí.

—Me alegro mucho de que hayas vuelto —mentí.

Me miró a la cara.

—Parece que tienes los ojos rojos. ¿Estás bien?

—Sí. Es que he bebido demasiado. No estoy acostumbrada.

—El tequila es duro. —Se rio, mirando la botella—. Sobre todo, si es una mierda barata como esa.

Jade pasó los siguientes minutos poniéndome al corriente de todos los cotilleos teatrales de Broadway mientras Justin y yo nos lanzábamos miradas incómodas. Cuando acabó de hablar, decidí que tenía que excusarme.

—Bueno, estoy agotada. Me voy arriba.

—Espero que no te molestemos mucho esta noche. —Me guiñó un ojo y miró a su novio—. Ha pasado mucho tiempo.

Justin parecía estoico y extremadamente incómodo.

—No os preocupéis por mí. Dadlo todo —contesté.

Arriba, en mi habitación, me tapé los oídos con la almohada para enmascarar el sonido que hacía su cama crujiendo. Escuchar cómo se acostaban era doloroso a más no poder, pero no podía compararse con el vacío que sentía por la conversación que habíamos tenido Justin y yo.

Me dolía el estómago. De repente, sentí unas enormes ganas de vomitar. Corriendo al baño, juré que no volvería a beber tequila mientras viviera, no solo porque me daba náuseas, sino porque siempre me recordaría a esta horrible noche.

9

Habían pasado dos días y seguía enferma. ¿Las resacas duraban tanto? Apenas había salido de mi habitación. Justin y Jade se estaban preparando para irse de la casa de verano y volver a la ciudad de forma definitiva. Oía cómo hacían la maleta sin prisas. Todavía no estaba claro cuándo iban a marcharse. Seguía muy enfadada por su sugerencia de establecer un calendario para nuestra estancia en la casa el verano que viene, por lo que no tenía ningún deseo de verle, ni siquiera de despedirme.

Él tampoco se había molestado en comprobar cómo estaba. Cuando Jade venía a verme, le daba las gracias, pero le decía que se mantuviera alejada para que no se pusiera enferma cuando regresara a Broadway. Prefería no tener que volver a hablar con ellos antes de que se fueran, pero estaba dándome cuenta de que necesitaba salir de mi habitación para ir al médico.

Hoy debía de ser mi día de suerte, porque se fueron de casa juntos el tiempo suficiente para poder ducharme y escabullirme sin tener que verlos.

Cuando llegué a la clínica, tuve que esperar una media hora a que me vieran. No podía arriesgarme a ir a urgencias en el hospital de Newport porque lo último que necesitaba era ver a Will Danger. Así pues, me desvié un poco para encontrar esta pequeña clínica para la que no hacía falta cita previa.

Por fin, una enfermera me llamó.

—¿Amelia?

La seguí a través de una serie de pasillos sinuosos hasta llegar a una consulta pequeña y fría, en la que tuve que esperar otros veinte minutos. Cuando finalmente apareció la doctora, le expliqué los síntomas que tenía: náuseas, vómito, cansancio. Le conté que llevaba todo el verano encontrándome mal de vez en cuando y admití que había bebido mucho los días anteriores, pero descartó intoxicación por alcohol. También le mencioné que Justin había estado enfermo, por si acaso tenía algo que ver con eso.

Cuando dije que llevaba más de dos años sin ir al médico, insistió en hacerme algunas pruebas para asegurarse de que todo estaba bien. Me mandó a otra consulta, donde un enfermero me extrajo sangre del brazo. También hice pipí en un bote. Resultó ser algo bastante complicado.

Los resultados de la analítica de sangre estarían listos en unos días. Estaba a punto de irme de la clínica cuando la doctora me alcanzó en la recepción.

—¿Señorita Payne?

—¿Sí?

—¿Puede volver a mi consulta un momento, por favor?

El corazón me iba a mil por hora. Algo no iba bien. Me dijeron que iban a llamarme. ¿Para qué tenía que verme tan de repente?

—Como sabe, en el laboratorio de abajo le han sacado sangre, y esos resultados no estarán listos hasta dentro de unos días, pero hacer un análisis de orina es un proceso mucho más rápido. Ha indicado que no es una persona sexualmente activa, pero resulta que está embarazada.

—Eso es imposible.

—Me temo que no.

—He tenido el periodo.

—Puede que haya sido manchado o algún sangrado intermitente que no era menstruación. Ha mencionado que últimamente ha estado bebiendo mucho. ¿Es posible que haya mantenido relaciones sexuales de las que no sea consciente?

—Por supuesto que no.

Estrujándome el cerebro, pensé en la última vez que tuve relaciones sexuales. Fue con Adam hace unos meses, la noche que rompimos. Siempre usábamos condón, así que parecía imposible.

—¿Está segura?

—Estos análisis son bastante fiables, sí.

—¿Podría volver a hacérmelo?

—Vamos a hacer una cosa. En este edificio hay una consulta obstétrica y ginecológica. Si pueden colarla, veré si pueden hacerle una ecografía rápida. No puedo garantizarle que estén disponibles, pero los llamaré. ¿Por qué no espera en la recepción?

Parecía que llevaba esperando una eternidad. Estaba segura de que todo esto era un error y, por tanto, una pérdida de tiempo.

La doctora asomó la cabeza en la sala de espera.

—¿Señorita Payne? Buenas noticias. La atenderán ahora mismo. Tome el ascensor, baje hasta la primera planta y busque Obstétrica Reid. Pregunte por Doris. Es la técnica de ultrasonidos. Ya les hemos pasado desde consulta toda la información de su seguro.

—Gracias.

Cuando llegué a la consulta, una chica de más o menos mi edad que llevaba un uniforme médico con la cabeza de Mickey Mouse por toda la camiseta me estaba esperando con una sonrisa.

—¿Amelia?

—Sí.

—Hola. Ven por aquí.

Doris me llevó hasta una habitación oscura. Era mucho más cálida que la consulta fría de arriba y de la radio salía una música tranquila.

—Primero de todo, ¡enhorabuena! —Tenía un ligero acento español.

—¡Oh! No estoy embarazada. Tengo un virus. Esto es solo para confirmar que se han equivocado con el análisis de orina.

Me miró con una expresión divertida.

—Esos análisis son muy fiables.

—Suelen serlo, pero en este caso no —respondí con toda naturalidad.

Ignorando mi comentario, señaló mi camiseta.

—¿Puedes levantártela? Voy a ponerte un gel calentito en la barriga.

El tubo soltó un chorro que sonó raro cuando lo apretó para echarme el gel transparente en el vientre. Me tocó el abdomen con la boquilla del aparato y presionó un poco. En la pantalla apareció una imagen blanca y difusa y, en cuestión de segundos, lo vi. No solo una mancha, sino una cabeza y unos brazos. Se estaba moviendo y parecía gigantesco.

—Amelia, te presento... a tu virus. Como puedes ver, justo ahí tiene un corazón que está latiendo, y parece que todo está donde tiene que estar. Sin duda alguna, estás embarazada.

La habitación empezó a darme vueltas.

—¿Cómo es posible?

—Estoy segura de que puedes averiguarlo si lo piensas bien. Parece que estás de unas doce semanas, por lo que la fecha prevista del parto sería a finales de marzo.

Hace tres meses. Prácticamente la última vez que estuve con Adam. El Adam que me puso los cuernos. El Adam que vivía en Boston con Ashlyn. El Adam que odiaba. Ese Adam.

Estaba embarazada del bebé de Adam.

La técnica siguió hablando.

—Por desgracia, es demasiado pronto para saber el sexo, pero podemos concertarte otra cita si quieres una revisión a las dieciocho semanas, y en ese momento podremos determinarlo. Aunque, la próxima vez, verás primero al doctor.

—Seguramente vaya al médico en Providence, donde vivo casi todo el año, pero gracias.

Mareada y confundida, miré con incredulidad cómo imprimía tres imágenes de mi bebé y me las tendía. Miré las fotos de la extraña criatura y luego mi barriga, que apenas la notaba distinta. Solamente parecía estar más hinchada y se lo había atribuido al estrés y a la bebida.

¡Dios mío! ¡La bebida!

Había estado bebiendo alcohol y la fusión de cafés. ¿Estaría bien el bebé?

Sintiéndome como entumecida, salí del centro médico y me quedé sentada en el coche durante varios minutos antes de reunir la energía suficiente para conducir a casa. El exterior parecía distinto. Más gris. Más aterrador. El futuro parecía totalmente incierto. Por primera vez en meses, había otra cosa aparte de Justin que estaba consumiéndome la mente.

En casa, Justin y Jade estaban preparando la cena en la cocina mientras yo estaba tumbada en mi cama agarrándome el estómago con incredulidad. Había conseguido escabullirme a mi habitación antes de que volvieran a casa con la compra, así que todavía no había establecido contacto con ellos. En estas circunstancias, el sonido de las risas de Jade procedente del piso de abajo estaba volviéndome loca.

Todavía seguía en estado de *shock*. Parecía que estaba en medio de un sueño horrible. Este embarazo me parecía imposible de creer.

¿Cómo iba a criar a un niño? Apenas era capaz de cuidar de mí misma. Mi sueldo no bastaba para cubrir los gastos de una guardería. Había demasiadas cosas en el aire. El sonido de la puerta principal interrumpió mi frenético proceso mental. Antes de que pudiera preguntarme si se habían ido, oí unos pasos que subían las escaleras y se acercaban a mi habitación.

Llamaron a la puerta.

—¿Quién es?

—Soy yo. —El inesperado sonido de su voz grave me hizo temblar.

—¿Qué necesitas?

—¿Puedo entrar?

Me levanté y abrí la puerta.

—¿Qué?

Parecía cansado, como si hubiera estado realizando una actividad física agotadora.

—Pareces agotado. ¿Demasiado sexo? —me burlé.

Ignoró la pregunta.

—Jade está haciendo guacamole. Nos hemos quedado sin limas, así que ha vuelto corriendo a la tienda. Es la primera oportunidad que tengo de hablar contigo a solas. No tenemos mucho tiempo.

—¿De qué quieres hablar?

—¿Por qué no has salido de tu habitación?

—¿No es eso lo que querías? ¿Que desapareciera?

Con una mirada llena de arrepentimiento, Justin sacudió la cabeza lentamente.

—No —susurró.

—¿No?

—No. La idea del calendario fue una estupidez. Perdón por haberla sugerido.

—Bueno, adivina qué.

—¿Qué?

—Ya no te será difícil resistirte a mí. No habrá ningún dilema. Porque cuando te diga lo que he descubierto hoy, no volverás a tener ni un solo pensamiento inapropiado sobre mí. No querrás tener nada que ver conmigo. Tu mayor pesadilla... acaba de convertirse en mi realidad, Justin.

Sus párpados se agitaban al tiempo que intentaba descifrar mis palabras.

—¿De qué estás hablando?

Rompiendo a llorar, me volví a sentar en la cama y oculté la cara entre las manos. De repente fui demasiado consciente de las hormonas propias del embarazo. Justin, que nunca me había visto llorar tanto, se sentó a mi lado y me abrazó. Eso no hizo más que animarme a sollozar más fuerte.

—Amelia, habla conmigo. Por favor.

—Fui al médico. Se suponía que era una revisión rutinaria. Había estado enferma, igual que tú...

—¿Te ha hecho alguien daño allí?

—No. ¡No es nada de eso! —grité, limpiándome la nariz con la manga.

—¿Entonces qué?

—La doctora me hizo algunas pruebas. Una de ellas era una prueba de embarazo. —Muy avergonzada, me aparté para mirarle a la cara.

—¿Estás... embarazada?

Mi voz era casi inaudible.

—Sí.

—¿Cómo es posible?

—Estoy de tres meses. Es de Adam.

—¿Ese idiota no usó condón contigo?

—Esa es la cuestión. *Sí* que lo usamos. No sé cómo ha pasado. Está claro que no son infalibles.

—¿Es demasiado tarde para interrumpirlo?

—¿No me has oído decir que estoy de tres meses? ¡Sí, es demasiado tarde! Aun así, nunca sería capaz de abortar.

Justin se levantó de la cama y empezó a caminar de un lado para otro.

—Vale... Vale, lo siento. Solo estaba pensando en voz alta, asegurándome de que sabes qué opciones tienes.

—Estoy muy asustada.

La voz de Jade llamó desde abajo.

—¿Justin? He vuelto.

Dejó de caminar.

—¡Mierda!

—Por favor, no se lo digas a Jade —le rogué—. No quiero que nadie lo sepa todavía.

—Por supuesto.

—Será mejor que te vayas.

No se movió de su sitio.

—Amelia...

—¡Vete! Tú vete. No quiero que me vea llorar.

Todavía con cara de asombro y confusión, Justin se escabulló en silencio de la habitación.

Pasé el resto de esa noche navegando por Internet en busca de información sobre lo que me esperaba los próximos seis meses. Tenía que pensar en cómo se lo iba a contar a Adam. Puede que él no quisiera tener nada que ver con esto, pero aun así tenía que saberlo.

Justin y Jade estaban metiendo sus cosas en el coche. Ya me había despedido de Jade temprano durante el desayuno, pero no había podido hablar con Justin. En cualquier momento se irían de vuelta a la ciudad. No podía creer que por fin hubiera llegado este día. Me daba miedo y suponía un alivio a partes iguales. Verlo todos los días habría sido todavía más duro sabiendo que ya no existía la posibilidad de tener un futuro juntos. Justin no quería tener hijos y mucho menos criar a los de otra persona. Este embarazo había sido el último clavo en el ataúd. Puede que aceptara lo del calendario para el próximo verano. Mejor aún, puede que tuviera que venderle mi mitad de la casa. Por mucho que ese pensamiento me rompiera el corazón, no sabía en qué situación financiera me encontraría después de la llegada del bebé.

De pie junto a la ventana de mi habitación, miré hacia abajo mientras colocaban maletas y cajas en la parte trasera del Range Rover. En un momento dado, Justin alzó la vista hacia mí. Levantó el dedo índice como si me estuviera diciendo que esperara algo. Poco después, vi que le estaba susurrando a Jade algo al oído. Unos segundos más tarde, se fue con el coche.

El sonido de sus pasos no tardó en llegar. Entonces, apareció en mi puerta.

—Hola —dijo con aspecto taciturno.

—Hola.

—¿Cómo lo llevas?

—No muy bien.

—Le he pedido a Jade que fuera a echar gasolina para poder despedirme y saber si necesitas algo antes de irnos.

—No. Estoy bien. Tienes que volver a tu vida.

—Me siento mal por dejarte así.

—De todas formas, me iré a casa en un par de días. Cuanto antes vuelva a Providence y me prepare para esta nueva realidad, mejor estaré.

—Patch...

—No vuelvas a llamarme así. —Las lágrimas brotaron de mis ojos—. No porque esté enfadada contigo... Es que me pone triste. —Mis labios temblaron.

—De acuerdo —dijo con suavidad.

—¿Qué ibas a decirme?

—Si necesitas algo, lo que sea, por favor, llámame. Prométeme que me mantendrás al tanto de lo que sucede.

—Lo haré.

—Avísame cuando pueda contárselo a Jade.

—Vale. Tampoco es que pueda ocultarlo mucho más tiempo.

Sus ojos se desviaron hacia la cama. Hacía un rato había estado mirando las fotos de la ecografía y las había dejado a la vista. Se acercó y las recogió. Se quedó mirando las imágenes y pareció fascinado.

—¿Esa cosa está dentro de ti? Apenas se te nota.

—Lo sé.

Sacudió la cabeza mientras examinaba las fotos.

—¡Dios! Esto es tan extraño... Creo que todavía estoy en *shock*.

—Ya somos dos.

Volvió a colocar las fotos en la cama y se quedó con la mirada perdida, sumido en sus pensamientos. Se metió la mano en el bolsillo y sacó la navaja roja.

—Quiero que te la quedes. La necesitas más que yo. Guárdala junto a la cama por la noche. Hará que me sienta mejor, porque ahora mismo siento una puta impotencia enorme.

No iba a discutir con él.

—Vale.

Su mirada se dirigió a la ventana. Ambos vimos que Jade se estaba acercando.

Me limpié los ojos.

—Será mejor que te vayas.

No se movió.

Nos miramos largo y tendido a los ojos hasta que oímos a Jade entrar en la casa.

Entonces, se marchó.

SEGUNDA PARTE

OCHO MESES DESPUÉS

10

Me sentí como si estuviera entrando en la propiedad de alguien, a pesar de que la mitad era mía.

Todo estaba igual que como lo habíamos dejado. La casa de la playa estaba helada. Había que encender la calefacción. Era mediados de mayo y todavía hacía bastante frío en la isla. No debería haber vuelto hasta finales de junio, pero se vendió el edificio en el que tenía alquilado el apartamento y tuve que marcharme. No me quedó más remedio que irme a Newport antes de tiempo, ya que, de lo contrario, nos habríamos quedado sin casa. La baja por maternidad duraba hasta el final del curso escolar, así que tenía sentido.

No pudimos encontrar inquilinos para la temporada baja, por lo que la casa de la playa se quedó vacía. Me invadió un inesperado sentimiento de añoranza. Este sitio solía recordarme a Nana; ahora me recordaba a Justin. Prácticamente podía oler su colonia en la cocina. Era mi imaginación, pero parecía real. También me lo imaginé de pie junto a la cafetera, sonriendo mientras removía su fusión de cafés... Su espalda desnuda y musculosa al tiempo que miraba el océano por la ventana... El lamer, tragar y chupar cuando bebía tequila. Mirando hacia el salón, recordé nuestra última e incómoda noche antes de que Jade regresara.

Cerré los ojos durante unos segundos y me imaginé que fue el verano pasado cuando la vida era así de sencilla. Entonces, el pequeño llanto procedente de la silla portabebés que tenía atada al pecho me devolvió a la realidad.

La cabeza de Bea se movía de un lado a otro en busca de mi pecho.

—Espera, espera. Primero tengo que sacarte de esta cosa. —Liberándola de la Baby Björn, balbuceé—: Te has portado muy bien durante el viaje. Debes de estar hambrienta, ¿eh?

¡Mierda! La mayoría de mis cosas seguían en el coche. Llevé a mi hija de dos meses fuera para recoger el cojín de lactancia del asiento trasero. Me lo había comprado Tracy, insistiendo en que era lo que más me iba a hacer falta, y tenía razón. Era de color rosa brillante con margaritas blancas, así como una necesidad absoluta para amamantar a este bebé que siempre estaba hambriento sin romperme la espalda. Me detuve un momento para admirar el océano antes de volver a entrar.

Bea era la forma corta de Beatrice. La llamé así por mi abuela. Mi hija nació a mediados de marzo, una semana antes de la fecha prevista. Adam decidió no estar allí. Dijo que quería pruebas de que el bebé era suyo y que hasta entonces no iba a reconocerla como su hija. Como habíamos usado preservativos, supuso que era poco probable que él pudiera ser el padre. Era la única persona con la que me había acostado antes de quedarme embarazada, pero era imposible demostrárselo si no aceptaba mi palabra. Ahora mismo no quería el estrés de tener que sacarle sangre a Bea, y él tampoco tenía prisa por estar ahí con nosotras, así que opté por posponer el trato con él. Tenía cosas más importantes que atender, por lo que ahora mismo no necesitaba soportar toda esa mierda. La vida ya era demasiado estresante.

Cuando Bea quedó satisfecha, volvió a quedarse dormida. Me la retiré despacio del pecho y la coloqué en la sillita para bebés. Aproveché el inusual descanso para volver a salir y recoger el resto de nuestras cosas. La mayoría de mis pertenencias estaban en un trastero en Providence, sin embargo, me traje toda nuestra ropa y el moisés de Bea. Tendría que comprar una cuna y averiguar cómo montarla.

Un hombre con rizos oscuros que parecía tener unos treinta años se acercó a mí. Sonreía con sus grandes ojos marrones.

—Hola, vecina. He visto tu coche. Me preguntaba cuándo podría conocer a los ocupantes de esta preciosa casa.

Señalé la casa que estaba justo a la derecha de la mía.

—¿Vives en esa de ahí?

—Sí. Me mudé en otoño. Al parecer, soy una de las pocas personas que viven aquí todo el año.

—Bueno, has conocido a Cheri, ¿verdad? Ella también está aquí todo el año.

—Sí, pero creo que ya no hay más.

Me reí.

—Puede que tengas razón.

Extendió la mano.

—Roger Manning.

—Encantada de conocerte. Amelia Payne.

—Veo que tienes cosas de bebé aquí. ¿Tienes hijos?

—¡Oh! Solo una. Mi hija nació en marzo. Está dentro durmiendo.

—Yo también tengo una hija. Tiene siete años y vive con su madre en California.

—Debes de echarla de menos.

—No tienes ni idea. Trabajo para la Marina, así que me han destinado aquí un tiempo. Después de que su madre y yo nos divorciáramos, mi ex quiso volver al oeste para estar más cerca de su familia.

—Ya veo.

—¿Podré conocer a tu marido?

—Esto... No estoy casada. Es una historia un poco larga. No estoy con el padre de mi hija. Fue un embarazo accidental.

—Lo siento.

—No lo sientas. Es una bendición.

Roger se asomó al interior del maletero.

—¿Quieres que te ayude a meter el resto de las cosas?

Mi cansancio anuló mi miedo a confiar en este desconocido. Bea no me dejaba dormir y agradecía cualquier ayuda que pudiera recibir para meter todas mis cosas dentro.

—Me encantaría.

Roger descargó todos los objetos del coche en la casa, incluso subió el moisés y lo colocó junto a mi cama.

Después de bajar las escaleras juntos, se arrodilló para ver a Bea mientras dormía en la silla para el coche, en el suelo del salón.

—Es preciosa —susurró.

—Gracias. Le gusta dormir durante el día y no dejarme dormir por la noche. Dicen que hay que dormir cuando el bebé duerme, pero no puedo. Tengo demasiadas cosas que hacer cuando ella está dormida.

Se levantó, se quedó un rato en el sitio y luego dijo:

—Bueno, si necesitas algo, estoy justo al lado. En serio. Si se rompe algo o lo que sea... no lo dudes.

—Lo aprecio más de lo que imaginas. Gracias.

Cuando la puerta se cerró, una sonrisa se dibujó en mi rostro. El pobre Roger no tenía ni idea de que pronto estaría montando una cuna.

Como Bea seguía durmiendo, decidí subir a guardar parte de nuestra ropa. De camino a mi dormitorio, no pude evitar detenerme en la habitación de Justin. Me tumbé y olí la almohada de su lado de la cama. Esta vez no era imaginación mía; seguía oliendo a su colonia. Volvió a aparecer esa sensación de anhelo. Abracé la almohada y una lágrima cayó por mi mejilla. Había hecho un buen trabajo guardando estos sentimientos durante casi un año. Este fue el momento en el que todo se desmoronó.

Te echo de menos.

Justin me había llamado y escrito muchas veces durante los últimos meses. Le contaba que estaba bien, pero insistía en que no necesitaba su ayuda. No era muy activo en las redes sociales, aparte de publicar algunas fotos de sus conciertos (la mayoría del público) aquí y allá en Instagram. Yo cotilleaba el perfil de Facebook de Jade en busca de pequeños atisbos de su vida en la ciudad, celosa de su libertad. Le echaba muchísimo de menos, pero sabía que distanciarme era lo mejor.

Justo después del nacimiento de Bea, le envié una foto de ella. Volvió a ofrecerme ayuda, tanto monetaria como de otro tipo. Siempre me negaba. Jade y él acabaron enviándome una generosa tarjeta regalo para

Babies R Us, la cual utilicé para comprar el moisés y la sillita mecedora de Bea.

No le dije que me habían echado de mi apartamento. Estaba avergonzada y no quería que me volvieran a ofrecer caridad. Así que todavía no sabía que estaba viviendo aquí. Tenía la esperanza de que, por algún milagro, este verano se mantuvieran alejados el mayor tiempo posible. De todas formas, dudaba que les gustara que Bea les despertara varias veces en mitad de la noche. Aunque, a decir verdad, el verdadero motivo por el que no quería verlo era, simplemente, porque iba a doler demasiado.

Pasó casi un mes sin rastro de Justin y Jade. Me estaba volviendo a aclimatar por fin a la vida en la isla.

Roger acabó montándome la cuna. Era blanca y compré un juego de cama en Internet con lo que quedaba en la tarjeta de regalo. Roger y yo nos estábamos haciendo amigos. Sabía que no me resultaba fácil salir de casa, así que de vez en cuando me traía café o marisco fresco del muelle. Aunque intuía que cabía la posibilidad de que se sintiera atraído hacia mí, no hizo nada, lo cual era bueno, porque no estaba en condiciones de salir con nadie.

Bea estaba pasando por una mala racha. Tenía cólicos y seguía sin dormir mucho. No importaba cuánto la amamantara, siempre quería más. Cuando conseguía salir de casa, la llevaba a todas partes, al mercado, a las citas con el médico. Llevaba sin salir sola desde el día que nació. Estábamos las dos solas. Estaba bien así. Los únicos momentos en los que la tristeza se apoderaba de mí solían ser a última hora de la noche, cuando estaba más cansada tras un largo día.

Una de esas noches, la lluvia golpeaba la ventana de mi habitación. Bea gritaba y lloraba. Había agotado la leche de mis pechos, pero no quería beber del biberón. Estaba empezando a ver las estrellas a causa del cansancio y tenía muchas ganas de dormir. Rompí a llorar. Me pareció que esta clase de tortura sería adecuada para los presos de la cárcel. ¿Cómo iba a seguir viviendo sin dormir? ¿Cómo iba a volver a trabajar y quién podría cuidar de ella como lo hacía yo? Un sentimiento de impotencia me consumía mientras los truenos retumbaban en la distancia. ¿Y si nos quedamos sin electricidad? ¿Cómo iba a cambiarle el pañal en la oscuridad? Me di cuenta de que ni siquiera teníamos velas. Un pequeño ataque de pánico empezó a gestarse en mi interior. Decidí ir a la planta baja y bajé lentamente los escalones mientras sostenía a Bea con cuidado.

Media hora después, mis emociones no habían hecho más que empeorar. Tenía los pezones doloridos y agrietados. Bea seguía entre mis brazos con cólicos. La puerta de entrada hizo un ruido y el pánico se apoderó de mí. Me golpeó una descarga de adrenalina mientras buscaba frenéticamente la navaja de Justin en mi bolsillo. Me aseguraba de llevar un pijama con bolsillos por esa misma razón.

Alguien estaba entrando en la casa.

Caí en la cuenta de que mi móvil estaba arriba. Bea estaba gritando, así que ni siquiera podíamos escondernos. La puerta volvió a temblar.

—¡Maldita llave! —le oí decir cuando la puerta se abrió.

Se le salieron los ojos de las órbitas al verme. Bea estaba colgando de mi teta. Tenía el pelo revuelto y le estaba apuntando con su propia navaja.

—Justin.

II

Volvió la cabeza para dejar de mirarme.

—¡Joder, Amelia! Suelta la navaja y cúbrete.

Su llegada por sorpresa me había sobresaltado tanto que ni siquiera me había dado cuenta de que uno de mis pechos sobresalía del sujetador de lactancia. No llevaba camiseta porque rara vez dormía con ella. Era más fácil amamantarla solo con el sujetador. Con Bea en un brazo, me dirigí a la cocina y recogí una fina chaqueta de uno de los taburetes para taparme.

Entre que me estaba poniendo el jersey con torpeza y hablaba entre los insoportables llantos de Bea, la escena resultaba caótica.

—¿Qué haces aquí?

—¿Ahora vas por la casa solo en sujetador? Si es así, vamos a tener un problema.

—No pensaba que fueras a aparecer. El año pasado llegaste más avanzada la temporada. ¿Por qué no me has llamado antes?

—Para empezar, no pensé que fueras a estar aquí. Necesitaba escapar de la ciudad por un tiempo. Iba a pasar un par de semanas preparando la casa antes de que llegaras.

Los llantos de Bea no habían disminuido. La mecí en un intento de calmarla.

—¿Qué le pasa?

—Tiene cólicos. No puedo producir suficiente leche para satisfacerla y no quiere tomarse la leche de fórmula.

Se acercó lentamente adonde yo estaba y echó un vistazo a la cara de Bea. Su boca se curvó en una ligera sonrisa.

—Se parece a ti.

—Lo sé.

Ahora que estaba cerca de mí, también me miró con atención.

—¡Hostias, Amelia!

—¿Qué?

—Parece que has pasado por una guerra.

—¿Esa es otra forma de decir que estoy hecha una mierda?

—Tienes los ojos inyectados en sangre... El pelo lleno de nudos. ¡Joder! Estás hecha un desastre.

—¿Crees que no soy consciente?

—¿Estás durmiendo?

—No. Duermo muy poco. Está pasando por una mala época, no me deja dormir por la noche y duerme de forma esporádica durante el día.

—No, si no hace falta que lo jures.

—Muy gracioso.

—No puedes vivir así.

—¿Qué sugieres que haga exactamente?

—Puedes empezar por darte una ducha.

—No puedo dejarla llorando así.

—¿No se te ha ocurrido que tal vez está llorando porque apestas? —Se rio por lo bajo.

Me quedé sin palabras durante unos segundos, antes de romper a reír a mi costa. ¡Dios mío! Técnicamente, cabía la posibilidad de que tuviera razón.

—Puede que tengas razón.

—Yo la sujeto mientras te duchas.

—¿De verdad? ¿Harías eso?

—Ya te he dicho que sí.

—¿Alguna vez has sostenido a un bebé?

—No.

—¿Seguro que te parece bien?

—Déjamelo a mí.

Ni de coña iba a dejar pasar esta oportunidad. Ahora mismo, la idea de darme una ducha caliente parecía absolutamente celestial.

—Ten cuidado con la cabeza —le advertí al tiempo que se la entregaba con cuidado—. Asegúrate de que no se le doble demasiado hacia atrás. Sostenle el cuello con el brazo.

—La tengo.

Bea parecía diminuta entre sus grandes brazos. También parecía gustarle estar ahí; la cabrona había dejado de llorar.

—Tiene que ser una broma.

—¿El qué? —inquirió Justin.

—¿No te has dado cuenta de que ha dejado de llorar?

—Te lo he dicho. A lo mejor hueles.

—Puede ser. —Me reí—. O podría ser simplemente que eres un imán para las chicas, y ese título se extiende también a los bebés.

Meció su cuerpo de un lado a otro para calmarla y me hizo un gesto para que me fuera.

—Shhh. Vete, Amelia. Antes de que vuelva a enloquecer.

—Vale. —Me di la vuelta al pie de la escalera—. Muchas... gracias.

Arriba, mientras el agua caliente caía sobre mí, agradecí a Dios que Justin apareciera en ese momento. La verdad era que estaba a punto de perder la cordura. Al igual que hacía siempre cuando éramos niños, Justin apareció justo cuando lo necesitaba. Incluso si no había sido intencional, esta noche había sido mi héroe.

Sintiéndome humana de nuevo, salí de la ducha y me vestí tan rápido como pude. No se me escapó el hecho de que el piso de abajo estaba en silencio. Aun así, sentí que tenía que vestirme rápido por si Justin perdía la paciencia, o peor aún, por si Bea se había hecho caca.

Cuando llegué abajo, la realidad distaba mucho de lo que había imaginado. La espalda de Bea subía y bajaba mientras estaba tumbada boca abajo sobre el pecho de Justin. Estaba dormida como un tronco. Él estaba sentado en el sofá, y todo estaba de lo más tranquilo. Cuando me vio acercarme, se llevó el dedo índice a la boca para indicarme que me callara.

Me senté en el sofá a su lado y me quedé mirando la escena con asombro. Ni siquiera tuvo que hacer nada más que existir y, de alguna manera, había sido capaz de conseguir que se durmiera. ¿Quién iba a decir que Justin «No quiero tener hijos» Banks era el encantador de bebés?

Se volvió hacia mí.

—¿Por qué no te vas a dormir?

—¿Y si se despierta?

—Yo me encargo.

—Se despertará con ganas de comer.

—Si eso pasa, la llevaré arriba. De momento está bien.

—¿Estás seguro?

—Amelia...

—¿Qué?

—¿Tiene pinta de que vayamos a ir a algún sitio pronto? —Me espantó con la mano—. ¡Vete!

—Gracias —contesté antes de subir las escaleras.

Apenas recordaba que mi cabeza tocara la almohada. Era el mayor tiempo que había dormido seguido desde el día anterior al nacimiento de mi hija.

Seis horas después, el sonido del llanto de Bea me despertó. Frotándome los ojos, pude ver a Justin de pie en la puerta con ella.

—He intentado venir lo más tarde posible... —Se acercó a mí y la puso en mis brazos—. Me voy para que puedas amamantarla. Me voy a acostar un rato.

—Muchas gracias otra vez. Necesitaba esas horas de sueño.

—Sin problema.

Cuando se fue, me saqué el pecho y Bea se enganchó al momento. Olía a él. Respiré el masculino aroma y en mí cobró vida un deseo sexual que llevaba reprimiendo mucho tiempo. Era genial no ser ya la única adulta en esta casa, pero necesitaba mantener mis sentimientos bajo control. Costara lo que costase, no iba a permitirme volver a obsesionarme con Justin. Ser responsable de otro ser humano significaba que ya no podía permitirme estar en una crisis emocional.

Era media tarde cuando Justin bajó las escaleras. Bea estaba atada a mi pecho en el portabebés mientras yo limpiaba la cocina.

—Buenos días. —Sonreí.

—Hola —contestó, adormilado.

Sin más, mi cuerpo se despertó con una intensa necesidad. Era la definición misma de «desaliñado». Tenía el pelo revuelto y, a la luz del día, era evidente que se había dejado crecer la barba. Parecía que sobre sus músculos habían pintado una camiseta gris. No iba ni a hablar del pedazo de culo que le hacían esos pantalones de deporte.

—¿Cómo está? —preguntó. Mi cuerpo reaccionó todavía más cuando se acercó para echarle un vistazo a Bea.

—Dormida.

—Me lo imagino. El sol está brillando. Debería haberlo sabido. —Me miró a los ojos—. ¿Tú cómo estás?

—Me encuentro bien. Anoche estuviste increíble.

—Eso es lo que dicen siempre. —Me guiñó un ojo.

Puse los ojos en blanco.

—Gracias otra vez.

—Deja de darme las gracias. —Su expresión se volvió seria—. ¿Sabes? Todas las veces que te pregunté cómo estabas, me dijiste que estabas bien. Anoche no me pareció que estuvieras bien en absoluto. Me mentiste.

—Justin, todo esto es responsabilidad mía. ¿Qué va a hacer alguien más por mí?

—¿Ha venido tu madre a visitarte?

—Vino al hospital cuando nació Bea, pero no se ofreció a quedarse para ayudar. Al parecer, está más preocupada por cosas como viajar a Cancún con su novio y pregonar esos *leggings* multicolores por todo Internet. Ya sabes, prioridades.

—Para cagarse. —Miró alrededor de la casa y luego añadió—: Nana habría ayudado.

—Sí. —Cerré los ojos por un momento, pensando en mi abuela antes de que mis pensamientos cambiaran a mi madre otra vez—. En cuanto a Patricia, de todas formas, no quiero que esté conmigo. Tener que lidiar con ella sería como cuidar a dos bebés.

—Aun así, debería tener la decencia de ofrecer ayuda, aunque te niegues.

—Estoy de acuerdo.

Se rascó la cabeza.

—Se me ha olvidado traerme mi café. ¿Tienes algo por ahí?

—La verdad es que dejé de beberlo cuando me enteré de que estaba embarazada. El síndrome de abstinencia fue mortal. Tengo un poco de café semidescafeinado en la despensa.

—Supongo que eso tendrá que valer de momento. —Miró a Bea—. No creerás que mi café ha podido hacerle algo, ¿verdad?

—¿Te refieres a su sueño desigual?

—Me siento culpable por haberte enganchado a esa mierda. Ninguno de nosotros sabía lo que estaba pasando.

—Tranquilo. No fue culpa tuya. Mírala. Está bien.

Se frotó la barbilla y sonrió.

—Sí. Parece que está bien.

—Voy a subir a meterla en la cuna. Luego bajaré a preparar un poco de café.

—Yo me encargo —dijo Justin.

—¿Seguro?

—Sí.

Después de acostar a Bea, Justin estaba preparando dos tazas cuando volví a la cocina.

—¿Todavía le pones crema y azúcar? —preguntó.

—Sí, gracias.

—¿Cómo está?

—Durmiendo como un bebé.

—Bien. —Deslizó una taza hacia mí.

Le di un sorbo y le hice la pregunta que me moría por hacer.

—¿Por qué no ha venido Jade contigo?

—Tiene un papel fijo en un nuevo musical llamado *The Alley Cats*. No puede irse de la ciudad.

—¿No va a venir ningún día?

—No estoy seguro.

—¿Cuánto tiempo te vas a quedar?

Revolvió su café y sacudió la cabeza.

—No lo sé.

El temor me invadió. Justin solo llevaba aquí un día y yo ya estaba triste por el día en el que volvería a dejarme sola.

—Bueno, me alegro de que estés aquí.

Nos tomamos el café en silencio hasta que noté que Justin me estaba mirando los pechos.

Tosiendo, preguntó:

—¿Te has derramado el café encima?

Miré hacia abajo y, efectivamente, la leche materna goteaba de mis pezones, formando dos gigantescas manchas de humedad.

—¡Mierda! No. Estoy echando leche. Iría a cambiarme, pero va a volver a pasar hasta que se despierte.

—¡Joder! ¡Cómo me alegro de no ser mujer!

¡Dios! Yo también me alegro de que no seas mujer.

—Bienvenido a mi vida. —Cuando siguió mirando hacia abajo, bromeé—: No tienes que mirar. Mis ojos están aquí arriba.

—Tus tetas están enormes. Tienes que saberlo.

—¡Oh! Soy muy consciente. Es una cuestión de oferta y demanda. Cuanto más bebe, es decir, todo el tiempo, más produzco. Es lo único que quiere hacer cuando está despierta.

—No puedo decir que la culpe.

Sabía que se me estaba poniendo la cara colorada. ¿Qué me estaba pasando? No podía ser un zombi andante que no dormía y lidiar con este encaprichamiento otra vez. Ya ni siquiera me sentía sexi. No obstante, estaba volviendo a caer en un patrón de lujuria por este hombre.

—Bueno, aunque mis pechos están más grandes, he perdido peso.

—Me he dado cuenta. ¿No has estado comiendo?

—No tan bien como debería. Me obligo a comer palitos de queso y verduras crudas, pero en general estoy demasiado agotada para cocinar nada sustancioso.

—¿Cuándo fue la última vez que comiste algo casero?

—Ni me acuerdo. Las únicas veces que me molesto en cocinar es cuando el vecino me trae marisco del muelle.

—¿Qué vecino?

—Roger.

—*Roger*.

—Sí. Se mudó el verano pasado a la casa que estaba vacía. Ya sabes, la azul.

—¿En serio? —Me fulminó con la mirada—. ¿Qué más te trae?

—Café a veces.

—Déjame adivinar. Está soltero.

—Sí, divorciado, pero solo es un amigo. Me ha ayudado. De hecho, me montó la cuna.

—Claro. Por supuesto que lo hizo. Ningún hombre hace esa mierda sin un motivo oculto, Amelia.

—No todos los tíos son iguales.

—Y no todas las chicas son como tú. Confía en mí, ese tipo está esperando su oportunidad. Tenlo en cuenta y sé precavida.

Sintiendo que me ardía la piel por el cumplido, me aclaré la garganta.

—Bueno, da igual si tiene motivos ocultos o no. Está claro que no estoy en condiciones de estar con un hombre. La mitad de las veces ni siquiera puedo bañarme.

—No deberías dejar entrar a hombres extraños en esta casa con tanta facilidad. Ahora mismo estás en una posición muy vulnerable. El tío ese lo sabe.

—Bueno, necesitaba ayuda con desesperación, así que...

—Deberías haberme llamado a *mí*.

—Estabas en Nueva York. No habría tenido sentido. Él está justo al lado.

—Habría venido a pasar el día si me necesitabas.

—No quiero ser una carga para ti, Justin. Necesito encontrar mi propio camino. —A pesar de que a una parte de mí le encantaba que hubiera dicho eso, otra parte estaba igual de confundida—. Justo el verano pasado sugeriste que nos evitáramos por completo. —Mi tono era amargo—. Perdóname si no fuiste la primera persona a la que pensé en llamar cuando necesitaba ayuda.

Su expresión se ensombreció.

—¡Joder, Amelia! ¿En serio? ¿Vas a volver a sacar el tema? ¿En serio crees que eso era lo que *de verdad* quería? Esa noche había bebido mucho y dije e hice todo lo que pude para no abalanzarme sobre ti. Pensaba que ya te había explicado que sugerirte eso fue un error.

—Vale. Lo siento. —Alcé las manos—. No quiero discutir.

—Bien. —Exhaló y cambió de tema—. Le he dicho a Salvatore que podía tocar unas cuantas noches aquí y allá si quería. Pero no me comprometí a nada a largo plazo.

—¿Porque no estás seguro de cuánto tiempo te vas a quedar?

—Sí.

—Bueno, seguro que está muy contento de tenerte de vuelta, aunque sea unas pocas noches.

—Sí, lo estaba.

—Ojalá pudiera ir a verte tocar.

—¿Por qué no ibas a poder?

—No puedo llevar a Bea a Sandy's. Se pondría a llorar en medio de tus canciones. Y sería incómodo si tuviera que amamantarla allí.

—¿Y qué si llora? Que se aguante la gente. Y podrías irte al cuarto de atrás para amamantarla. Tienes que salir de casa.

—Igual me lo pienso.

De repente, se levantó y dejó la taza en el fregadero.

—Tengo que trabajar. Esta noche haré yo la cena, así que no te llenes de demasiadas verduras crudas.

—Genial.

Bea durmió al menos unas horas esa tarde, lo que me permitió hacer la colada y otras tareas. Justin se pasó la mayor parte del día encerrado en su habitación trabajando.

Cuando por fin bajó, estaba recién duchado y se estaba abrochando los botones de la camisa negra.

Tenía demasiado buen aspecto, por lo que estaba claro que no iba a quedarse en casa esta noche.

—¿Vas a tocar en Sandy's?

—No, esta noche no.

—No lo parece. Vas muy arreglado.

—¿Te acuerdas de Tom de Sandy's?

—¿El antiguo encargado de la noche?

—Sí. Le dije que podíamos quedar para tomarnos una copa más tarde en el Barking Crab. Quiere preguntarme algunas cosas sobre música.

—Ya veo.

—¿Por qué no subes a cambiarte antes de cenar?

—Vamos a comer aquí, ¿no?

—Sí, pero tienes manchas de leche en la camiseta. Pensé que igual querrías ducharte y cambiarte.

Tenía razón. Necesitaba mostrar más amor propio.

—Me encantaría.

Justin cuidó de Bea mientras me duchaba. Decidí arreglarme un poco y me puse un vestido ceñido. Me cepillé el pelo y me maquillé los ojos. Me sentía como si me estuviera preparando para una cita y necesitaba dejar de pensar eso.

Creí que me encontraría a Justin cocinando cuando volviera abajo. Le había dicho que pusiera a Bea en la sillita mecedora. En vez de eso, la llevaba en brazos y se mecía de un lado a otro, mirando por la ventana. No sabía que lo estaba mirando.

—Ya he vuelto.

—¡Ey, hola! No quería estar en la silla, se puso a llorar, así que hemos estado viendo la puesta de sol. —Mi corazón se encogió.

—Tienes que cocinar, ¿verdad?

—Sí, pero no tardaré mucho.

Extendí los brazos y, para mi sorpresa, Bea se puso a llorar en señal de protesta cuando intenté apartarla de él. Le acaricié la espalda.

—Creo que no quiere separarse de ti —dije.

—No. Es solo tu imaginación.

—¿De verdad? ¿Quieres probarlo? —Se la acerqué de nuevo.

Justin volvió a acunarla en sus brazos y, efectivamente, Bea dejó de llorar. Estaba con la vista alzada hacia él. Parecía que la hija era igual que la madre.

—Mi imaginación, ¿eh?

Justin le sonrió.

—No sé por qué le gusto. Ni siquiera hago nada más aparte de sostenerla.

—Para un bebé, eso lo es todo.

De repente parecía un poco incómodo y me la devolvió.

—Será mejor que la sostengas tú.

De nuevo en mis manos, Bea empezó a inquietarse otra vez, así que la llevé al salón y la amamanté mientras Justin preparaba la cena.

Llamaron a la puerta.

—¡¿Esperas a alguien?! —gritó Justin desde la cocina.

—No. ¿Te importa abrir? Todavía está comiendo. —Reajusté la manta sobre mi hombro para tener privacidad.

No veía la puerta principal desde donde estaba sentada, pero sí que lo escuchaba todo.

—¿Quién eres?

—Soy Roger. Vivo en la casa de al lado. ¿Y tú?

¡Mierda!

—Justin. Esta es mi casa.

—¡Oh, cierto! Amelia mencionó un compañero de piso.

—¿Puedo ayudarte en algo?

—¿Está Amelia?

—Sí, pero está amamantando al bebé.

—He estado en el muelle. Le he comprado algo de marisco.

—¡Amelia! ¡Roger está aquí! ¡Te ha traído algo de marisco! —gritó Justin.

Genial.

—¡Ya voy! —grité mientras me cubría tan rápido como pude. Tratando de parecer despreocupada, dije—: ¡Hola!

—Hola, Amelia. Perdona si molesto.

—No, para nad...

—La verdad es que estábamos a punto de comer —interrumpió Justin. Roger parecía molesto.

—¿Cuánto tiempo vas a quedarte, Justin?

—El tiempo que necesite.

—Amelia me dijo que tu novia es una estrella de Broadway, ¿no?

—Sí.

—Eso no es moco de pavo.

—¿Moco de pavo? ¿Qué cojones? ¿Pero cuántos años tienes? —Justin movió una mano e hizo como si se estuviera apoyando en un bastón imaginario.

—Roger, no le hagas caso a Justin. Ha sido muy dulce por tu parte traer los cangrejos. Te lo agradezco mucho.

—Cangrejos... Interesante elección —se burló Justin.

—Será mejor que os deje comer.

—Ya hablamos. —Sonreí.

—Cuídate, Amelia. Encantado de conocerte, Justin.

Justin hizo un pequeño saludo y el gesto como de estar utilizando un *walkie talkie.*

—¡Roger!

Cuando Justin cerró la puerta detrás de Roger, me volví hacia él.

—Estás siendo un completo imbécil.

—¡Venga ya! Solo me estaba metiendo con él.

—A ti te parece divertido, pero es el único amigo que tengo aquí y lo vas a espantar. Después de que te vuelvas a Nueva York, voy a necesitar a alguien con quien hablar. Este sitio es muy solitario.

—No necesitas a ese pelele. ¿Por qué ibas a necesitarlo a *él?* De todas formas, vives en Providence.

Me mordí el labio.

—De hecho... iba a hablar contigo sobre algo.

—¿Sobre qué?

—Puede que me tome un año libre... de mi trabajo como profesora. Me han echado de mi apartamento porque el propietario ha vendido el edificio. Ya no tengo donde vivir en la ciudad, y no estoy segura de estar preparada para meter a Bea en la guardería al final del verano. Iba a preguntarte si te parece bien que me quede en esta casa fuera de temporada.

—Esta casa es tuya. Claro que no pasa nada. Nunca te diría lo contrario. No tendrías ni que preguntar.

—Vale. Bueno, me siento mejor ahora que me he quitado ese peso de encima. Gracias.

—La cena está lista. Déjala para que puedas comer.

Justin había servido vino para cada uno.

—Esto... Yo no puedo beber, Justin.

—¡Mierda! Lo he hecho sin pensar.

—A ver, dicen que puedo tomarme una copa, pero aun así me he mantenido alejada.

—No pasa nada. No se va a desperdiciar.

Justin había hecho una cazuela de arroz. Estábamos a mitad de la comida cuando Bea empezó a llorar desde su sillita. Cuando me levanté para sostenerla, Justin me detuvo.

—Acábate la comida. Yo me encargo.

La recogió y la llevó a la mesa. Como siempre, se tranquilizó en sus brazos mientras estiraba el cuello para mirarle a la cara. Esta vez, alargó su manita y empezó a jugar con su barba.

—Oye, ¿me estás diciendo que tengo que afeitarme?

Verlo con ella siempre me ponía la piel de gallina.

No vayas por ahí, Amelia.

Bea empezó a balbucear. Casi parecía que estaba intentando hablar con él.

Justin fingió entenderla.

—¿Ah, sí? —Cuando expulsó gases, él ni siquiera se inmutó. Se limitó a decir—: ¡Bueno, perdona!

No pude parar de reírme ante la situación.

Cuando acabé, se la quité y la amamanté en el sofá mientras Justin limpiaba la cocina. Bea volvió a dormirse después de comer.

Cuando Justin se unió a nosotras en el salón, caí en la cuenta de que tenía planes para salir.

—¿No se suponía que habías quedado con Tom para tomar algo?

—Creo que me lo voy a saltar. Mañana por la noche toco, así que puedo quedar con él después.

Su teléfono vibró y respondió.

—Hola.

No estaba segura de con quién estaba hablando hasta que miró hacia mí y dijo:

—Jade dice hola.

—Hola, Jade. —Sonreí, aunque por dentro empezaba a sentir de nuevo esos viejos y conocidos celos. Puede que fuera bueno que hubiera llamado en ese momento, porque necesitaba desesperadamente un golpe de realidad.

Acto seguido, se alejó para acabar la llamada en la otra habitación.

—Tengo que volver a Nueva York este fin de semana —anunció cuando volvió.

Sentí que se me rompía el corazón.

—¡Oh! ¿Solo el fin de semana?

—Un poco más tal vez.

12

Era viernes por la noche y Justin ya se había ido a tocar a Sandy's. Se suponía que a la mañana siguiente iba a irse temprano para regresar a Nueva York. Aunque en un principio le había dicho que no iba a ir a verle tocar, me estaba replanteando seriamente mi decisión. ¿Quién sabía si volvería y cuándo? Después de todo, había venido a pasar un tiempo a solas y acabó encontrándonos a Bea y a mí, causando estragos en su vida. Si yo fuera él, no estoy segura de que hubiera elegido volver.

Me volví de repente hacia Bea.

—¿Quieres ir a ver tocar al tito Justin? ¿Prometes portarte bien?

La coloqué en la cuna antes de arrancarme la ropa de manera impulsiva, temiendo que, si no me daba prisa, me acobardaría y decidiría quedarme en casa. Me puse un vestido rojo que no me había puesto desde antes de estar embarazada y me metí las almohadillas para el pecho dentro del sujetador para evitar las manchas de humedad. Me dejé los rizos sueltos y me maquillé. En pocos minutos, Bea y yo estábamos vestidas y en el coche.

Volver a Sandy's me puso nerviosa. Llevaba sin ir desde el verano pasado. También me ponía nerviosa que Justin me viera entre el público cuando ya le había dicho que no iba a estar ahí.

Estaba en medio de una canción que no reconocí. Como de costumbre, el público estaba absorto en él y las mujeres se acercaban cada vez más a la parte delantera para estar cerca y ver mejor su bonito rostro mientras cantaba. Siempre me resultaba muy emotivo verle tocar. Por suerte, Bea se portó bien en su portabebés, lo que me permitió empaparme de cada momento.

Me dirigí a la barra de caoba para saludar a Rick, el camarero, que me dio un vaso de agua con gas a cuenta de la casa. Relajándome en mi asiento, cerré los ojos y disfruté del sonido de Justin cantando mientras empezaba una versión de *Wild Horses* de los Rolling Stones. Esa evocadora canción parecía estar hecha para su voz. Cuando sentí que se me humedecían los ojos, me maldije a mí misma. ¿Por qué siempre me ponía tan sentimental cuando cantaba? Siempre me parecía que cada palabra de cada canción tenía un significado y que, de alguna manera, podía aplicarse a mis experiencias con él.

Como era de esperar, a mitad de la canción Bea empezó a llorar. No era una de esas canciones que disimulaban muy bien el llanto frenético de un bebé. Muchas cabezas se volvieron hacia mí. Hubo murmullos, probablemente gente que se preguntaba por qué había traído a un bebé a este tipo de espectáculo.

Los sofocos impregnaron mi cuerpo. Aunque continuó la canción sin problemas, la mirada de Justin se dirigió al rincón de la sala en el que me encontraba. Nuestras miradas se cruzaron. Me morí de vergüenza por haber interrumpido esa preciosa canción. Cuando acabó, empecé a dirigirme al cuarto de atrás. Justin me indicó con la mano que me quedara. Aun así, seguí recorriendo el pasillo hasta que su voz a través del micrófono me paró en seco.

—Ese bebé que oís llorar es muy especial para mí. Se llama Bea. Su madre es Amelia, que también es especial para mí; una de mis amigas más antiguas. En fin, ¿os podéis creer que esta es la primera noche que Amelia sale desde que Bea nació hace más de tres meses? Amelia no quería venir esta noche. Tenía miedo de que la gente la mirara si el bebé empezaba a llorar. Le dije que no se preocupara, que la gente de aquí era amable y comprensiva. No me creyó, pero se ha arriesgado y ha venido de todas formas. Creedme cuando os digo que no lo ha tenido fácil. Está haciendo un gran trabajo criando a esa pequeña ella sola. Creo que se merece una escapada nocturna, ¿no creéis?

Siguieron unos aplausos estridentes y Justin me hizo un gesto para que me acercara a él. Bea seguía llorando.

—Dámela... El portabebés también —dijo, lejos del micrófono.

Justin se colocó el Baby Björn sobre el pecho y metió a Bea dentro antes de asegurarla. Mi niña estaba exactamente donde quería estar y, finalmente, se tranquilizó. Pues claro que lo hizo.

Se recolocó la guitarra para acomodarla y empezó a cantar una canción que al principio parecía una nana. Luego la reconocí como *Dream a Little Dream*. No pude contener la sonrisa mientras veía a Bea allí arriba con él.

Las mujeres del público babeaban. Si antes pensaban que lo amaban, ahora sus ovarios estaban en plena combustión. Acabó la canción y el aplauso del público que siguió fue el más fuerte que recordaba.

Cuando Justin sacó a Bea del portabebés, su trasero quedó orientado hacia el micrófono. Magnificado por este, un sonido que imitaba una explosión resonó en todo el restaurante. Enseguida caí en la cuenta de que toda esa gente estaba siendo testigo de la diarrea explosiva de mi hija.

Justin perdió la compostura por completo. Mientras me la devolvía, se reía junto con todos los demás.

—Eso sí que es partirse el culo —susurró.

—Será mejor que vaya a cambiarla.

Mientras me alejaba, me detuvo.

—Amelia.

—¿Sí?

—Estás preciosa.

Me encogí de hombros.

—Lo he intentado. —A pesar de que le había restado importancia a su cumplido, no me había sentido guapa hasta ese momento. Ahora mi corazón latía a mil por hora.

A la mañana siguiente, cuando nos despertamos, Justin no estaba. Había una nota en la encimera de la cocina.

Ha sido la primera noche que habéis dormido las dos. No he tenido el valor de despertaros antes de irme. Cuida de Bea. Os veré pronto.

Pasó una semana entera sin saber nada de él.

Intenté no reaccionar de forma exagerada. Después de todo, no éramos su responsabilidad. La soledad parecía mucho peor ahora que sabía lo que se sentía al tener a alguien cerca. El insomnio de Bea también era peor que antes. Sinceramente, creo que ella lo echaba de menos. Y yo también.

En un acto de desesperación, llamé a mi madre y le pregunté si estaría dispuesta a quedarse conmigo durante una semana o así. Ella solo llevaba tres días en la casa de la playa y yo ya tenía ganas de pegarme un tiro en la cabeza. Pasaba más tiempo al móvil con su novio o en la terraza de arriba fumándose sus cigarrillos Benson and Hedges que con Bea y conmigo. Fue una estupidez por mi parte albergar la esperanza de que el hecho de que se convirtiera en abuela cambiara su egoísmo.

Si bien es cierto que sí que se las apañó para vigilar a Bea para que yo pudiera dormir unas pocas horas cada noche, invitarla a quedarse con nosotras fue un error. La última noche de su estancia, en vez de pasar tiempo de calidad con Bea, prefirió insistir en que emprendiera acciones legales contra Adam.

—¿Cuándo vas a obligarle a que pague lo que debe, Amelia?

Justo después de que Justin se fuera, llevé a Bea a que le sacaran sangre. Adam también fue a un laboratorio de Boston y ayer se confirmó que definitivamente era su padre biológico.

—Ahora mismo no quiero que Bea tenga que lidiar con él. En lo que a mí respecta, él tiene que dar el primer paso. Se ha portado tan mal que ni siquiera quiero que esté en su vida.

—Bueno, no vas a poder mantenerte por mucho tiempo. Necesitas salir con un hombre, aunque no sea él.

—No voy a meter a un hombre en la vida de Bea solo para usarlo como apoyo económico. Encontraré la forma de cuidar de mí misma.

Yo no soy tú.

—Buena suerte haciendo eso con el salario de profesora.

—Al menos tengo una carrera respetable en la que apoyarme. Estoy segura de que piensas que lo mejor para mí es no trabajar y vivir a costa de hombres extraños, como haces tú. Menos mal que mi padre era uno de los buenos. Pero te aseguro que nunca haré pasar a Bea por la infancia que tuve yo, con hombres que van y vienen.

—Actúas como si hubieran abusado de ti. Tu infancia no fue tan mala.

—¿Tú qué sabrás? Estuviste ausente la mayor parte.

—¿En serio me invitaste a que viniera para discutir, Amelia?

—Necesito dormir. Te vas mañana. Dejemos de discutir. ¿Te importa quedarte con Bea para que pueda dormir unas horas?

—Claro. Adelante.

Pensé que podría aprovechar su última noche aquí. Probablemente no volvería después de esta tormentosa experiencia.

Unas horas más tarde, algo interrumpió mi sueño. Era más de medianoche. Me pareció oír el débil sonido de gente hablando en el piso de abajo. Se suponía que mi madre estaba vigilando a Bea, así que ¿quién demonios estaba en mi casa?

El pánico se apoderó de mí y me arrastré escaleras abajo, deteniéndome a mitad de camino cuando me di cuenta de que la otra voz era la de Justin.

¿Había vuelto?

Me escondí en el hueco de la escalera para escucharlos, y la conversación que se produjo entre él y mi madre me dejó completamente alucinada.

—¿Qué estás haciendo aquí?

—Esta es mi casa —respondió Justin.

—Lo cual es ridículo, por cierto. Esta casa me la debería haber dejado a mí.

—¿Has venido aquí por tu cuenta o te ha invitado tu hija?

—Amelia me pidió que viniera. —Hizo una pausa y luego añadió—: ¡Dios! ¡Te has puesto buenísimo!

—¿Perdón?

—Eres como una versión más atractiva de tu padre. Ojalá tuviera quince años menos. A menos que te gusten las mujeres mayores...

—¿Estás de coña, Patricia? ¿No le has hecho ya el suficiente daño a nuestras vidas? Amelia te invitó a que vinieras para ayudarla con el bebé, y me encuentro a Bea sola en el salón mientras tú estás fumando en la puta terraza. ¿Y ahora intentas ligar conmigo?

—Tranquilo. Solo estaba bromeando.

—Ojalá pudiera creerme que estabas bromeando. ¿Tienes idea de por lo que ha pasado Amelia estos últimos meses? Está haciéndolo lo mejor que puede. No se merece esta mierda. Deberías haberle ofrecido ayuda desde el primer día, pero sinceramente, está mejor sin ella.

Ya había tenido suficiente. Bajé las escaleras e intervine.

—Mamá, creo que es mejor que te vayas esta noche.

—¿Esta noche? Pensaba irme por la mañana de todas formas.

—Sí, pero eso era antes de saber que Justin volvería. Esta es su casa y nos estás molestando a los dos. ¿Y por qué estabas en la terraza cuando se suponía que estabas cuidando al bebé?

—Estaba durmiendo. No es para tanto.

—¡Para ti nunca es para tanto!

—¿En serio me estás pidiendo que me vaya ahora mismo, en mitad de la noche?

—No. Te estoy *diciendo* que te vayas. Por favor. Eres mi madre y te quiero, pero eres un puto desastre y no vas a cambiar nunca.

—Increíble —resopló mi madre antes de subir en silencio a recoger sus cosas.

Cuando regresó, sacó a Bea del portabebés en el que estaba durmiendo y la despertó a propósito para darle un beso. Bea empezó a llorar cuando mi madre me la entregó antes de salir por la puerta sin decir nada más.

Cuando la puerta se cerró, apreté los ojos, sintiendo que iba a llorar junto con el bebé. En ese momento, sentí cómo los brazos de Justin me rodeaban.

—Lo siento —dijo.

—No estaba segura de si ibas a volver.

Me quitó a Bea de los brazos. Como era de esperar, se calmó al instante. Pero también ocurrió algo inesperado, algo que nunca había hecho antes. Su boquita se abrió en una amplia sonrisa desdentada mientras lo miraba.

—¡Dios mío, Justin! ¡Te está sonriendo!

—¿Es la primera vez que sonríe?

—Ha habido veces en las que he pensado que quizá estaba sonriendo, pero no estaba segura de si eran solo gases. Pero en este caso no hay duda. ¡Está claro que es una sonrisa!

Parecía estar asombrado mientras ella continuaba sonriéndole.

—A lo mejor se pensaba que no iba a volver.

No sería la única.

—Las dos nos alegramos de que hayas vuelto.

A la mañana siguiente, cuando bajé con Bea, Justin ya había preparado café. El olor de los granos recién molidos mezclado con su aroma a almizcle era una forma estupenda de empezar el día. Me di cuenta de que también había una nueva máquina Keurig colocada en la encimera.

—¿De dónde ha salido eso?

—Me la he traído de mi apartamento de Nueva York. Así puedo hacer la fusión de cafés para mí y café semidescafeinado en la cafetera para ti.

—¡Qué detalle!

Cuando me entregó mi taza humeante, caí en la cuenta de algo.

—¿Qué le has echado? Nos quedamos sin crema. No he podido ir al mercado.

—He utilizado leche.

—No teníamos leche.

Señaló la nevera con el pulgar.

—Ahí había una botella de cristal con leche.

Me tapé la boca.

—No he comprado leche —contesté—. Justin, ¡esa era mi leche materna! Me la extraje y la eché en una botella de cristal vacía. Lo único bueno que hizo mi madre por mí mientras estuvo aquí fue comprarme un sacaleches. He estado practicando con él. —Partiéndome de la risa, señalé el café—. ¡Acabas de echarle mi leche materna al café!

—No solo eso... Yo ya me he bebido dos tazas con tu leche materna. Voy por la tercera.

Volví a taparme la boca.

—¡Por Dios!

Le dio un sorbo al café.

—Está que te cagas.

—¿En serio?

—Sí. Es dulce. Ya veo por qué Bea se la toma como si fuera *crack*.

—¿Estás de broma?

—No.

—Estás loco. No pienso beberme esto.

—¿Cuánta de esa mierda puedes hacer por día? Podemos venderla.

—Más te vale que estés de broma.

—En cuanto a lo de venderla... sí. ¿En cuanto a lo de bebérmela? No. Y no quiero compartirla con nadie más que con Bea.

—Estás enfermo.

Me guiñó un ojo.

—¿Acabas de descubrirlo?

¡Qué bien sentaba tenerlo de vuelta!

Una semana después, era una típica noche entre semana en casa. Justin estaba tocando en Sandy's y Bea y yo nos habíamos quedado en casa. Estaba muy callada jugando con el móvil en el suelo, así que decidí meterme en Internet mientras descansaba en el sofá con el portátil.

Había evitado entrar en el perfil de Facebook de Jade porque no quería ver las fotos de la vuelta de Justin a Nueva York, las cuales no harían más que disgustarme. No sabía cómo, pero, aun así, acabé en su perfil, mirando sus publicaciones recientes. Gran parte de ellas eran las mismas de siempre: escenas entre bastidores, amigos del teatro quedando por la ciudad después de las funciones, fotos con *fans*. Sin embargo, había una cosa que no me esperaba para nada. Jade había cambiado recientemente su estado sentimental de «en una relación» a «soltera».

¿Habían roto?

El corazón me latía sin control.

¿Cuándo había pasado eso?

También había publicado un estado críptico justo cuando Justin volvió a Newport: «Por los nuevos comienzos».

¡Lo habían dejado mientras él estuvo en Nueva York! Hacía una semana que había vuelto y no me lo había contado. ¿Por qué lo habría mantenido en secreto? La mente me iba a mil. ¿Acaso pensaba decírmelo en algún momento?

Me quedé en el mismo lugar del salón, esperando a que llegara a casa. Cuando el pomo de la puerta giró, me enderecé.

Justin dejó la guitarra junto a la puerta y colgó la chaqueta.

—¿Qué pasa? ¿Por qué me miras así?

—¿Por qué no me has dicho que tú y Jade habéis roto?

Dejó escapar un lento suspiro y se sentó conmigo en el sofá.

—¿Cómo te has enterado?

—Ha cambiado el estado sentimental en Facebook.

Dejó escapar otro profundo suspiro.

—Hacía tiempo que las cosas se habían enfriado entre nosotros. Nos habíamos distanciado durante el último año. La razón por la que me vine a Newport antes de tiempo fue para tener algo de tiempo a solas para pensar. Fue entonces cuando os encontré a ti y a Bea.

—No lo entiendo. Pensaba que estabas enamorado de ella.

—No.

—¿No? ¿Entonces por qué siempre le decías que la querías? ¿Eso no es engañar?

—En un momento dado sí que pensé que la quería. Así que, sí, nos decíamos que nos queríamos. Una vez que empiezas a decir esa palabra, usarla se convierte en algo habitual. Se abusa de ella y pierde su valor. Tuvimos una buena relación durante un tiempo, pero no iba a funcionar a largo plazo.

—¿Por qué?

—Somos demasiado diferentes. Ahora mismo ella está muy metida en el mundo del teatro. No teníamos tiempo para trabajar en los problemas que teníamos.

—Y quería hijos —añadí.

—Eso también.

Tragué saliva. Aunque ya sabía lo que sentía con respecto a los niños, una parte de mí esperaba que estar cerca de Bea le hubiera demostrado que no era tan terrible.

—No parecía que tuvierais ningún problema. De hecho, todo lo contrario. Tenía que taparme los oídos cada vez que ella estaba en casa.

—El sexo fue bueno. Nunca tuvimos problemas en ese aspecto. Pero se necesita algo más profundo que eso para durar con alguien toda la vida. No quería hacerle perder el tiempo. El tiempo es valioso.

—Entonces, ¿has sido tú el que ha roto con ella?

—Sí. He sido yo el que lo ha dejado.

Me sentía muy mal por Jade. Sabía lo que era tener sentimientos fuertes por este hombre, y era una buena persona. No se merecía que la dejaran.

—¿Por eso fuiste a Nueva York?

—Me estaban pesando mis sentimientos. No quería pasarme todo el verano así. Ahora es libre de hacer lo que le plazca.

—¿Y tú?

Dudó antes de responder.

—También.

Mi cuerpo no sabía cómo reaccionar, si sentir alivio o náuseas. ¿Eso era algo bueno o malo? Sinceramente, no lo sabía. El hecho de que Justin estuviera soltero significaba que podría ir de flor en flor y traerse chicas a casa, aprovechándose de todas las mujeres que estaban como locas por él en Sandy's. No podría lidiar con algo así. Era extraño, pero saber que estaba comprometido con Jade siempre traía un consuelo agridulce, porque al menos solo había una mujer de la que preocuparse. Ahora cabía la posibilidad de que hubiera muchas.

Al mismo tiempo, para mí podría ser una oportunidad para estar por fin con él. Enseguida me quité ese pensamiento de la cabeza, ya que sabía de sobra que era una posibilidad remota. Él no quería tener hijos; fue tajante al respecto. Ahora yo venía con una y no habría posibilidad alguna de que él aceptara el paquete con todo incluido. En ese momento, se me ocurrió que tal vez me había estado ocultando la ruptura a propósito para evitar cualquier expectativa por mi parte. *¡Eso era!*

—¿Por qué me lo has ocultado, Justin?

—Iba a decírtelo.

—¿Cuándo?

—No lo sé.

—Que lo supiera no cambia nada entre nosotros, si es lo que piensas. No espero nada de ti, y menos ahora.

—¿Qué quieres decir con «y menos ahora»?

—Quiero decir que... quizá si no hubiera tenido a Bea... —Sacudí la cabeza—. No importa.

—Di lo que ibas a decir.

—Podría haber sido diferente si no hubiera tenido una hija. Quizá hubiéramos podido ver cómo iban las cosas.

Parecía que le estaba costando decidir qué decir a continuación.

—No eres menos atractiva por tener una hija. No pienses eso nunca. Pero tienes razón en una cosa: cualquier hombre con el que acabes tiene que estar cien por cien preparado para esa responsabilidad. —Señaló a Bea, que daba patadas con las piernas mientras seguía jugando en la alfombra—. No sería justo para ella si no fuera así.

Tenía razón.

Cuando mi cabeza tocó la almohada esa noche, nunca me había sentido más confundida sobre lo que me depararía el mañana.

13

Todas las noches, cuando se abría la puerta, me daban escalofríos y me preguntaba si esa noche sería la que por fin traería a una mujer a casa. Me preparaba todo el tiempo para ello. Justin era una persona muy sexual. Jade siempre hacía referencia a su insaciable apetito. Eso siempre hacía que me entraran ganas de vomitar.

No iba a ser célibe para siempre.

No era cuestión de *si* traería a alguien a casa, sino de *cuándo*. Sin embargo, cada vez que entraba solo era un alivio mayor que el anterior.

Los días pasaban y con cada uno me preguntaba cuánto tiempo más continuaría esta pacífica camaradería entre nosotros.

Bea estaba cada día más grande. Por fin se daba la vuelta. Eso significaba que debía tener mucho cuidado cuando le cambiaba el pañal, porque podía caerse fácilmente de la mesa. Ahora que me sacaba la leche, me resultaba mucho más fácil salir de casa de vez en cuando. Justin cuidaba a Bea durante un rato mientras yo hacía los recados. Me refería a él como «tito Justin» cuando estaba con ella. Él parecía estar contento con eso. Era un título seguro y dejaba claro que no esperaba que tuviera un papel más importante en su vida. Lo más probable era que para ella siempre fuera el tito Justin. Me comprometí a aceptarlo.

La mejor parte de mi día seguía siendo las mañanas, cuando Justin y yo nos sentábamos en la cocina con Bea y nos tomábamos el café juntos. Sin embargo, el bicho raro seguía utilizando la leche que me extraía como sustituto de la crema. Al principio pensaba que seguía con la costumbre solo para hacerse el gracioso, pero cuanto más tiempo pasaba, más claro quedaba que sí que le gustaba su sabor.

—¿Crees que eso es normal? —le pregunté mientras se vertía un poco de la botella en el café.

—Prefiero beberme la tuya que la de una vaca cualquiera. Piénsalo. Tú eres la que dejó de comer carne tras experimentar un momento de iluminación.

—Vale, pero a pesar de eso, te das cuenta de que cualquier persona normal pensaría que es de chiflados que bebas leche materna, ¿no?

—No. De chiflado sería que me pusiera a la cola mientras amamantas a Bea y que pidiera ser el siguiente.

Solté una carcajada.

—Cierto, pero ¿qué va a pasar cuando empieces a salir con alguien? ¿Crees que va a aceptar que te tomes la leche materna de otra mujer? ¿O incluso que lo hiciste en el pasado?

—Me preocuparé de eso cuando tenga que hacerlo.

Me pareció una buena oportunidad para fisgonear.

—Entonces, ¿no estás saliendo con nadie?

Me miró por encima de la taza con un brillo de diversión en los ojos.

—Estoy seguro de que sabes la respuesta, Amelia. Si no estoy aquí, estoy en Sandy's y luego vuelvo a casa. ¿Cuándo vería a esa persona?

—Lo sé. Supongo que estoy confundida.

Dejó la taza de cerámica sobre el granito.

—De acuerdo. Explica por qué estás confundida.

—Es evidente que eres muy atractivo. Encima eres músico. Tienes mujeres que literalmente se te tiran encima. Ha pasado un mes desde que rompiste con Jade. Sigo esperando que entres aquí con alguien. Eso es todo.

—Piensas que soy un promiscuo cuando estoy soltero...

—Solo te he visto con una novia, así que la verdad es que no lo sé.

Puso las manos sobre la mesa y se inclinó hacia mí. Lo que dijo a continuación me dio escalofríos.

—Me encanta follar. Me ENCANTA. Más que nada. —Esas palabras llegaron directamente a mis entrañas. Se sentó y se cruzó de brazos—. Pero cuanta más experiencia tengo, más me doy cuenta de que hay que tener cuidado ahí fuera. Ya no me acuesto con cualquiera como antes.

Decidí meterme con él.

—Es interesante que digas eso, porque estaba pensando que quizá el sexo ocasional es mi única opción.

Casi escupió el café.

—¿En serio?

—Sí. De hecho, tú me has ayudado a darme cuenta de eso.

—¿Sí? Me gustaría escuchar lo que tienes que decir.

—Piénsalo. Tal y como has dicho, sea cual sea el hombre que acabe conmigo tiene que ser a largo plazo. Se necesita mucho tiempo para que eso ocurra, ¿verdad? No puedo ser célibe mientras espero a ver si el Sr. Correcto quiere ser un padre para mi hija. A mí también me gusta follar.

Sus ojos se abrieron de par en par.

—Ya veo.

—Aunque en los últimos años no me he acostado con cualquiera, tal vez sea mejor para mí que, en este momento de mi vida, solo tenga sexo que no signifique nada con una persona de confianza y que esté en el mismo punto que yo. Tendría que estar limpio, por supuesto, tener hechas todas las pruebas de enfermedades venéreas.

—¿Estás hablando en serio?

—Muy en serio.

Empezaba a estar convencida de mi propio argumento. Tenía algo de sentido.

Se burló.

—¿Y dónde vas a encontrar a ese hombre que solo busca follar de forma ocasional, pero que también resulta ser una persona sana y respetable que puedes tener cerca de tu hija? ¡Ah! Y al parecer este tipo no se está acostando con nadie más al mismo tiempo. Sí, eso tiene mucho sentido.

—No dejaría que ningún hombre se acercara a Bea a menos que fuera algo serio. Así que no conocería a mi hija.

—¿Dónde te reunirías con ese hombre entonces?

—En hoteles.

—¿Quién va a vigilar a Bea cuando te estés tirando a ese tipo en un hotel?

Resoplé.

—¿Tú?

—Por favor, dime que estás bromeando. Porque estoy a punto de perder los estribos.

—¿Quieres la pura verdad?

—Sí.

—La mayor parte era una broma, pero creo que en algún momento tendré que encontrar a alguien que satisfaga mis necesidades; alguien en quien pueda confiar, pero que entienda que no sería nada más que sexo.

Apretó los dientes.

—Alguien como Roger, el vecino...

—Tal vez...

Se le puso la cara roja de rabia mientras se levantaba y ponía la taza en el fregadero.

—Eso es genial, Amelia. Una puta maravilla.

Eso fue lo último que dijo antes de subir las escaleras para empezar su jornada laboral.

No bajó en lo que quedó de mañana.

Justin estaba enfadado... *y muy celoso*. Ni siquiera había sido sutil.

Le había dicho que le estaba diciendo la verdad, pero era mentira. Porque la verdad era que solo había un hombre con el que había soñado follar en un hotel, y era él.

Esa noche, Justin parecía que seguía de mal humor. Pasaba de un canal a otro a la velocidad de la luz sin ni siquiera prestar atención. Cuando mi móvil vibró en la mesa de centro, lo agarró y miró el nombre que aparecía en la pantalla.

Una mirada de asombro se apoderó de su rostro mientras me entregaba el móvil.

—Es Adam.

¡Mierda!

El otro día le dejé un mensaje de voz a Adam en el que le preguntaba si estaba interesado en venir a Newport para conocer a Bea. Verlo era lo último que quería, pero sentía que le debía a mi hija al menos intentar establecer una relación entre ellos.

Justin me observaba como un halcón mientras respondía.

—¿Hola?

La voz de Adam sonó un poco apagada.

—Hola.

—Supongo que has recibido mi mensaje de voz.

Había algo de interferencias; debía de estar conduciendo.

—Sí. Ashlyn está fuera. Puedo ir este fin de semana. ¿Cuándo te viene bien?

¿Solo puede venir porque Ashlyn está fuera? Muy bonito.

—Creo que es mejor que nos veamos en el centro. Tal vez en el parque. Puedo enviarte un mensaje con la ubicación. ¿Te viene bien el sábado?

—Sí, está bien.

—Vale. ¿Quedamos sobre las tres?

—Me parece bien.

—Te informaré pronto por mensaje.

—Vale. Adiós.

—Adiós.

Ni siquiera había preguntado cómo estaba.

Justin todavía me miraba con desprecio después de haber colgado.

—¿Va a venir aquí? ¿Desde cuándo está interesado en formar parte de su vida?

—Desde que un análisis de sangre demostró que es el padre.

—Nunca me contaste que te habías hecho uno.

—Solo fue una formalidad. Sucedió mientras estabas fuera, ni siquiera pensé en mencionarlo porque nunca hubo dudas. De todas formas, la única persona a la que le importaba la prueba era a Adam, porque me acusaba de estar mintiéndole.

El tono de Justin era severo.

—Sigo sin querer que se acerque a ella.

—Es su padre.

—Es un donante de esperma —dijo con los dientes apretados.

—¿Qué se supone que debo hacer? ¿Alejarla de él?

—No se la merece. —Justin pareció sumido en sus pensamientos durante unos instantes antes de preguntar—: ¿Cuáles son exactamente sus derechos ahora?

—No estoy del todo segura. No creo que quiera asumir la responsabilidad de cuidarla, así que ni siquiera he investigado sobre el tema. Por la misma razón, tampoco le estoy presionando para que haga nada. De todas formas, solo será una reunión rápida.

—Voy contigo.

—No. No tienes por qué hacerlo.

—Ni de broma voy a dejar que vayas a ver a ese idiota tú sola.

—No hace falta. Estaremos...

—Amelia, no es una petición. Voy contigo —repitió.

Su mirada me dijo que esta era una discusión que no iba a ganar.

El tiempo era perfecto, seco y con poca humedad. Íbamos a reunirnos en el Colt State Park, que se encontraba justo al otro lado del puente, fuera de la isla. Justin y yo visitamos este parque una o dos veces cuando éramos niños, así que nos sentimos un poco nostálgicos.

Llegamos una hora antes de la que habíamos acordado con Adam, e hicimos un pícnic y pasamos la mañana allí. ¿Por qué no equilibrar una actividad estresante con algo de diversión?

Le puse a Bea el vestido rosa más llamativo que tenía y le coloqué una de esas diademas con volantes finos en la cabeza. Sus pequeños pies estaban cubiertos por unos zapatos blancos de charol preciosos.

Justin le pasó suavemente el dedo por la cabeza.

—Bea está adorable, pero sabes que me molesta que la hayas arreglado para él.

—Quería que estuviera guapísima para que se sintiera como una mierda.

—Ella siempre está guapísima, da igual lo que le pongas. Él debería sentirse como una mierda, ya esté Bea llevando un vestido o esté cubierta de caca. Es carne de su carne y no la ha visto ni un puto día en los primeros cinco meses de su vida.

—Tienes razón.

Nuestra atención se dirigió a un par de adolescentes que volaban una cometa multicolor. Nos sentamos en silencio, disfrutando del paisaje. Era un día estupendo para meterse en el agua, por lo que, como el parque colindaba con el océano, se veían muchos veleros a lo lejos.

Justin levantó la vista hacia el cielo azul y despejado.

—¿Te acuerdas de la última vez que estuvimos aquí?

—Sí —respondí en voz baja—. Fue poco antes de mudarme a Nuevo Hampshire. Estabas empezando a aficionarte a la fotografía. —Justin se llevó la cámara al Colt State Park la última vez que estuvimos aquí y sacó algunas fotos mías con el mar de fondo.

—Sí. Esa afición duró poco; con la música pasó a un segundo plano. —Sacó la cartera, que era bastante vieja y tenía el cuero marrón agrietado y desgastado. La abrió—. Si te enseño algo, no te rías.

—Vale...

Sacó una pequeña foto en blanco y negro que estaba metida en el fondo. Los bordes del papel fotográfico estaban desgastados. Era una foto mía que nunca había visto.

—Esta fue una de las fotos que hice ese día. Fue la única que revelé.

Se la quité.

—¡Vaya! Nunca tuve la oportunidad de ver ninguna de esas fotos.

—Esta fue mi favorita porque la hice cuando no estabas posando. Te estabas riendo de una de mis bromas.

Mi mirada viajó de la foto a sus preciosos ojos azules, que estaban clavados en los míos y reflejaban el océano detrás de mí.

—¿Siempre has llevado esto encima?

—Era incapaz de deshacerme de ella, ni siquiera cuando estaba enfadado contigo. La tenía escondida para no tener que verte, pero no pude tirarte.

—¿Tirar la foto o tirarme a mí?

—Ambas.

Continuamos mirándonos fijamente mientras yo espantaba las punzadas de anhelo que siempre estaban ahí y que necesitaban ser reprimidas todo el tiempo.

Miré el reloj y me di cuenta de que eran las tres y diez.

—Adam llega tarde.

—Menudo idiota.

Justin me quitó a Bea y se recostó, colocándosela sobre el pecho. Ella le acercaba la manita a su boca mientras él le hacía pedorretas contra los dedos.

Pasaron los minutos y seguía sin haber rastro de Adam. Después de una hora de espera, Justin se estaba poniendo furioso.

—Tenemos que irnos.

—No me creo que no vaya a aparecer. Igual está en un atasco.

—¿Por qué no te ha escrito entonces? Es más que una puta falta de respeto. No se merece ni un minuto más de nuestro tiempo. A estas alturas es mejor que ni aparezca, porque se llevaría un puñetazo en la cara.

Empecé a recoger las cosas, sintiéndome muy triste por Bea. A mí no me importaba que Adam no formara parte de nuestras vidas, pero seguro que algún día a ella sí que le importaría.

De repente, mi móvil vibró. Era un mensaje de Adam.

Iba de camino, pero me di la vuelta. Lo siento. No puedo. No puedo hacerlo. Te enviaré dinero.

Justin me quitó el móvil y leyó el mensaje. Sacudió la cabeza con total incredulidad y luego miró a Bea, que seguía sentada con su bonito vestido y le devolvió la mirada. Justin tenía las rodillas levantadas y Bea tenía la espalda apoyada en la pendiente de sus piernas. Sus pequeñas manos estaban rodeadas por las grandes de él. Mi hija estaba feliz como una perdiz. No tenía ni idea de lo que ese mensaje de texto significaba para el resto de su vida. No tenía ni idea de que su padre acababa de abandonarla.

Estaba bastante segura de que mi hija pensaba que, en ese momento, estaba mirando a los ojos de su padre.

Tras un largo silencio, Justin susurró:

—No sabe lo que se pierde. Es un imbécil. —Acercó su cara a la de ella y añadió—: Bueno, no le necesitamos. ¿Verdad, Bea? ¡Que le den!

Aunque no debería haber dicho palabrotas cerca del bebé, ocurrió algo increíble. En el momento en el que Justin dijo «¡Que le den!», Bea empezó a reírse como si lo hubiera entendido. No fue una risa sutil, sino más bien una carcajada contagiosa. Cuando se detuvo de repente, Justin inclinó la cabeza hacia atrás y luego la bajó muy rápido mientras repetía:

—¡Que le den! —De nuevo, estalló en carcajadas. Lo hizo otra vez—. ¡Que le den! —Se produjo un ataque de risa aún mayor. Justin y yo nos estábamos muriendo de la risa junto con ella.

Mis ojos derramaban lágrimas y, sinceramente, no sabría decir si estaba riéndome o llorando.

Esa noche, Justin se ofreció a acostar a Bea. Se puso a cantar y su relajante voz llegó hasta el piso de abajo. Cerré los ojos y me centré en el sonido de su voz mientras la arrullaba. La canción que había elegido no era una coincidencia: *Isn't She Lovely?*, de Stevie Wonder.

14

A la semana siguiente, era mediodía y Justin estaba arriba trabajando. Bea estaba tumbada boca abajo jugando en el salón mientras yo pagaba unas facturas. Llamaron a la puerta. Cuando abrí, Roger estaba de pie con dos cafés medianos de Maggie's Coffeehouse. Había pasado más de un mes desde su última visita.

—¡Cuánto tiempo sin vernos! —Sonreí. Tomando una de las bebidas, le dije—: No tenías por qué hacerlo, pero era la hora de mi dosis de cafeína de media mañana, así que es perfecto. —Hice un gesto con el brazo—. Pasa.

Se arrodilló para saludar a Bea.

—¡Dios! ¡Cómo está creciendo!

—Lo sé. Va a cumplir seis meses. ¿Te lo puedes creer?

—El tiempo vuela.

—Sí... Por eso me alegro de que te hayas pasado por aquí. Temía que Justin te hubiera espantado.

Se sentó y habló en voz baja.

—Bueno, si te soy sincero, no sabía si venir o no. Tu perro guardián intimida un poco.

—Siento que fuera grosero la última vez que estuviste aquí.

—Supongo que todavía vive aquí, ¿no?

—Sí. Justin está en casa ahora. Trabaja a distancia y está arriba en su despacho.

—¿Cuánto tiempo va a quedarse en la isla?

Se acercaba el final del verano y Justin no me había dado ninguna indicación sobre lo que iba a hacer. Cada vez que le preguntaba, decía que no estaba seguro.

—La verdad es que no lo sé. Puede quedarse todo el tiempo que quiera porque es dueño de la mitad de la casa, así que no lo discutimos.

—¿Puedo ser un poco entrometido?

—Claro. ¿Qué pasa?

—¿Hay algo más entre vosotros dos?

—No. ¿Por qué lo preguntas?

—Bueno, un hombre no ladra sobre su amiga a otro hombre a menos que la quiera para él.

—Justin y yo compartimos una larga historia, pero nunca hemos estado juntos. Ni siquiera nos hemos besado una sola vez en más de una década que nos conocemos.

—¿En serio?

—Puede llegar a ser muy protector, pero no quiere tener una relación seria conmigo, y menos ahora. Le tiene cariño a Bea, pero no quiere tener hijos. No quiere estar conmigo.

Había algo en esas palabras que me hizo sentir increíblemente triste y enfadada. ¿Por qué yo no era suficiente? ¿Por qué no lo era Bea? A Justin le importábamos, pero no lo suficiente.

—Pues él se lo pierde.

—Algunas cosas es mejor dejarlas como están.

—Bueno, ahora que has aclarado ese tema... ¿puedo hacerte otra pregunta?

—Sí.

—¿Te gustaría salir este fin de semana? Hay un festival de *jazz* en el centro. Me encantaría llevarte a ti... y a Bea. Podríamos ir durante el día.

—Te voy a ser sincera, porque no sé si me estás pidiendo una cita. No creo que esté preparada para tener algo serio, pero sí que disfruto de tu compañía. Así que, si no hay expectativas, me encantaría.

—Lo entiendo. En ese caso, no lo llamaremos «cita». Sin expectativas... Solo la compañía del otro. Uno puede sentirse solo en la isla, y estoy contento de haberte conocido, de haber encontrado compañía al menos. Incluso si no es nada más que eso, me encantaría que quedáramos. Necesitas salir, Amelia.

—¿Sabes qué? Tienes razón. Hagámoslo. Salgamos. —Sonreí.

Se le formaron unas arruguitas alrededor de los ojos cuando me devolvió la sonrisa.

—¿El sábado entonces?

—Claro. A ver si Justin cuida a Bea. Si no, me la llevaré con nosotros. —En el fondo, sabía que Justin iba a ponerse furioso, pero lo necesitaba. Si no quería que saliera con otros hombres, tenía que explicarme por qué. Si no iba a darme afecto, entonces tenía que conseguirlo en otra parte.

—No hay problema alguno en que te traigas a Bea... —Me guiñó un ojo—. Más que nada, porque no es una cita.

—Ya veremos.

Roger logró escapar de la casa sin que Justin bajara.

Cuando mi compañero de piso finalmente apareció más avanzado el día, su estado de ánimo era inescrutable. Levantó a Bea del suelo y le hizo cosquillas en la barriga con el pelo mientras hablaba.

—¿Qué te apetece cenar esta noche?

—Me parece bien cualquier cosa.

Llevando a Bea hacia la despensa, se rascó la barba que le había crecido en la barbilla.

—Tengo que ver qué tenemos. —Miró hacia la papelera y se fijó en el vaso de Maggie's Coffeehouse—. ¿Has salido a tomar café?

—No. Me lo ha traído Roger este mediodía.

Se le tensó la mandíbula y su mano se congeló sobre el último artículo que estaba tocando mientras reflexionaba sobre lo que le acababa de decir.

—¿Ha estado aquí?

—Sí. —Suspiré—. Tenemos que hablar.

Justin cerró el mueble.

—Vale.

Dilo ya.

—Roger me ha preguntado si quería ir al festival de *jazz* con él este fin de semana. Le he dicho que sí.

Parpadeó un par de veces.

—Vas a tener una cita con él...

—No.

—Es una puta cita, Amelia.

—Le he explicado que no estoy preparada para tener una cita.

—Claro, es verdad. No estás buscando una cita. Solo estás buscando un polvo ocasional.

—Solo es un paseo.

Levantó la voz.

—No es solo un paseo. Es un hombre. He visto cómo te mira. Quiere follarte.

Justin estaba empezando a cabrearme de verdad. Mi instinto era gritarle, pero me detuve. En vez de eso, le miré a los ojos, los miré de verdad.

—¿Qué estás haciendo?

Tenía la esperanza de que viera en mi expresión el dolor y la frustración que sentía. A pesar de que era una pregunta sencilla, sabía que no podía responderme con sinceridad. Era complicado. Creo que ni siquiera él entendía por qué actuaba así. Pero tenía que parar.

En ese momento, algo en sus ojos cambió. Fue como si, finalmente, se diera cuenta de lo poco razonable que estaba siendo. No quería tener algo más conmigo, pero tampoco quería que me tuviera nadie más. No podía obtener ambas cosas. No era justo y creo que en ese momento se dio cuenta por fin.

—No lo sé —susurró, con la mirada perdida—. No sé por qué me enfada tanto. Estoy confundido. ¡Joder! Lo... Lo siento. —Todavía tenía a Bea en brazos y me la entregó antes de acercarse a la ventana para mirar el océano.

Le hablé a su espalda.

—Iba a preguntarte si podrías cuidar a Bea, pero creo que es mejor que me la lleve conmigo.

—No. —Se dio la vuelta, con las manos en los bolsillos—. Yo cuidaré de ella. Te mereces salir.

—¿Estás seguro?

—Sí.

—Vale. Gracias.

Esa noche, comimos en silencio.

El viernes por la noche, antes de mi cita del sábado, decidí ir a ver a Justin a Sandy's.

Aparte de jugar con Bea, se había mantenido al margen desde nuestra pelea con respecto a Roger. Supongo que una parte de mí tenía curiosidad por saber si su estado de ánimo se trasladaba a su forma de tocar.

Cuando llegamos al restaurante, Bea estaba dormida en el portabebés. Esta noche Justin tocaba en el escenario exterior. No se dio cuenta de que estaba sentada en un rincón.

La brisa corría aquella noche. Algunas servilletas volaron de las mesas y el pelo de Justin se agitaba un poco con el viento.

Cuando empezó una versión de *Daughters*, de John Mayer, sentí una presión en el pecho, porque me preguntaba si había elegido esa canción por la situación de Bea y Adam. También me pregunté si estaba pensando en ella. La mayoría de las canciones que había elegido para esta noche eran lentas y melancólicas, tanto que Bea se pasó todas ellas dormida.

Finalmente, llegó su primer intermedio. Todavía no se había fijado en nosotras. Esta noche, en general, no estaba tan atento al público, parecía muy metido en sus propios pensamientos. Normalmente se relacionaba mucho más con los espectadores.

Justo cuando estaba a punto de levantarme y anunciar que estábamos allí, una pelirroja joven y atractiva se acercó al escenario. Vi durante varios minutos cómo coqueteaba descaradamente con él. Se me formó un nudo en el estómago. En un momento dado, ella le entregó un papel, que él se guardó en el bolsillo. No sé si lo aceptó por cortesía o si tenía intención de utilizarlo. Aunque lo más probable era que este tipo de cosas sucediera todas las noches, me sentí como si me hubieran dado un puñetazo y mató cualquier deseo que hubiera tenido de quedarme para la siguiente actuación.

Bea y yo nos fuimos, y Justin ni siquiera supo que habíamos estado allí.

Oía el sonido de los puñetazos procedente de la sala de ejercicios de Justin. Mientras me preparaba para mi especie de cita con Roger, caí en la cuenta de que la última vez que Justin le dio una paliza al saco de boxeo Everlast fue la noche de mi cita con el Dr. Danger el verano pasado. Era como un *déjà vu*.

Me quedé en la puerta y miré cómo atacaba al saco hasta que se dio cuenta de mi presencia y se detuvo.

—¿A qué hora te ibas? —preguntó, sin aliento.

—En unos cuarenta y cinco minutos. Solo quería asegurarme de que estabas preparado para cuidar de Bea.

Se limpió el sudor de la frente.

—Sí. Me ducharé y estaré abajo a tiempo para que te vayas.

—Gracias.

Quería asegurarme de que Bea tuviera el estómago lleno antes de irme, por lo que la amamanté mientras Justin se duchaba. Acabó quedándose dormida, así que la puse en su cuna antes de mirarme por última vez en el espejo. El festival de *jazz* era un evento informal, así que me puse una camiseta de tirantes sencilla con una chaqueta vaquera y una falda vaporosa de flores.

Volví a bajar y esperé a Justin para darle algunas instrucciones de última hora. Empecé a meter un par de botellas de leche materna en la nevera cuando oí su voz a mis espaldas.

—¿Está dormida?

—Sí.

—Bueno, ¿qué necesito saber?

Cuando me di la vuelta, Justin estaba apoyado en la encimera, y estaba espectacular. Sobre la frente la caían unos cuantos mechones de pelo mojado. No se había molestado en ponerse una camiseta. Mis ojos no pudieron evitar bajar a sus definidos abdominales. Tenía los pulgares enganchados en las trabillas de la cintura del pantalón. A pesar de que los vaqueros tenían cremallera, los llevaba desabrochados en la parte superior. Imaginé cómo sería lamer una línea recta por el vello que descendía desde el ombligo. Además, iba descalzo.

¡Joder!

Tenía que darle algunas instrucciones, pero se me habían olvidado todas. Mi mente se quedó completamente en blanco.

—No es por robarte tus propias palabras, Amelia, pero mis ojos están aquí arriba.

Sintiéndome avergonzada, simplemente dije:

—Lo sé.

Esbozó una sonrisa de suficiencia.

—Bueno, dime. ¿Qué necesito saber mientras no estás?

—Esto... Me he sacado dos botellas de leche. Están en la puerta.

—No me las beberé. —Guiñó un ojo.

—Debería tomarse una porción de cereal de arroz cuando se despierte. Eso ayudará a mantener su estómago lleno mientras estoy fuera en caso de que los dos biberones no sean suficientes. Literalmente le he dado de comer antes de que bajaras.

Se cruzó de brazos.

—Muy bien. ¿Algo más?

—También deberías cambiarle el pañal cuando se despierte.

—Hecho.

Incliné la cabeza.

—¿Alguna pregunta que quieras hacerme?

—¿Hasta qué hora estarás fuera?

—Lo más probable es que solo sean unas pocas horas. Debería estar de vuelta hacia las ocho.

Como no dijo nada más, pregunté:

—¿Alguna otra pregunta?

Guardó silencio, pero su mirada se clavó en la mía.

—De hecho, sí —dijo finalmente.

—Bien. ¿Cuál?

—¿Por qué me has mirado como si quisieras comerme?

—¿Va en serio?

—¿Vas *tú* en serio, Amelia?

—Me he perdido.

—¿Vas en serio en cuanto a lo de salir con Pichafloja Roger cuando preferirías quedarte en casa conmigo?

—¿Quién ha dicho que prefiera quedarme en casa contigo?

—Tus pezones.

Entrecerré los ojos con incredulidad.

—Mis pezones...

—Sí. Mientras me mirabas los observé y, literalmente, se endurecieron ante mis ojos. —Caminó lentamente hacia mí y se inclinó hacia delante—. Ninguna parte de ti, ya sea cuerpo o mente, quiere estar realmente con él, y lo sabes. Estás haciendo esto para joderme porque crees que no te deseo. Lo haces para ponerme celoso.

—Eso no es cierto. No todo tiene que ver contigo.

—No todo. Pero esto... Está claro que esto tiene que ver conmigo.

—No.

—Mentira. Querías ver hasta dónde podías presionarme antes de que llegara a mi límite.

—Si eso es lo que quieres creer, bien. Mientras tanto, Don Egocéntrico, yo me voy a un festival de *jazz*. —Empecé a alejarme, sin saber siquiera adónde iba, ya que se suponía que Roger iba a venir a recogerme.

Me agarró de la cintura para detenerme. Me dio la vuelta y me acercó a él, y sus ojos me dijeron que no iba a ir a ninguna parte hasta que él me dejara. Justin me empujó lentamente hacia la puerta hasta que mi espalda quedó presionada contra ella. Sus labios se quedaron suspendidos sobre los míos mientras jadeaba contra mi boca. Pero se contuvo. Necesitaba probarlo, así que no pude aguantar más. Le rodeé la cabeza con las manos y presioné mis labios contra los suyos. Nos abrimos el uno al otro y la sensación de su lengua caliente moviéndose dentro de mi boca fue más increíble que las innumerables veces que lo había imaginado a lo largo de una década. Le pasé los dedos por su sedoso pelo mientras nos besábamos. Su boca estaba increíblemente húmeda, caliente, y su sabor era adictivo. Dejó de existir el concepto de «tiempo».

Me abrió las piernas con la rodilla y se coló en medio. Tenía su potente erección presionada contra mi cuerpo. Entonces, me agarró la mano y la deslizó hasta su entrepierna mientras nos besábamos para que pudiera sentirlo.

—¡Joder, Amelia! ¿Crees que no te deseo? —dijo, hablando sobre mis labios—. Siente lo mucho que no te deseo.

Gemí contra su boca para confirmar que lo sentía a la perfección; le llegaba prácticamente hasta la mitad del muslo. Experimenté una completa pérdida de control y quedé totalmente a su merced. Su beso no era corriente ni se parecía a nada que hubiera experimentado antes. Besaba con toda la fuerza de su cuerpo, como si lo necesitara para sobrevivir. Si besaba así, no quería ni imaginarme lo que era acostarse con él.

La vibración que produjeron los golpes de Roger contra la puerta me recorrió la espalda. Sin ningún pudor, Justin ni siquiera se inmutó. En cambio, me besó con más intensidad, con más profundidad. Hizo que fuera muy difícil querer parar.

Finalmente, me separé de Justin y grité:

—¡Un momento!

Sus labios seguían a escasos centímetros de los míos. Me miró con picardía porque sabía muy bien que, aunque iba a salir con Roger, sería incapaz de pensar en otra cosa.

Movió las cejas.

—Diviértete —dijo.

Luego, se dio la vuelta y se alejó, desapareciendo por las escaleras.

Roger nunca sospechó que Justin y yo habíamos estado comiéndonos la boca momentos antes de que viniera a por mí. Comprobé mi reflejo en el espejo antes de abrir la puerta y atribuí el retraso a la lactancia materna.

Paramos en Maggie's para comprar un café con leche para llevar mientras íbamos de camino al festival de *jazz*, el cual se celebraba en los jardines de Fort Adams, en la desembocadura del puerto de Newport. Habían instalado tres escenarios, cada uno con una banda de *jazz* diferente. Era una tarde preciosa; el aire apenas era frío. Desde allí se tenía una vista panorámica del puente de Newport y del East Passage.

Intenté concentrarme en el paisaje y en la música, pero mi mente estaba en otra parte. Todavía podía sentir el beso de Justin, todavía podía saborearlo en la lengua. Tenía las bragas empapadas. Me pregunté qué significaba todo eso, si las cosas iban a ser diferentes ahora.

Sonó una notificación que me indicaba que me habían enviado un mensaje.

Deja de pensar en mí.

Eres un egoísta. Me has besado solo porque iba a quedar con Roger.

Técnicamente, has sido tú la que me ha besado a mí.

¿Cómo está Bea?

¿Cambiando de tema?

Acto seguido, respondió a mi pregunta anterior enviándome una *selfie* de Bea y él. Estaban tumbados en la alfombra del salón. Bea estaba sonriendo. Era demasiado adorable.

Parece que os lo estáis pasando bien.

Te echamos de menos. Deberías deshacerte de él y venir a pasar el rato con nosotros.

Me da un poco de miedo volver a casa, si te soy sincera.

No voy a morder. Lo prometo. A menos que me lo pidas, en cuyo caso lo haré con tanta suavidad que no sentirás dolor alguno.

No puedo seguir escribiendo. Es de mala educación.

Tenemos que hablar más tarde.

¿Sobre qué?

Me gustaría solicitar el puesto.

¿Qué puesto?

El de tu follamigo.

¿Qué?

Hablaremos más tarde.

No sabía ni qué decir, así que guardé el móvil.

Roger me puso la mano en el hombro.

—¿Todo bien en casa?

No exactamente.

—Sí. Solo estaba comprobando cómo estaba Bea. Todo va bien.

—¿Te gustaría cenar algo temprano?

—Claro, me encantaría —respondí, a pesar de que el mensaje de Justin había conseguido quitarme el apetito.

Roger y yo salimos del recinto del festival y cenamos en el *pub* Brick Alley. Hablamos sin parar durante toda la comida. Me habló de su próximo viaje a Irvine para visitar a su hija. Irradiaba orgullo cada vez que hablaba de Alyssa, y pensé en lo afortunada que era por tener un padre que la quería tanto. Bea no iba a tener eso. No me quedaba más remedio que mantener la esperanza de que algún día alguien tuviera ese papel para mi hija.

A pesar del juego sexual al que Justin estaba jugando de repente, seguía sin darme garantías de que realmente quisiera estar con nosotras a largo plazo. Si bien es cierto que se portaba muy bien con Bea, no había ningún indicio real de que estuviera interesado en ser algo más que su «tito». Estaba claro que querer ser «follamigos» no contaba. Justin y yo no podíamos estar juntos mientras él no quisiera tener hijos más adelante.

Roger me llevó a casa después de la cena. No le invité a entrar a propósito porque no estaba de humor para las payasadas de Justin.

Se quedó donde estaba sin moverse.

—Espero que volvamos a quedar pronto.

—Me gustaría mucho —contesté.

A pesar de mi obsesión por Justin durante todo el día, realmente disfrutaba de la compañía de Roger. Era inteligente, elocuente y sabía escuchar.

Cuando abrí la puerta, Justin estaba sentado en el sofá viendo la televisión. Bea estaba acunada en el hueco de su brazo.

—¿Qué tal ha ido?

—Me lo he pasado genial, la verdad. Te encantaría el festival de *jazz*. Deberías ir a verlo. Mañana es el último día —dije, y me dejé caer en el sofá a su lado.

—Bien. —Sonrió, pero era más bien una sonrisa de burla.

Le quité a Bea y la besé.

—Te he echado de menos, Abejita.

—Me voy para que puedas amamantarla en privado. Supongo que no tienes hambre para cenar.

—No. Roger me ha llevado al *pub* Brick Alley.

Su expresión se ensombreció.

—Genial.

Las ollas y sartenes tintinearon en la cocina mientras Justin se preparaba no tan silenciosamente algo para comer mientras yo amamantaba a Bea. Se durmió en mi pecho, así que la puse arriba en su cuna. Por lo general se acostaba más tarde, así que sabía que probablemente me despertaría en mitad de la noche.

Cuando volví a la cocina, Justin parecía que estaba esperándome. Llevaba una sudadera gris con la cremallera medio bajada sobre su pecho desnudo. Tenía la capucha sobre la cabeza. Parecía bastante tenso y se estaba tirando de las mangas.

—Tenemos que hablar, Amelia.

—Vale.

Alzó la cara para mirarme directamente a los ojos.

—No quiero que vuelvas a salir con él.

—No puedes decidir con quién salgo.

—Bueno, no quiero que salgas con nadie.

—No tienes ningún derecho a decir eso.

—Escúchame.

—Te escucho.

—Dijiste que ahora mismo no buscabas nada serio.

—Así es.

—Yo tampoco. Acabo de salir de una relación.

—¿Y crees que soy la candidata perfecta para follar? ¿No tienes suficientes opciones? ¿Qué tal la pelirroja que te dio su número la otra noche, cuando ni te diste cuenta de que Bea y yo estábamos allí?

El enfado emergió en su rostro.

—¿Qué? ¿Viniste a Sandy's?

—Sí. Tocaste *Daughters*. Fue muy conmovedor.

—¿Por qué cojones no me dijiste que estabas allí?

—Estabas ocupado.

—Eras lo único en lo que pensé toda la noche, Amelia. En cada puta canción pensaba en ti o en Bea. Esa es la verdad. Ni siquiera me acuerdo del nombre de esa mujer.

—Bueno, supongo que eso no importa. Vuelve a lo que decías... sobre ser tu puta.

—No es eso. Para nada, Amelia. —Con expresión nerviosa, continuó—: He estado pensando mucho últimamente. Has dejado claro que necesitas a alguien que satisfaga tus necesidades. No quiero que te acuestes con un tipo cualquiera al que no le importas. Al contrario de lo que puedas pensar, a mí sí que me importas. Así que quiero ser quien se encargue de ello.

—¿Encargarse de ello? Haces que suene como si acostarse conmigo fuera una operación quirúrgica.

—Ni mucho menos. Y, de todas formas, «encargarse» no es el término correcto. Técnicamente te follaría hasta que te olvidaras de todo.

—No voy a ser el polvo por compasión de nadie, Justin.

—No estoy diciendo eso. —Deslizó las manos por debajo la capucha y se tiró del pelo con frustración—. ¡Joder! ¿Tienes idea de lo mucho que te deseo? Necesito esto tanto como tú.

—Lo siento, pero me estás confundiendo. Te importo, pero no quieres estar conmigo. Solo quieres follar conmigo. Parece contradictorio.

—Quiero darte lo que necesitas ahora, no mañana o dentro de diez años. Ahora. Resulta que lo que necesitas tú, también es lo que necesito yo. Necesito satisfacer esta puta ansia que me corroe desde hace más de diez años. Necesito estar contigo a nivel físico antes de que explote. Pero ahora mismo no puedo ponerle una etiqueta. No puedo hacer promesas de cara al futuro, porque sería irresponsable. Hay demasiado en juego. No voy a hacerle una promesa a esa niña para luego decepcionarla.

—Entonces, estás sugiriendo que nos olvidemos de todo lo demás, que simplemente empecemos una relación física sin expectativas.

—Eso fue lo que dijiste que querías con uno cualquiera, ¿verdad? ¿Por qué no conmigo? Es mucho más seguro.

—Porque no creo que contigo sea posible. No creo que pueda compartimentar años de sentimientos para tener una relación de sexo ocasional contigo. Me importas demasiado. Siempre te querré en mi vida. Si mantenemos relaciones sexuales, nunca podremos echarnos atrás. Nunca volvería a ser igual.

—No volverías a *caminar* igual.

—¿Puedes hablar en serio?

—Estoy hablando en serio. —Sonrió—. Vale. Con toda sinceridad, quiero que pienses en mi propuesta. Solo te pido que consideres vivir el momento, divertirte un poco conmigo, no pensar en el mañana.

—¿No pensar en el mañana y luego despertarme un día y ver que te has ido?

—No voy a irme a ninguna parte en un futuro próximo.

Una parte de mí quería saltar a sus brazos y aceptar su propuesta allí mismo, en la encimera de la cocina, pero la parte lógica no podía estar de acuerdo.

—No lo sé.

—Si hay algo que pueda hacer para ayudarte a tomar una decisión, dímelo. Tú piénsatelo. No tienes que decidirte ahora mismo. Consúltalo con la almohada. O contra la almohada. Lo que decidas.

Empezó a caminar hacia las escaleras.

—¿Adónde vas?

—Arriba. Dejaré la puerta abierta por si quieres ver algo más tarde.

15

Esa noche me fui directamente a mi habitación y no salí porque no confiaba en mí misma si estaba cerca de él. ¿Hablaba en serio? Una pequeña parte de mí se preguntaba si con esa proposición me estaba tomando el pelo. Tal vez se trataba de un gran plan para vengarse de mí por haberle hecho daño diez años atrás..., tentarme para que sucumbiera a sus encantos sexuales y luego decirme que no era más que una broma.

Dándole vueltas, consideré todos los pros y contras, y llegué a la conclusión de que, aunque el sexo con él sería increíble, lo único que conseguiría sería hacerme daño. Además, echaría a perder la segunda oportunidad que nos habíamos dado para ser amigos, la cual seguía siendo reciente y estaba en un terreno inestable.

Pero también estaba completamente cachonda; tenía las bragas empapadas por cómo me había hablado. La sola idea de estar con él me excitaba.

En algún momento de la noche, debí de quedarme dormida mientras reflexionaba. Cuando me desperté al día siguiente, eran más de las once de la mañana. Hacía tiempo que no dormía hasta tan tarde.

El sol se colaba por las cortinas blancas de la ventana de mi habitación. ¿La conversación de anoche con Justin había sido un sueño? Me di cuenta de que Bea no estaba en su cuna.

Bajé corriendo las escaleras y me encontré a Justin sentado en el salón.

—¿Dónde está Bea?

—Aquí. Mira esto.

Bea se arrastraba lentamente hacia él mientras la atraía con un juguete nuevo. Era una oruga de peluche larga del color del arco iris que hacía sonidos.

—Vamos, Abejorrito —la animó. *Me encantaba que le hubiera puesto ese mote.*

Bea se estaba acercando a él; era el intento de moverse más impresionante que había hecho hasta ahora.

—¡Está arrastrándose hacia ti!

—Lo sé. Llevamos toda la mañana practicando.

—¿De dónde has sacado ese juguete?

—Se lo compré el otro día en la juguetería que hay en el centro.

—¿Has entrado en la habitación esta mañana y la has sacado de la cuna?

—No, ha bajado las escaleras ella sola, Amelia —bromeó—. Pues claro. Fui a echarte un vistazo porque nunca duermes hasta tan tarde. Quería asegurarme de que no te hubieras desmayado de tanto tocarte pensando en mí anoche.

—No exactamente, aunque sí que estuviste en mis pensamientos.

—A lo que iba... Estaba ahí sentada en la cuna, mirándome, callada como un ratón mientras roncabas. Así que me la llevé abajo para que pudieras seguir durmiendo. Había un biberón en la nevera y nos lo hemos acabado. —Miró a Bea—. Ahora es mi compañera de desayuno.

—Gracias.

—No hay problema.

Nuestras miradas se cruzaron y sentí que tenía que romper el hielo.

—Justin, sobre lo de anoche...

Se levantó de repente del sofá.

—No te preocupes. Me pasé de la raya. Se me fue un poco la cabeza; me puse celoso.

Me sorprendió que hubiera cambiado de opinión tan rápido.

—¿De verdad?

—Sí. No estaba pensando con la cabeza adecuada.

—Vale... Entonces me alegro de que ambos estemos de acuerdo.

—Bueno, tengo mucho trabajo que hacer, así que... —Recogió a Bea del suelo y la levantó un poco sobre su cabeza—. Nos vemos luego, Abejorrito.

Luego se retiró a su habitación y no salió en lo que quedó de mañana y tarde.

Más confundida que nunca, seguí con mi día; limpié la casa y lavé la ropa de Bea.

Era principios de septiembre y empezaba a hacer frío en la isla. Unas semanas antes, le notifiqué de manera oficial al departamento escolar de Providence que no volvería a mi puesto de trabajo este año. Fue una decisión difícil, pero fue la mejor para mi hija. Mis ahorros me servirían para unos doce meses. Dentro de un año me replantearía mi situación, volvería a dar clases o quizá intentaría encontrar algo que me permitiera trabajar desde casa.

Alguien tocó la puerta y dejé la escoba en el rincón.

Al abrir, casi me dio un vuelco el corazón cuando vi a una rubia de piernas largas y corte *pixie* que me resultaba familiar.

—¡Jade! ¡Dios mío! No te esperaba.

—¡Sorpresa! —Se inclinó para abrazarme antes de dar un paso atrás—. ¡Dios! ¡Estás muy bien, Amelia! ¿Has perdido peso? ¿La gente no suele ganar peso después de tener un bebé?

—Supongo que tuve suerte de que mi hija no me dejara comer ni dormir durante los primeros meses. —Intentando disimular mi malestar, pregunté—: ¿Justin te está esperando?

—¡No, qué va! ¿Está arriba? He visto su coche fuera.

—Sí, está en su despacho trabajando.

Se fijó en Bea jugando en el Exersaucer.

—Es preciosa. Se parece a ti. ¿Puedo sacarla de esta cosa?

—Claro.

Me sentí incómoda al ver cómo Jade se agachaba para ver a mi hija.

¿Qué estaba haciendo aquí?

¿La había invitado?

¿Por eso había cambiado de actitud de repente?

Me bombardearon lo que parecían unos celos cegadores.

Jade alzó a Bea para sostenerla en brazos.

—Huele genial. ¿Qué es?

—Dreft, el detergente para bebés que uso en su ropa.

—Igual debería darte algo de mi ropa para que la laves. Huele muy fresco y limpio.

Me había cansado de esta charla superficial.

—¿Qué te trae por aquí, Jade?

Se sentó en el sofá y se colocó a Bea en el regazo.

—La he cagado —respondió con toda naturalidad.

—¿A qué te refieres?

—La he cagado con Justin. Este último año le he dado todo lo que tenía a mi trabajo y nada a él. Lo tenía como algo seguro. ¿Te dijo algo sobre por qué rompimos?

—Solo me dijo que cortó contigo cuando volvió a Nueva York a principios de este verano. No entró en detalles.

—Fue un malentendido.

—¿Y eso?

—Vino para darme una sorpresa y me encontró cenando con mi coprotagonista, Greg Nivens, en el apartamento. Justin sacó unas conclusiones precipitadas. No pasaba nada con Greg. Era una reunión de negocios. Antes de eso, las cosas estuvieron complicadas entre Justin y yo durante un tiempo, pero jamás lo habría engañado.

—Entonces, estás aquí para...

—Recuperar a mi chico, sí. Nunca luché por él. Nunca le supliqué. Estaba tan paralizada por cómo había acabado todo, que nunca llegué a reflexionar sobre mi responsabilidad en todo el asunto. Básicamente todo fue culpa mía. Sigo queriéndolo mucho.

No.

No.

No.

Esta amenaza inesperada e inminente estaba poniendo a prueba mis auténticos sentimientos. Me aterraba perderlo, me aterraba que se volviera a Nueva York con ella. Mi cuerpo se tensó, preparándose de alguna manera para ir a la guerra en una batalla que estaba destinada a perder.

—¡Vaya! No sé qué decir. Yo...

La voz profunda de Justin me sobresaltó.

—Jade, ¿qué estás haciendo aquí?

Se levantó, todavía con Bea en brazos.

—Hola.

Su mirada se dirigió a mí por un instante y luego volvió a ella.

—¿Cuánto tiempo llevas aquí? —preguntó.

—Acabo de llegar. He venido porque tenemos que hablar. ¿Podemos ir a algún sitio? ¿Tal vez dar un paseo por la playa?

Sentía que me dolía el corazón y estaba sudando por los nervios.

Justin volvió a lanzarme una mirada fugaz antes de contestarle a Jade.

—Déjame pillar una chaqueta.

Cuando la puerta se cerró tras ellos, liberé todo el miedo que había estado reteniendo con un profundo suspiro, antes de que se volviera a instalar en mi estómago.

Miré a Bea y le hablé como si pudiera entenderme.

—No quiero que se vaya.

Balbuceó mientras golpeaba con la mano uno de los juguetes que emitía soniditos que había en el parque infantil.

—Tengo miedo de estar con él y tengo miedo de estar sin él.

Hizo un par de pedorretas, lo que provocó que la baba le resbalara por la barbilla.

—Lo quieres mucho, ¿verdad?

—Ba... Ba —respondió.

El corazón me martilleó contra el pecho.

—Lo sé. Yo también.

Justin estuvo fuera casi seis horas. Estaba segura de que no iba a volver a casa.

186

Cuando la llave giró en la puerta a eso de las diez y media de la noche, me enderecé en el sofá e intenté parecer despreocupada para que no diera la impresión de que había estado esperándole.

Justin se frotó los ojos y tiró el abrigo sobre una silla. Fue a la cocina a por algo de beber antes de sentarse a mi lado.

Tragué saliva, temerosa de formular la pregunta.

—¿Dónde está Jade?

Le dio un sorbo a la cerveza y se quedó mirando la botella mientras la hacía girar mecánicamente en sus manos.

—Está volviendo a Nueva York. La he acercado a la estación para que pillara el tren.

—No estaba segura de si volverías esta noche.

Se quedó en silencio durante un rato largo y luego me miró a los ojos.

—No ha pasado nada, Amelia.

—No me debes ninguna explicación.

Habló más alto.

—¿No? ¿Te estás engañando a ti misma o qué?

—¿Qué quieres decir?

—Parece que crees que no puedo calarte. Te vi la cara cuando apareció. Estabas asustada. ¿Por qué no eres capaz de admitirlo? ¿Por qué no eres capaz de admitir que estás tan asustada como yo por lo que está pasando entre nosotros?

No lo sé.

Como no respondí, se limitó a añadir:

—Dimos un paseo por la playa… Hablamos. Luego la acerqué a la estación.

—Has estado fuera mucho tiempo. Supuse…

—¿Que estábamos en algún lugar follando? No. He estado conduciendo un rato solo para pensar.

—Ya veo. ¿Qué habéis decidido Jade y tú?

—Cree que la verdadera razón por la que corté con ella fue porque me la encontré con ese tipo, pero esa no es la verdad. Fui a Nueva York con toda la intención de romper incluso antes de verla cenando con él.

—¿Se lo has explicado?

—No podía ser totalmente sincero.

—¿Por qué no?

—Porque tendría que admitirle cosas que ni siquiera te he admitido a ti, y no quería hacerle aún más daño.

—Cosas como...

—¿Recuerdas lo que dije sobre engañar a tu pareja?

—¿Que si tienes el impulso de engañar a alguien es mejor romper con esa persona?

—Sí. Tuve el impulso de engañarla... contigo... varias veces el verano pasado. Pensé que, a lo mejor, que te hubieras convertido en madre haría que te viera de otra manera, que me atrajeras menos, pero no ha sido así. Ha ocurrido lo contrario. Nunca te he visto más sexi. Pero incluso si no pasara nada entre nosotros, mi atracción por ti es una señal de que algo iba mal entre Jade y yo. No deberías desear a otra persona así si tienes una relación sana. Es un indicio de que falta algo, aunque no sepas exactamente el qué. No creo que sea bueno alargar las cosas si ya has llegado a esa conclusión.

—¿Jade está bien?

—No mucho.

La verdad era que me dolía saber que estaba sufriendo. Me sentí mal por ella y seguí confundida acerca de en qué punto estábamos Justin y yo.

—¿Qué hacemos ahora? —pregunté.

—Yo ya te he dicho lo que quiero hacer.

—Esta mañana dijiste que habías llegado a la conclusión de que era una mala idea, que ya no querías eso conmigo.

—Eso no es cierto. Lo que quería decir es que me pasé de la raya en cómo te lo propuse. Fui demasiado agresivo porque me sentí amenazado, me insinué a ti como un cavernícola. Nunca dije que no lo quisiera, y que conste que tú tampoco.

—Te expliqué cuáles son mis reservas...

—Y las entiendo. Entiendo perfectamente por qué tienes miedo de pasar a un nivel sexual conmigo. Mi parte racional piensa que tienes razón, pero a mi parte irracional le importa una mierda y solo piensa en ponerte sobre mi cara ahora mismo y hacer que te corras mientras me cabalgas sobre la boca.

Esas palabras me golpearon directamente entre las piernas.

Continuó.

—El hecho de que te hayas retorcido ahí sentada es una prueba de que tú también tienes una parte irracional. A lo mejor nuestras partes irracionales tienen que encontrarse alguna vez. —Se inclinó hacia mí y sonrió—. Pero esta noche no. A pesar de haber amenazado con buscarte un follamigo... no estás preparada. Sería como saltarse todas las letras del alfabeto de la A la Z.

—Has visto demasiado *Barrio Sésamo* con Bea.

—¡Joder! Puede ser. A lo que iba, ahora mismo estás en el nivel A. Mi deseo sexual está en el nivel Z. Y no coincide. Esa fue una de las cosas que descubrí mientras conducía esta noche. Que no estás en ese punto todavía, a pesar de toda esa charla sobre sexo en hoteles. —Se levantó—. Ahora vengo.

Cuando regresó, estaba sosteniendo algo detrás de la espalda.

—¿Qué es lo que hacíamos cuando éramos más jóvenes y no estábamos de buen humor o, simplemente, no sabíamos qué diablos hacer con nuestras vidas?

—Veíamos *El gran Lebowski*.

Se sacó el DVD de detrás y me lo enseñó.

—¡Bingo!

—No puedo creer que todavía lo tengas.

—Siempre lo tengo a mano.

—Voy a hacer palomitas —dije, y corrí con impaciencia a la cocina, aliviada de que la tensión en el aire hubiera disminuido. Justin tenía razón. No estaba preparada. No quería perderle, pero por mucho que lo deseara, no estaba preparada para una relación sexual ni con él ni con nadie.

Nos sentamos en un cómodo silencio a ver la película de culto que, viéndolo en retrospectiva, probablemente era inapropiada para nuestros yo de trece años. Sin embargo, ninguno de los dos teníamos unos padres que controlaran lo que veíamos por aquel entonces. La escena inicial en la que el protagonista metía la cabeza en un retrete evocó muchos recuerdos. Solíamos pensar que era lo mejor del mundo.

A mitad de la película, Justin se tumbó de espaldas y apoyó la cabeza en mi regazo. Sin pensarlo detenidamente, hice lo que me pareció natural y empecé a pasarle la mano entre los sedosos mechones de su pelo.

Dejó escapar un ligero gemido de placer mientras seguía viendo la película y yo jugaba con su pelo.

En un momento dado, se volvió hacia mí, e instintivamente aparté la mano, acordándome de aquella vez el verano pasado en la que me pidió que me detuviera.

—¿Por qué has parado? —Cayó en la cuenta él solo—. Ni de coña voy a decirte que pares esta vez, Amelia. Por favor, sigue haciéndolo. Es muy agradable.

Seguí haciéndolo durante casi media hora.

Mi atención ya no estaba puesta en la película cuando pregunté:

—¿Qué más descubriste mientras conducías esta noche?

—Que me siguen encantando tus hoyuelos. —Me miró—. No lo he resuelto del todo, pero de eso estoy seguro.

16

Septiembre se convirtió en octubre a medida que le dábamos la bienvenida al otoño y al cambio de color de las hojas de los árboles que había en la isla. Un mes después de que viéramos *El gran Lebowsky*, las cosas entre nosotros seguían bastante inocentes; no habíamos vuelto a hablar de sexo ni intentado definir nuestra relación. Aunque empezamos a volvernos más cercanos de forma natural.

Bea tenía ya siete meses y cada día desarrollaba más su personalidad.

Justin había hecho una escapada breve a Nueva York a finales de septiembre para verse con su mánager, quien le había conseguido una sesión de estudio para grabar algunas de sus canciones originales para una maqueta. En general, seguíamos yendo día a día, y no había indicios claros de cuándo o ni siquiera de si iba a volverse a la ciudad de forma definitiva.

Este año Halloween caía en sábado. Decidimos llevar a Bea a un huerto de calabazas local. Justin nos hizo un montón de fotos a mí y a mi hija entre el mar de heno y color naranja. También nos hicimos algunos *selfies* los tres. Sabía que siempre guardaría esas fotos como un tesoro. Justin y yo bebimos sidra caliente mientras disfrutábamos del aire fresco con una Bea que tenía las mejillas sonrosadas y que iba abrigada con un gorro y unos guantes. A pesar de que hay miles de días en el transcurso de una vida, ese día era de esos que uno sabe que no olvidará mientras viva.

El plan era pasar unas horas fuera y luego volver a casa para repartir caramelos con unos disfraces puestos.

Como sabía que Halloween siempre había sido mi fiesta favorita, Justin se esforzó al máximo. Después del huerto de calabazas, nos dejó a Bea y a mí en casa antes de dirigirse a Christmas Tree Shops, cerca de Middletown, donde vendían muchos artículos de temporada para Halloween.

Cuando volvió con un montón de bolsas, ya era de noche. Había comprado una plétora de adornos naranjas y negros junto con paquetes de caramelos y un disfraz de abejorro para Bea.

—No tenían ningún disfraz adecuado para nosotros en las Christmas Tree Shops, así que he ido a un par de sitios distintos. Por eso he llegado tarde. No sabía cuál elegir para ti, así que he comprado más de uno.

—Bueno, a ver. —Extendí el brazo—. Dame. —Una de las bolsas era de Island Costumes y la otra era de... Adam and Eve—. ¿Adam and Eve no es una tienda de artículos eróticos?

—Sí. Estaba justo al lado de la tienda de disfraces.

Esbozó una sonrisa malvada mientras yo entrecerraba los ojos con desconfianza. Abrí primero la otra bolsa y saqué un disfraz de Catwoman que era de una sola pieza y que estaba hecho de nailon negro. También venía con una máscara.

—Ese es para esta noche..., para el truco o trato —dijo.

—¿Para qué es el otro?

—Para... cuando sea. Pensé que te quedaría bien.

Abrí la bolsa de Adam and Eve a regañadientes y saqué una prenda blanca con detalles rojos. Había pequeños parches en forma de cruz en la zona de los pezones, y literalmente se veía a través de la tela.

Abrí los ojos de par en par al leer la etiqueta.

—¿Enfermera Quitapenas?

—Me recordó a cuando me cuidaste cuando estaba enfermo. —Su cara estaba inusualmente sonrojada, como si le hubiera dado vergüenza dármelo.

—¿Quieres que me ponga esto?

Se mordió el labio inferior.

—Ahora no.

Volví a mirar la etiqueta.

—Bragas no incluidas. Algo me dice que es porque se supone que no debo llevar ninguna.

—Mira..., sé que es posible que nunca llegue a verte con eso puesto. Para serte sincero, me puse muy cachondo en la tienda pensando en ti con él. Tuve que comprarlo. Un hombre puede soñar, ¿verdad?

Se estaba poniendo cachondo pensando en mí, y yo me estaba poniendo muy cachonda pensando en que él se ponía cachondo pensando en mí.

Me aclaré la garganta.

—¿Tú de qué vas a ir?

Guiñó un ojo.

—Es una sorpresa —respondió.

Teníamos alrededor de una hora antes de que empezaran a llegar los niños haciendo truco o trato. Justin colgó las luces naranjas a lo largo de la ventana y puso algunas calabazas encendidas fuera, a lo largo de los escalones. Atenuó las luces principales de la casa y encendió velas. Era una mezcla entre espeluznante, romántico y acogedor.

—He echado mucho de menos Halloween viviendo en la ciudad —dijo mientras abría bolsas y llenaba el cuenco de caramelos—. Por el apartamento no pasan haciendo truco o trato.

Sonreí para mis adentros al percatarme de que había comprado más de mis barritas de caramelo favoritas de cuando éramos niños, Almond Joy.

—Voy a ir a vestir a Bea y a ponerme también el disfraz —dije.

—Vale. Yo iré a cambiarme cuando tú acabes.

Arriba, me puse el traje negro, el cual parecía que me habían pintado con espray sobre el cuerpo. Me puse la máscara y me miré en el espejo. Para ser sincera, era bastante sexi. No me extrañaba que lo hubiera elegido. Para completar el conjunto, me puse mis botas de tacón de aguja de cuero negro que me llegaban hasta la rodilla. Bea estaba de pie en la cuna y parecía divertirse al ver a su madre con este atuendo.

Después de ponerle el disfraz de abejorro peludo, volvimos a bajar las escaleras.

Los ojos de Justin se salieron de sus órbitas mientras me miraba de arriba abajo.

—¡Guau! Mírate. Sin duda escogí el disfraz adecuado.

—No da mucho miedo. Es más bien sexi.

—Pues a mí me das mucho miedo. —Frunció las cejas antes de quitarme a Bea y darle un beso en la mejilla—. Ahora eres oficialmente un abejorro, Abejorrito. —La llevó hasta la ventana y le dijo—: Mira las luces, Bea. Las he puesto para ti. —Se fue con ella, y su voz dejó de ser audible cuando empezó a susurrarle al oído mientras le enseñaba los adornos. La llevó afuera para que viera las calabazas talladas.

Me limité a quedarme al margen y a mirarlos, preguntándome cuándo nos habíamos convertido en una pequeña familia. ¿Había habido un momento exacto en el que habíamos cruzado esa línea? Por mucho que quisiera negarlo a modo de mecanismo de defensa, los últimos cuatro meses con Justin se habían parecido más a una experiencia familiar que a cualquier otra cosa. Diera miedo o no, había sucedido, y ambos éramos incapaces de admitírselo al otro. Había evolucionado de forma natural, sin discusión. No obstante, mientras que Bea sería mi vida entera durante al menos los siguientes dieciocho años, ¿Justin solo estaba jugando a las casitas por un tiempo? Eso todavía estaba por ver.

Justin se acercó y me la entregó.

—Voy a cambiarme. Vuelvo enseguida.

El primer grupo que vino haciendo truco o trato llegó antes de que Justin regresara. Con Bea en un brazo, agarré el bol grande y me dirigí a la puerta para repartir los caramelos.

Mientras me despedía de ellos, sentí el calor de su cuerpo a mis espaldas.

—Ya estoy.

Cuando me di la vuelta, casi me quedé sin aliento al verlo. Justin iba vestido de negro. Se suponía que era un agente del equipo SWAT. Una camisa negra de manga corta dejaba a la vista sus musculosos brazos. Un chaleco negro con las palabras SWAT en blanco cubría la camiseta. Llevaba unos pantalones negros elegantes y unas botas de combate pesadas. Era una de las cosas más atractivas que había visto en mi vida.

—¡Por todos los...! —Mi cuerpo ardía bajo mi ajustado atuendo de licra.

—¿Te gusta?

—Sí... Me encanta.

—No les quedaban muchos disfraces de mi talla. Era esto o un payaso. No quería asustar a Bea.

—Ha sido... Sí... Una muy buena decisión.

—Me alegro de que pienses eso —susurró cerca de mi cuello.

Solo recibimos a unos pocos grupos que venían haciendo truco o trato, pero no dejaba de ser emocionante cada vez que alguien llamaba a la puerta. Agradecí que Roger estuviera en Irvine visitando a su hija, ya que así no tenía que lidiar con cualquier momento incómodo que pudiera haber habido entre Justin y él. Si Roger hubiera estado en casa, podría haberse pasado a saludar. No habíamos vuelto a quedar desde el festival de *jazz*. Las cosas entre Justin y yo habían evolucionado un poco desde entonces.

Era casi la hora de apagar las luces. Cheri, de la casa de al lado, se había pasado para ver a Bea con su disfraz. Me quedé en la puerta después de despedirme de ella y miré a Justin y a Bea, que se encontraban en la cocina. Mientras veía cómo acunaba a la niña para que se durmiera, me di cuenta de algo: tanto si evitaba una relación sexual con él como si no, mi corazón ya estaba involucrado. En mi mente, él me pertenecía. Así pues, evitarlo a nivel físico por miedo solo significaba que me estaba perdiendo algo que necesitaba y que quería con desesperación. Tanto si nos acostábamos como si no, si él se iba, me quedaría igual de echa polvo. Al mirarlo con ese uniforme de SWAT tan sexi, supe que no podía dejar que el miedo me impidiera seguir adelante.

Me acerqué a los dos y le di un suave beso a Bea en la cabeza. Cuando alcé la vista hacia él, me estaba mirando con una intensidad que parecía que supiera lo que había estado pensando unos segundos antes. Me rodeó la cara con la mano y me atrajo con firmeza hacia sus labios. Era la primera vez que nos besábamos desde el momento anterior a mi cita con Roger. Este beso era diferente a aquel; era tierno.

Sentí todo mi cuerpo flácido cuando habló con voz ronca sobre mis labios.

—¿Por qué no la acuestas?

Simplemente asentí. Notaba cómo se tambaleaban mis piernas a medida que subía las escaleras. En mi habitación, le quité el disfraz a Bea con cuidado para no despertarla y la coloqué en la cuna.

Mientras me desprendía de la malla de Catwoman, miré fijamente la bolsa de Adam and Eve provocándome sobre la cómoda.

¿Debería hacerlo?

Pensé en su confesión de que había fantaseado conmigo llevándolo y decidí ponérmelo para darle una sorpresa. Me puse la tela transparente pasándomela por la cabeza. Mis pechos hinchados estaban completamente expuestos y las cruces rojas eran lo único que me cubrían los pezones a duras penas. Era realmente obsceno; iba a flipar.

Me puse un tanga rojo mío y ya estaba mojada solo de pensar en cómo iba a reaccionar. Esta noche iba a poder tocarlo, saborearlo, hacer todo lo que había soñado. Se me puso la piel de gallina por todo el cuerpo mientras caminaba de puntillas por el pasillo.

Su puerta estaba medio abierta, y él estaba sin camiseta mirando por la ventana mientras la luz de la luna iluminaba su preciosa silueta. Justin me había estado esperando.

Se había dejado puestos los pantalones negros de la vestimenta del SWAT. Se le ceñían a su culo redondo con tanta perfección que se me hizo la boca agua de las ganas que tenía de morderlo. Había admirado su bonito cuerpo muchas veces desde lejos, pero sabía que esta vez era diferente.

—Hola —dije, lo que hizo que se diera la vuelta.

Mientras me miraba de arriba abajo, la respiración de Justin se entrecortó y sus ojos hambrientos se empaparon de cada centímetro de mí.

—¡Joder! —gruñó en voz baja—. ¡Joder! Te lo has puesto.

Se acercó lentamente y me rodeó la cara con las dos palmas. Yo estaba temblando de necesidad. Deslizó las manos hacia abajo y me pasó el dedo índice por el cuello, por encima de los pechos y se detuvo en el ombligo. Sus ojos parecían estar en trance mientras examinaba cada centímetro de mi cuerpo, el cual dejaba completamente expuesto la tela.

Cerró los ojos por un instante. Cuando los abrió, la misma expresión de asombro permanecía en su rostro. Era como si no hubiera esperado seguir viéndome allí de pie.

—Nadie puede compararse contigo, Amelia. Tienes que saberlo. —Sentí que el corazón me iba a estallar cuando le oí decir eso.

Entonces, se puso de rodillas. Me rodeó la cintura con las manos y me empujó hacia él, besándome el ombligo y contoneando su lengua despacio sobre mi estómago. Descendió con la boca dándome besos suaves y se detuvo entre mis piernas.

Deslizó la mano por la parte trasera del tanga y agarró la tela con fuerza antes de bajármelo despacio por las piernas. Cuando se levantó con mi ropa interior en la mano, dijo:

—¡Joder! Está empapado. —Lo olió despacio y dejó escapar un largo suspiro antes de sacudir la cabeza lentamente—. Estoy deseando probarte. —Se señaló la entrepierna—. Mírame. —Sus pantalones apenas podían contenerlo; su verga estaba tan hinchada que parecía que iba a perforar la tela—. Creo que nunca nada me ha puesto tan cachondo. He soñado con este momento durante lo que parece toda mi vida. Nunca pensé que fuera a suceder. Quiero saborearlo.

Me tomó de la mano y me llevó hasta su cama. Se sentó en el borde y me subió encima de él. Mis rodillas le rodearon los muslos y me coloqué, sin ropa interior, a horcajadas sobre su erección, por encima de la tela de los pantalones. Tenía la mirada nublada cuando se cruzó con la mía.

—Dime cuál es tu fantasía más morbosa. Quiero hacerla realidad esta noche. —Cuando vacilé, añadió—: Vamos a jugar un poco. Dime lo que quieres. No tengas miedo; no hay nada prohibido. Lo que quieras, cualquier cosa.

Sabía exactamente lo que quería, con lo que había fantaseado casi cada vez que me había masturbado desde el verano pasado.

—Quiero que te toques como lo hiciste el día que te estaba mirando, solo que esta vez quiero que lo hagas mientras me miras. Quiero ver cuánto me deseas.

Sus labios se curvaron en una sonrisa.

—Tengo una confesión retorcida que hacerte.

—¿Cuál?

—Aquel día *estaba* pensando en ti. Cuando apareciste en mi puerta, por una fracción de segundo pensé que era cosa de mi mente, al principio pensé que te estaba imaginando.

—¿En serio?

—Llevo mucho tiempo sin poder imaginar mucho más. —Empujó mi cuerpo hacia él—. ¿Así que tu fantasía es ver cómo me masturbo pensando en ti, traviesilla?

Tragué saliva.

—Sí.

—Eso se puede arreglar. Pero con tres condiciones...

—Vale.

—Una... Te vas a desnudar completamente para mí.

—Vale.

—Dos... Vas a ayudarme.

—Vale. ¿Y tres?

—Acaba conmigo dentro de ti. Necesito follarte esta noche. No puedo esperar más.

Me había vuelto incapaz de formar palabras coherentes, por lo que me limité a asentir y esperé a que me indicara qué hacer mientras movía su cuerpo hacia atrás para situarse contra el cabecero de la cama.

Deslizó la mano hacia abajo, hasta su entrepierna, y empezó a frotarse el pene lenta y firmemente a través de los pantalones.

—Tienes unas tetas increíbles, Amelia. Quítate eso para que pueda verlas.

Me hormigueaban los pechos, excitados por su tono exigente. Ahora mismo no había nada que no hiciera por él. Sentada sobre sus piernas, me bajé los tirantes. La tela cayó, pero no se desprendió completamente de mi pecho, ofreciéndole solo una vista parcial.

—Te gusta provocar. —Apretó los dientes y se agarró el pene con más fuerza—. Quítatelo.

Me saqué la tela por encima de la cabeza y la lancé a un lado. Desnuda frente a él de repente, me cubrí los pechos de forma instintiva durante unos segundos.

—Ni se te ocurra —me advirtió con una sonrisa traviesa—. Necesito verte entera.

Justin se bajó la cremallera de los pantalones despacio, y emergió su verga dura. La rodeó con la mano y empezó a acariciársela lentamente arriba y abajo mientras me miraba. Era lo más sexi que había experimentado en mi vida.

—¿Esto es lo que querías? —susurró mientras se la sacudía con fuerza y sus ojos recorrían cada centímetro de mí.

Asentí con la cabeza al tiempo que la humedad se deslizaba por mi muslo.

Habló entre respiraciones agitadas.

—Eres una puta preciosidad, nena. Una puta preciosidad.

Me apreté contra él, excitada por cómo me miraba y por sus palabras.

—Puedo sentir en las piernas lo mojada que estás. Sigue frotándote así contra mí. Quiero estar cubierto de ti —dijo mientras se acariciaba con más fuerza.

Me moví contra sus piernas, me lamí las yemas de los dedos y me hice círculos alrededor de los pezones antes de agarrarme los pechos y juntarlos.

—¡Joder! Sigue haciendo eso.

Estaba cubierto de líquido preseminal desde el tronco hasta la punta. Saber que era yo quien provocaba su excitación me ponía muchísimo.

Se detuvo, se recostó para recuperar el aliento durante unos segundos y luego simplemente dijo:

—Ahora tócame tú.

Pensé que nunca me lo pediría. Me acerqué y le rodeé su grueso pene con los dedos, el cual sentí caliente y húmedo en mis manos. Era increíble tocarlo. Al principio lo acaricié despacio, y luego me moví más rápido, adorando la sensación de su líquido preseminal en mi mano. El deseo de saborearlo era demasiado intenso, por lo que me detuve para lamerme la palma y él examinó cada movimiento que hacía mi lengua. Luego, tragué mientras él me miraba con atención.

—¡Joder! ¡Cuánto me ha puesto eso! —dijo. Cuando empecé a descender con la boca hacia él para lamer el hilo fresco de humedad de su punta, me detuvo—. No. Todavía no. Me correría en dos segundos, y quiero que dure.

—Vale. —Sonreí y seguí acariciando su miembro, disfrutando de los gemidos que se le escapaban mientras se esforzaba por controlarse.

Finalmente, puso su mano sobre la mía para detenerme.

—No puedo más. Necesito probarte.

De repente, deslizó su cuerpo por debajo de mí y me levantó sin esfuerzo sobre su boca. Jadeé, ya que la sensación repentina me había pillado desprevenida, mientras él lamía y chupaba con voracidad, alternando entre penetrarme con la lengua y lamerme el clítoris. Se agarró a mis caderas a medida que me guiaba sobre su boca y sus sonidos sofocados de placer vibraban en mi interior. Me devoró sin reparos y con rudeza. Era la sensación más increíble que jamás había experimentado.

Cuando Justin sintió que estaba perdiendo el control, se detuvo.

—Aunque me muero de ganas de que te corras en mi cara, quiero que nos corramos juntos, conmigo dentro de ti. —Se deslizó hacia atrás y se arrodilló sobre mí. Su verga estaba increíblemente hinchada. Siguió masturbándose mientras me miraba a los ojos. De repente, me tomó la cara y empezó a besarme con intensidad. Empujó su peso sobre mí hasta que acabé tumbada de espaldas. Su pene resbaladizo me rozaba el estómago mientras me besaba con todo lo que tenía dentro.

—¿Por qué cojones hemos esperado tanto? —preguntó contra mis labios. Negué con la cabeza y le tiré del pelo, incitándole a que me besara más fuerte, insaciable.

Sentía que iba a morir si no me penetraba pronto. Intuitivamente, Justin se apartó de mí y estiró el brazo hacia la mesita de noche. Oí cómo se arrugaba un envoltorio cuando abrió el condón con los dientes.

—Voy a follarte hasta que te corras, Amelia. Estoy deseando oírte. ¿Estás preparada?

Mordiéndome el labio inferior, asentí con la cabeza en señal de afirmación.

—Sí... ¡Dios!

Mientras Justin deslizaba el condón sin esfuerzo, a lo lejos se oyó el grito frenético de Bea, procedente del fondo del pasillo.

Los dos nos quedamos helados, yo con las piernas abiertas de par en par dispuesta a recibirlo y Justin con la mano en su miembro.

No.

No.

¡Por favor, no!

¡Ahora no!

Los dos nos quedamos inmóviles, como si de alguna manera el no moverse fuera a hacer que se detuviera. Solo nos estábamos haciendo ilusiones. Cuando se hizo evidente que no íbamos a tener esa suerte, Justin se levantó y volvió a ponerse los calzoncillos y los pantalones.

—Voy a ver cómo está. A lo mejor solo hay que cambiarle el pañal.

—¿Estás seguro?

—Sí. Quédate donde estás... abierta de piernas. No te muevas. Ahora vengo.

Justin se detuvo en el baño para lavarse las manos antes de recorrer el pasillo.

Demasiado nerviosa para discutir en el estado de desnudez en el que me encontraba, esperé con impaciencia a que volviera.

Tras un par de minutos, oí su voz desde el fondo del pasillo.

—¡Amelia!

Me levanté de un salto.

—¿Todo bien?

—Sí, pero necesito tu ayuda.

Rebusqué en el cajón de Justin en busca de algo que ponerme y me pasé una de sus camisetas blancas por la cabeza antes de recorrer el pasillo a toda prisa.

En cuanto entré en la habitación, lo que olía como una explosión de caca empañó el aire. Justin estaba sosteniendo a Bea lejos de él con ambas manos.

—Estamos ante material peligroso —dijo—. Está cubierta de mierda... Le ha llegado hasta la nuca.

Bea se echó a reír.

—¿Te parece gracioso? —le preguntó Justin—. ¿Cómo es posible cagar y que te llegue hasta la cabeza? Eso es un talento especial, Abejorrito.

Volvió a soltar una risita, y los dos no pudimos evitar desternillarnos junto a ella a pesar del pequeño desastre.

—Vale. Esto es lo que vamos a hacer —dije cuando me calmé—. No la sueltes. Yo voy a buscar una bolsa de plástico para su ropa y voy a limpiarla lo mejor que pueda con toallitas. Luego la metemos en la bañera.

Justin siguió sujetando a Bea mientras yo la limpiaba. Me reí mientras le hablaba.

—No me extraña que estés sonriendo. Apuesto a que ahora te sientes muy bien, ¿verdad, Abejorrito? Mañana voy a llamar al *Libro Guinness de los récords* para informar de la mayor cagada jamás registrada.

A pesar de que sabía que Bea no entendía lo que le decía, le respondía como si pudiera. No importaba lo que estuviera diciendo, ella simplemente pensaba que era lo más divertido del mundo.

Acabé tirando toda su ropa a la basura que había abajo mientras Justin se quedaba arriba sujetándola sin cambiar de posición.

La llevamos al cuarto de baño y la metimos en la bañera, utilizando la alcachofa de ducha extraíble para darle un baño extraespumoso. Cuando acabamos, olía a gloria. La envolvimos en una toalla caliente y Justin la acunó mientras yo le secaba los pies.

Justin me miró.

—¿Cómo hemos pasado de lo que estaba ocurriendo en la otra habitación a esto?

Le besé los dedos de los pies a Bea.

—Más o menos es la historia de mi vida.

—Ahora está bien despierta.

—No me extraña. Creo que debería ir a amamantarla —dije.

—Sí. Me sorprendería que le quedara algo en el estómago después de eso.

Justin me siguió a mi habitación y apoyó su cabeza en mi hombro mientras yo amamantaba a Bea. Era la primera vez que no me molestaba en taparme delante de él. Los tres acabamos durmiendo juntos en mi cama.

A pesar de que no hubo sexo esa noche, fue una de las más memorables de mi vida, no solo por todo lo que pasó, sino porque al día siguiente todo cambiaría.

17

Justin seguía durmiendo mientras yo preparaba café en la cocina. Era la típica mañana tranquila de domingo hasta que un simple mensaje de texto puso todo mi mundo patas arriba. Miré el móvil de Justin, que se estaba cargando en la encimera.

Olivia: Vale, llámame cuando te decidas.

¿Olivia?

Al momento me acordé de que Olivia era su exnovia, la única relación duradera que había tenido además de Jade, y el corazón empezó a latirme con fuerza.

¿Qué significaba eso? ¿Habían estado hablando?

Ni siquiera me planteé si fisgonear estaba bien o mal; tenía que saberlo. Deslicé el dedo hacia abajo y leí los otros dos mensajes que había encima.

Olivia: ¿Te lo has estado pensando?

Justin: Sí. Necesito un poco más de tiempo.

En lo más profundo de mi estómago se formó una intensa emoción de miedo. La noche anterior había sido un punto de inflexión en nuestra relación, o eso creía. Justin me había hecho sentir que podía confiar incondicionalmente en él. Saber que se había estado comunicando con su ex, que me había estado ocultando algo, fue como si alguien me hubiera echado un cubo de agua helada por la cabeza y me hubiera despertado de una ilusión.

Con la mirada perdida en la gran ventana de la cocina, me di cuenta de que estaba lloviznando. Iba a ser un día frío y desapacible. Ni siquiera me giré cuando bajó las escaleras. Se oyó el chasquido de sus labios cuando le dio un beso a Bea, que estaba jugando en la alfombra.

Mi cuerpo se tensó cuando se acercó por detrás de mí y presionó su erección matutina contra mi culo mientras me besaba el cuello y decía:

—Buenos días.

Cuando me di la vuelta, se dio cuenta al instante de que algo iba mal por mi cara.

Su expresión se suavizó.

—Amelia..., háblame.

En vez de contestarle, me acerqué a la encimera y le di su móvil.

—¿Para qué necesitas más tiempo?

Justin lo miró fijamente y parpadeó un par de veces.

—Iba a hablar contigo hoy de algo. No quería quitarle a Bea su primer Halloween.

Sentí que las paredes se me caían encima.

—Me siento tan estúpida por confiar en todo esto.

—¡Guau! ¡Espera! —Se le empezó a poner la cara roja de rabia—. ¿A qué conclusión estás llegando exactamente?

—No hace falta ser científico, Justin. Has estado escribiéndote con tu exnovia. Intentando decidir algo.

—Así es. Pasa algo, pero no tiene nada que ver con ella. Es ex por un motivo. No tienes nada de qué preocuparte. ¿No viste lo que me hiciste anoche?

—¿Qué estás discutiendo con ella entonces?

Se pasó los dedos por el pelo y respiró hondo para tranquilizarse.

—Olivia es la mánager de la gira de Calvin Sprockett.

—¿Calvin Sprockett, el cantante?

—Sí. —Soltó una risa ligera ante mi reacción—. El legendario artista ganador del Grammy. Ese mismo.

—Vale... ¿Y qué estáis discutiendo?

—Se va de gira por Norteamérica y Europa durante cinco meses. El artista que se suponía que iba a ser su telonero acaba de entrar en rehabilitación de forma inesperada. Olivia es muy amiga de mi mánager, Steve Rollins. Se conocieron cuando estábamos juntos. Por aquel entonces, para mí Olivia también era una especie de mánager. En fin, supongo que Steve le dio una de mis maquetas de la sesión de grabación que hice en septiembre y ella se la puso a Calvin. Él le preguntó si estaba interesado en ser el sustituto del telonero durante la gira.

—¿Estás de coña? ¡Dios mío! Justin, ¡eso es un sueño!

Era extraño sentir al mismo tiempo felicidad por él y también como si mi mundo se estuviera desmoronando. Lo único que sabía con certeza era que no iba a dejar que mi miedo se interpusiera a la hora de apoyar esta oportunidad que le habían dado y que era única en la vida.

—Siento no haberlo mencionado hasta ahora. Quería que el día de ayer fuera perfecto. Te juro por Dios que iba a decírtelo antes de que acabara el fin de semana.

Me devané los sesos para pensar en algo que decir que no dejara ver mi aprensión.

—¿Sabe que es la primera vez que te vas de gira?

Justin asintió.

—Al principio me extrañó que se arriesgara con alguien como yo, pero a raíz de ese momento me enteré de que, al parecer, Cal es conocido por introducir nuevos talentos en sus giras. Así fue como empezó Dave Aarons.

—¿En serio? ¡Vaya! Y te ha elegido a ti.

Sonrió de forma vacilante.

—Sí.

—Tu estilo también encaja con el suyo.

—Lo sé. Es una buena alternativa.

Dejando de lado el pánico, mi corazón también se llenó de orgullo. Me acerqué para abrazarlo.

—¡Madre mía! Estoy muy orgullosa de ti —le dije, a pesar de que sentía que mi mundo se estaba derrumbando.

—Todavía no he aceptado, Amelia.

Me aparté de repente para mirarle a los ojos.

—Lo vas a hacer, ¿verdad?

Frunció el ceño.

—No lo sé.

—No puedes rechazarlo.

—Quería discutirlo contigo primero.

—¿Qué hay que discutir?

—Os dejaría a ti y a Bea durante cinco putos meses.

—Para empezar, nunca llegaste a decir que tu estancia aquí fuera permanente. Técnicamente, el tiempo que has estado aquí era limitado. Lo sabes, ¿no?

Ignoró mi pregunta.

—Esto no tiene nada que ver con irme a Nueva York. No podría venir a la isla cuando quisiera o cuando necesites algo. La gira es continua. Se ciñen a un calendario estricto. Le gusta dar dos o tres conciertos en cada ciudad.

—No tienes que preocuparte por mí. —Por mucho que no quisiera que se fuera, no pensaba dejar que renunciara a una oportunidad como esta por sentirse culpable. Acabaría resentido con Bea y conmigo. Y eso era lo último que quería.

—¿Que no tengo que preocuparme por ti? ¿Recuerdas el estado en el que te encontré?

—Han cambiado muchas cosas desde entonces. Bea ha crecido mucho. Depende menos de mí y duerme mejor. No me uses como excusa para no aprovechar esta oportunidad. Cinco meses pasarán volando.

La verdad es que parecía una eternidad. Podían pasar muchas cosas en cinco meses. De hecho, entre nosotros *habían* pasado muchas cosas en ese mismo tiempo. Nos habíamos convertido en nuestra versión propia y única de una familia.

—Ahora dices que se pasarán volando, pero cuando no tengas a nadie cerca para relevarte cuando quieras salir de casa o ir a comprar, lo notarás. Cuando te sientas sola por la noche, lo notarás... A no ser que llames al imbécil del vecino. Estoy seguro de que Roger aprovechará mi ausencia al máximo.

Parecía que estaba intentando encontrar cualquier excusa habida y por haber para justificar que ir era una mala idea.

—No quiero que te vayas, Justin. Me da mucho miedo, pero sé que te arrepentirás el resto de tu vida si no lo haces. Ni siquiera hay que tomar una decisión con una oferta como esta.

Bajó la mirada a sus zapatos y se quedó mirando el suelo durante mucho tiempo antes de darse por vencido.

—Tienes razón. Si no lo hago, estaría preguntándome siempre qué podría haber pasado. Y no creo que tenga otra oportunidad como esta en la vida.

Sentí la garganta como papel de lija cuando tragué saliva.

—Bueno, pues ahí tienes tu respuesta.

Justin se quedó mirando fijamente a la nada.

—¡Joder! —dijo—. Está sucediendo de verdad. —Luego se volvió hacia mí con una expresión nerviosa, como si quisiera que yo hiciera un último intento de disuadirlo.

—Bea y yo seguiremos aquí.

—Volvería un mes después de su primer cumpleaños. —Miró hacia donde Bea estaba jugando—. La voy a echar de menos.

—¿Para cuándo tienes que avisar a Olivia? —pregunté, intentando mantener la calma.

—En un par de días como mucho.

Vacilé antes de hacerle la siguiente pregunta.

—¿Estás seguro de que Jade no tenía razón respecto a ella?

—¿A qué te refieres?

—Lo de que está intentando volver contigo. Esforzarse para que formes parte de la gira parece un gesto muy grande por su parte.

—Siempre ha sido una gran defensora de mi música. No hay nada más, Amelia.

—¿En serio va a estar en la gira todo el tiempo?

—Sí. Es quien la gestiona.

—¿Sigue saliendo con alguien?

—Creo que no —respondió de mala gana.

La adrenalina me recorrió el cuerpo a medida que los celos se apoderaban de mí. Noté las mejillas calientes.

—Ya veo.

—Te conté la historia de mi ruptura con Olivia. No era la mujer indicada para mí. Se acabó. Da igual que esté en la gira. Por favor, no te centres en eso. Es un desperdicio de energía.

—Está bien. Lo intentaré, pero imagina cómo te sentirías tú si yo me fuera de gira en autobús con un ex durante cinco meses. Ni siquiera soportas a Roger. Viviste con ella durante dos años. Seguro que entiendes por qué me incomoda.

—Pues claro que lo entiendo, pero insisto en que lo mío con Olivia se acabó. Sí, resulta que se viene durante la gira, pero no te preocupes por eso, por favor.

—Vale. Lo intentaré.

Me sentía como si mi corazón pesara quinientos kilos. No podía dejar que viera que estaba echa polvo por su inminente partida.

—Oye —dije de repente—, ¿te parece bien si me voy a correr un poco por la playa? ¿Podrías vigilar a Bea?

—¿Desde cuándo corres?

—Me gustaría empezar a hacerlo.

Se me quedó mirando con suspicacia.

—Sí. Cuidaré de ella, claro.

Sin demora, subí corriendo las escaleras y me puse la ropa de deporte tan rápido como pude.

Una vez fuera, mis piernas echaron a correr más rápido de lo que mi corazón podía soportar. Era incapaz de mantener el ritmo de mi deseo de huir de la angustia de saber que se iba. Lo terrible no era que se marchara, sino el miedo a que no quisiera volver a esta vida en la isla. Iba a experimentar algo completamente nuevo. Una gira musical estaría llena de emoción…, de tentación. Sin limitaciones.

No podía dejar que viera lo aterrorizada que estaba; lo único peor que su partida sería que decidiera *no* ir por culpa de mis inseguridades. Aunque no podía evitar que se fuera, lo único que sí que podía hacer era intentar protegerme de la única manera que sabía. Durante el tiempo que le quedaba en la isla, tenía que evitar acercarme a él tanto física como emocionalmente. En el caso de que superásemos este tiempo separados, sabría que lo nuestro iba en serio. Hasta entonces, tenía que seguir con mi vida sabiendo que cabía la posibilidad de que no volviera. La gira sería la prueba definitiva.

El aire de la playa me llenaba la garganta mientras corría. Hacía tanto viento que la arena volaba hacia mis ojos y mi boca mientras iba esquivando gaviotas.

Cuando por fin llegué a casa, me detuve justo en la puerta antes de entrar. Justin tenía la radio encendida y estaba bailando en la cocina con Bea. Ella se reía cada vez que él la hacía girar muy rápido. La música se desvaneció y pasó a un segundo plano ante el ruido que hacían los ansiosos pensamientos que me estaban pasando por la mente. Me di cuenta de que no iba a ser la única que se quedaría destrozada cuando él se marchara. Bea no tenía ni idea de que se iba en cuestión de días. Ni siquiera sería capaz de entender *por qué* se había ido. Me dolía el corazón por ella y ni siquiera se había ido todavía.

Cuando quieres que el tiempo se detenga es cuando más rápido va.

Después de que Justin aceptara irse de gira, se enteró de que tenía que presentarse en Minneapolis en una semana y media. Su intención era volver con el Range Rover a Nueva York y luego pillar un vuelo para reunirse con Calvin y el resto del equipo en Minnesota, donde arrancaría la gira.

Como el otro músico se había retirado de una forma tan repentina, no había mucho tiempo para prepararse. Justin tuvo suerte, porque cuando les explicó la situación a los directivos de su trabajo, estos accedieron a concederle unos días de asuntos propios no remunerados. El presidente de la empresa de *software* para la que trabajaba Justin era un gran *fan* de Calvin Sprockett, así que eso ayudó.

Mientras que por fuera todo iba encajando en su sitio, en mi mente todo se estaba desmoronando. Deseaba estar emocionada por él y una parte de mí lo estaba. Pero era incapaz de separar esa parte de la tristeza y el miedo.

Aunque aprovechamos bien esos últimos días, pasando tiempo los tres juntos, las cosas estaban muy tensas entre nosotros. Justo después de que tomara la decisión de irse de gira, una mañana durante el café le expliqué a Justin que no me parecía buena idea que avanzáramos a nivel físico antes de que se marchara. Le dije que eso solo haría que su partida me resultara más difícil. Lo utilicé como una buena excusa. Y aunque me dijo que lo entendía, yo sabía que, en el fondo, lo veía como lo que era: falta de confianza en que me fuera fiel. Me retiré a mi habitación todas las noches y él no intentó evitarlo.

Dos días antes de que se fuera, tuve que ir a Providence para sacar mis cosas del trastero. Como no estaba trabajando, ya no podía permitirme dejarlas allí guardadas. Mi intención era donar todo lo que pudiera y vender los artículos más pequeños en Newport. La mayoría eran cosas que ya no necesitaba. Quedé con el marido de mi amiga Tracy, que se llevó su camión y me ayudó a cargar mis pertenencias antes de llevar la mayor parte a una tienda del Ejército de Salvación.

Justin se había quedado en Newport con Bea mientras yo estaba en Providence.

Durante todo el viaje de vuelta a la isla, lidiaba con las emociones por la inminente partida de Justin. Casi podía oír el tictac del reloj en mi cerebro. Los últimos meses se reproducían en mi cabeza como una película que se acercaba a su final. No me cabía duda de que esta oportunidad iba a empujar a Justin a la fama. Sería engullido por ella y dudaba que fuera consciente de lo que se avecinaba. Puesto que había sido testigo de primera mano, a una escala menor, sabía cómo reaccionaban las mujeres ante él, y eso estaba a punto de multiplicarse por mil. Su vida no volvería a ser la misma. La mía tampoco.

Cuando volví a la casa de la playa, todo estaba inusualmente tranquilo. Algo que olía a salsa de tomate se estaba haciendo en el horno. Encendí la luz de la cocina y vi que era lasaña.

—¡Hola! —grité.

—¡Estamos arriba! —Oí a Justin gritar.

Parecía que estaba lloviendo dentro de la habitación de Justin. El sonido se mezclaba con una música tranquila. Cuando abrí la puerta, casi se me paró el corazón.

La cama de Justin no estaba. En su lugar estaba la cuna blanca de Bea. En el suelo había una alfombra mullida y amarilla como la mantequilla. En el techo se proyectaban unas estrellas iluminadas que se movían lentamente. Los sonidos de la naturaleza procedían de una máquina situada sobre la cómoda. En la pared había un cuadro enmarcado de Anne Geddes que representaba a un bebé dormido vestido de abejorro.

Me tapé la boca.

—¿Cómo...? ¿Cuándo...?

Justin llevaba a Bea en brazos.

—Necesitaba un cuarto para ella sola. El abejorrito está creciendo, no puede dormir contigo para siempre. Ha llegado el momento. Que estuvieras hoy en Providence era la oportunidad perfecta para darte la sorpresa antes de que me fuera.

Los ojos de Bea estaban clavados en las estrellas flotantes del techo mientras movía su cabecita y estiraba el cuello para seguir su trayectoria.

Sonreí.

—Le encantan, ¿eh?

—Sabía que le gustarían. A veces, cuando se levanta por la noche conmigo, la subo a la terraza. Miramos las estrellas juntos. A lo mejor las mira y piensa en mí mientras no estoy. —Sus palabras hicieron que se me encogiera el corazón.

—No sabía que hacías eso con ella. —Caminé por la habitación, admirando la transformación—. ¿Dónde están todas tus cosas?

—He desmontado la cama y, de momento, la he dejado en un rincón de mi despacho.

Había algo en el hecho de que dejara libre el dormitorio y se lo entregara a Bea que, de repente, me pareció muy definitivo y me descolocó. Empecé a interpretar lo que significaba y reaccioné de forma exagerada.

El corazón empezó a latirme presa del pánico.

—No vas a volver. —Mi intención no era decirlo en voz alta.

—¿Cómo?

—Le has cedido tu cuarto porque sabes que no vas a volver. Te irás, te convertirás en una gran estrella. Vendrás de visita, pero en el fondo sabes que ya no volverás a vivir aquí.

Fue como si todas mis inseguridades tuvieran voz de repente. No pretendía exponerlo todo de esa manera. Simplemente salió a la luz después de un día largo y estresante.

—He hecho este cuarto para el bebé porque no debería estar durmiendo en tu puta habitación. Se merece tener un espacio bonito. Llevaba planeándolo desde mucho antes de saber lo de la gira. He ido reuniendo estas cosas poco a poco durante el último mes; lo he escondido todo en mi armario. —Buscó en el cajón de la cómoda un montón de recibos, los sacó y los lanzó bruscamente al aire. Los trozos blancos cayeron al suelo—. Mira las fechas. Son de hace semanas.

Me sentí realmente estúpida.

—Lo siento. El hecho de que te vayas me ha tenido estresada. Intentaba que no se notara, y supongo que al final me ha pasado factura.

—¿Crees que estoy intentando separarme de ti? Tú eres la que puso un muro gigantesco en cuanto te hablé de la gira. Si fuera por mí, nada me gustaría más que dormir en tu puta cama esta noche, dentro de ti, porque me voy en menos de dos días. ¡Dos días, Amelia! En vez de disfrutar el uno del otro, me has cerrado la puerta. Estoy respetando tus deseos y no estoy presionando nada porque sé que ya es bastante duro para ti que me vaya, pero ¡joder!

Me sentí avergonzada.

—Perdón por haber exagerado. He hecho que se tratara de algo más que de la habitación del bebé. La habitación es preciosa. De verdad.

—Voy a ver cómo va la comida. —Justin colocó a Bea en su cuna y salió de repente de la habitación, dando un portazo tras de sí. Miré a las estrellas del techo, lamentando profundamente haber perdido la compostura. La máquina de sonido había cambiado a una combinación de truenos y relámpagos. Era una representación adecuada del ambiente.

Esa noche la cena transcurrió en silencio.

Al haberse quedado sin dormitorio, Justin durmió en el sofá.

Yo no dormí nada.

Mañana ya no estaría Justin.

Tenía que arreglar las cosas antes de que se fuera o me arrepentiría. Bea estaba durmiendo tranquilamente la siesta en su nuevo cuarto, de manera que decidí que aprovecharía la oportunidad para hablar con él.

La montaña de equipaje negro de Justin estaba apilada en un rincón de su despacho. El simple hecho de verlo me producía ansiedad.

Mientras avanzaba por el pasillo, oía el sonido que hacía al golpear el saco de boxeo procedente de la sala de ejercicios.

De pie en la puerta, advertí que le daba puñetazos al saco con más fuerza de la que le había visto darle antes. Justin estaba totalmente concentrado y no se había dado cuenta de mi presencia, o fingía no hacerlo.

—Justin.

No se detuvo. No sabía del todo si podía oírme, ya que llevaba auriculares. Me llegaba la música que sonaba a través de ellos.

—Justin —repetí más fuerte.

Siguió ignorándome mientras golpeaba el saco más fuerte aún.

—¡Justin! —grité.

Esta vez me miró durante un instante, pero no dejó de golpear. Eso confirmó que *sí* que me estaba ignorando.

Estaba decidida a no huir de esta situación por muy dolorosa que fuera, de manera que me quedé en la puerta mirándole durante varios minutos, hasta que al fin se detuvo. Apoyado en el saco de boxeo y agarrado a él, miró al suelo mientras jadeaba, pero no dijo nada. Tras un largo momento de silencio, habló.

—Te estoy perdiendo y todavía no me he ido. —Se volvió hacia mí—. La gira no vale ese precio.

—Tienes que ir. No me estás perdiendo. Es solo que no sé cómo manejarlo.

Un chorro de sudor le resbalaba a lo largo de su brillante pecho mientras caminaba hacia mí, pero se detuvo antes de tocarme. El olor de su piel mezclado con la colonia sirvió como recordatorio de lo mucho que me estaba engañando a mí misma cuando se trataba de mi capacidad para alejarme de él a nivel sexual.

—Es comprensible. Totalmente comprensible —dijo.

—¿El qué?

—Todas tus preocupaciones... Yo me sentiría igual si fueras tú la que se va de gira. No estamos hablando de ninguna tontería. Entiendo por qué tienes miedo.

No me reconfortó precisamente saber que sentía que mi preocupación era fundada.

Justin continuó.

—No es que no confíes en mí ahora, sino que crees que ese entorno me cambiará de alguna forma, me hará querer cosas diferentes a las que quiero ahora.

—Sí. Justo eso. Si entiendes mi miedo, entonces ¿por qué estás tan enfadado conmigo?

—Es más bien... frustración. Todo está sucediendo muy rápido, y me estoy quedando sin tiempo para arreglarlo antes de irme. Tenemos que confiar en que lo que hemos estado construyendo vale más que todas las locuras que pueda lanzarnos la vida en los próximos cinco meses. Yo también tengo miedo, porque no quiero defraudaros ni a ti ni a Bea jamás. —El miedo que destilaban sus ojos no tenía precedentes, y la incertidumbre en ellos me inquietó.

—¿Defraudarme?

—Sí. Bea me está tomando cariño. Aunque no se acuerde de estos últimos meses, se está haciendo mayor y empezará a entender más a medida que pase el tiempo. Esto no es un juego. Lo sé. Preferiría morir antes que hacerle daño.

Aunque no lo dijera con tantas palabras, interpreté su afirmación como que todavía no estaba seguro de querer ser padre, lo que a su vez significaba que cabía la posibilidad de que se sintiera inseguro con respecto a lo nuestro. Me dolía saber que todavía tenía dudas, dado lo increíblemente bien que se portaba con Bea.

Y conmigo.

La gira estaba obligando a Justin a hacer algo que no habría hecho nunca de otra manera; le estaba obligando a dejarnos, a dar un paso atrás y a reflexionar sobre la responsabilidad en la que se metió sin saberlo el verano pasado, cuando decidió venir a Newport un mes antes, esperando una casa vacía. Sin duda aquel día obtuvo mucho más de lo que previó, y desde entonces había sido nuestra roca. Aunque no quería perderlo, Justin necesitaba este paréntesis para descubrir lo que quería de verdad.

Yo sabía que de verdad quería estar con *él*. También sabía que lo amaba lo suficiente para dejarlo ir. Me juré que no presionaría más su sentimiento de culpa.

La gira era una bendición enmascarada, porque le daría el espacio para determinar lo que tenía que pasar. Desde luego, no quería que Bea le tomara más cariño si no éramos lo bastante fuertes para sobrellevar esto. Ahora era más importante proteger su corazón que el mío.

A regañadientes, le confesé la conclusión a la que había llegado.

—Tal vez este tiempo separados sea necesario. Te ayudará a darte cuenta de lo que quieres en la vida.

Me sorprendió cuando admitió:

—Creo que tienes razón.

El hecho de que me diera la razón hizo que se me cayera un poco el alma a los pies. Al mismo tiempo, juré ser fuerte, dejar que el destino siguiera su curso. No actuaría de forma estúpida ni sabotearía nada de una forma u otra, porque le quería. Muchísimo. Quería lo mejor para él, quería que fuera feliz, aunque eso no nos implicara a Bea y a mí.

El universo ya había demostrado que tenía planes para mí, unos que estaban fuera de mi control. Bea era la prueba de ello. Tenía que confiar en que algo más grande que nosotros estaba al mando y que este último desafío tenía un propósito. De lo único que estaba segura era de que nos destrozaría o nos haría más fuertes que nunca.

En cinco meses obtendría mi respuesta.

Llovió el día entero.

Como si Bea pudiera percibir que algo no iba bien, esa noche se negó a dormir en su nueva cuna. Me hizo pensar que, posiblemente, los bebés tenían un sexto sentido. Desde que Justin reformó la habitación, le encantaba dormir allí y mirar las estrellas. Pero esa noche, la última noche de Justin, Bea solo se calmó en la seguridad de mis brazos. Intuición, tal vez. Así pues, dejé que se acostara a mi lado en mi cama, aunque, al igual que yo, era incapaz de quedarse dormida.

Cuanto más se acercaba la medianoche, más melancólica me ponía a medida que el insomnio iba ganando la partida.

El toque de los nudillos de Justin sobre la puerta fue suave.

—Amelia, ¿estás despierta?

—Sí. Pasa.

Entró, se tumbó en mi cama junto a nosotras y recolocó las mantas.

—No puedo dormir.

—¿Estás nervioso? —pregunté.

—Asustado más bien.

—¿De qué en concreto?

Dejó escapar una risa sarcástica.

—De todo. Tengo miedo de dejarte sola, miedo de que no se acuerde de mí..., miedo de que se *acuerde* de mí, de que me fui. Tengo miedo de tocar delante de miles de personas, miedo de cagarla. Cualquier cosa que se te ocurra. Estoy preocupado por todo eso.

—No deberías preocuparte por lo de tocar. Vas a dejarlos boquiabiertos.

Ignorando mi declaración, agarró a Bea y se la puso sobre el pecho. Su respiración empezó a estabilizarse.

Se me rompió el corazón cuando le dio un beso suave en la cabeza y le susurró al oído:

—Lo siento, Abejorrito.

Mi estado de ánimo había sido una montaña rusa a lo largo del día, alternándose entre sentir lástima por mí y por Bea hasta sentirme orgullosa y emocionada por él. En ese momento tan íntimo me sentí obligada, no como su amante, sino como su amiga, a ayudarle a entender que merecía esta oportunidad por la que se había esforzado toda su vida. No tenía nada que lamentar. Así fue como supe que lo amaba de verdad, porque en el último momento, lo único que quería era arrancarle la culpa y hacerle sentir bien, sin importar lo mucho que me doliera que se marchara.

—Nana estaría muy orgullosa de ti, Justin. Siempre me decía que creía que estabas destinado a algo grande. Cuando salgas ahí fuera, ni siquiera pienses en cuánta gente te está viendo, tú solo canta para ella, cántale a Nana... Hazlo por ella.

—A ella también le alegraría ver la persona en la que te has convertido, Patch..., todo con lo que te has comprometido. La madre que has llegado a ser a pesar de lo mierda que era tu madre. Nana estaría muy orgullosa. *Yo* estoy muy orgulloso.

Con Bea dormida sobre su pecho, Justin se inclinó para besarme. Empezó a devorar mi boca, con firmeza, pero con ternura. Nos besamos durante varios minutos, con cuidado de no despertar a Bea.

—Tengo tantas ganas de hacerte el amor ahora mismo... —dijo contra mi boca—. Pero, al mismo tiempo, entiendo que pienses que eso complicaría el día de mañana. No sé si podría irme de aquí después de eso.

—De todas formas, no creo que Bea lo permita ahora mismo. Parece demasiado cómoda.

La miró y sonrió.

—Puede que tengas razón. —Se volvió hacia mí, sus ojos azules luminiscentes en la oscuridad—. Prométeme algunas cosas.

—Vale.

—Prométeme que haremos videollamada cada dos días al menos.

—Claro, será fácil.

—Prométeme que, si te sientes sola, me llamarás a cualquier hora, de día o de noche.

—Lo haré. ¿Qué más?

—Prométeme que no nos ocultaremos nada importante y que siempre seremos sinceros el uno con el otro.

Me sentí un poco mareada a medida que reflexionaba sobre qué cosas tendría que ser sincero conmigo.

—Vale. Lo prometo. —Tragué saliva—. ¿Algo más?

—No. Solo quiero dormir junto a ti y Bea esta noche. ¿Te parece bien?

—Claro. —Le tomé la mano—. Todo va a salir bien, Justin. Estaremos bien.

Sonrió y susurró:

—Sí.

Justin colocó a Bea entre los dos. Mientras ella estaba acostada en el medio, Justin y yo nos miramos a los ojos hasta que el sueño finalmente nos reclamó.

Cuando me desperté a la mañana siguiente, el pánico me golpeó por un instante porque Justin no estaba en la cama. Miré el reloj y me tranquilicé al ver de que solo eran las nueve de la mañana. No estaba previsto que se fuera hasta el mediodía.

El olor de su característico café ascendió por la escalera y me entristeció al instante. Sería la última vez que olería su café en mucho tiempo.

Empecé a notar que los ojos se me ponían llorosos, por lo que me tomé mi tiempo antes de bajar las escaleras con la esperanza de recuperar la compostura. Hice algunas cosas mecánicas: limpié el cuarto, metí ropa en la lavadora, cualquier cosa antes de que me viera derrumbarme. Bea me miraba desde su Exersaucer mientras yo daba vueltas por mi habitación como una loca.

Justin entró cuando estaba aspirando la alfombra. Deslizando la aspiradora de un lado a otro, no levanté la vista hacia él.

—Amelia.

La empujé a lo largo de la alfombra más rápido.

—¡Amelia! —gritó.

Por fin le miré. Debió de ver la tristeza en mis ojos, porque su expresión se ensombreció. Me quedé mirándolo mientras la aspiradora seguía funcionando, aunque había dejado de moverla. Una lágrima cayó por mi mejilla y supe que había perdido oficialmente la capacidad de ocultar mis sentimientos.

Se acercó despacio y apagó la aspiradora, con su mano posada sobre la mía, que seguía agarrando el mango.

—He estado esperando para tomarme el café contigo —dijo—. *Necesito* desayunar contigo y con Bea una última vez antes de irme. Es lo que más me gusta en el mundo.

Me limpié los ojos.

—Está bien.

—No pasa nada por estar triste. Deja de intentar ocultármelo. Yo tampoco lo voy a ocultar. —Su voz se quebró un poco—. Estoy tan triste ahora mismo, Amelia... Lo último que quiero hacer ahora es dejaros, pero el tiempo se acaba. No lo desperdicies escondiéndote de mí.

Tenía razón.

Sorbiendo por la nariz, asentí con la cabeza.

—Vamos a tomarnos un café.

Justin sostuvo a Bea en brazos mientras cerraba los ojos con fuerza y respiraba su aroma, como si quisiera grabárselo en la memoria. Cuando se retiró, la levantó en el aire mientras lo miraba.

—¿Eres mi abejorro?

Ella le sonrió y eso fue lo más parecido a que me clavaran un cuchillo en el corazón. Mis emociones eran una montaña rusa de nuevo. Una parte de mí todavía estaba enfadada con él por puro egoísmo.

¿Cómo pudiste dejarnos?

¿Por qué no me has dicho que me quieres?

¿Por qué no le has dicho a Bea que la quieres?

No nos quieres.

Una parte más grande estaba enfadada conmigo misma por volver a tener ese tipo de pensamientos. Me estaba empezando a dar cuenta de que lo que me molestaba no era tanto el hecho de que se fuera como que me dejara sintiéndome tan insegura sobre en qué punto estábamos.

Me trataba como si me quisiera, pero aun cuando actuábamos como una familia, nunca había definido nuestra relación, ni siquiera me había etiquetado como su novia.

Mientras Justin preparaba las tazas de café como siempre hacía, seguí cada uno de sus movimientos y no pude evitar preguntarme cómo sería la próxima vez que lo viera preparar café.

Cuando me entregó mi taza, esbocé la mejor sonrisa que pude. No quería que se fuera pensando en mi cara de tristeza. Justo cuando estaba dándolo todo para poner una fachada de felicidad, su expresión se volvió hosca.

—¿Qué pasa, Justin?

—Me siento impotente, solo eso. Si necesitas algo, le he dicho a Tom que podías llamarlo de vez en cuando. He dejado su número en la nevera. Dijo que a cualquier hora del día o de la noche, no lo dudes. Llámalo a él en vez de a ese vecino idiota, por favor. También he instalado un nuevo sistema de alarma. —Hizo un gesto con la mano para guiarme hacia la puerta—. Vamos, te enseñaré a usarlo.

Todo lo que decía sonaba amortiguado a medida que mis ojos seguían sus dedos, sus manos y sus labios mientras me explicaba cómo maniobrar el panel de control de la alarma. Su voz se desvaneció y pasó a un segundo plano, perdiendo la batalla con el pánico que había acumulado.

Justin se dio cuenta y dejó de hablar.

—¿Sabes qué? Te enviaré las instrucciones por correo electrónico. —Me miró fijamente durante un rato antes de tirar de mí para darme un abrazo. Me abrazó durante lo que parecieron varios minutos mientras me acariciaba lentamente la espalda. No había nada que pudiéramos hacer para retrasar el tiempo.

Miré desde la ventana cómo Justin cargaba su equipaje en la parte trasera del Range Rover.

Cuando volvió a entrar, dimos un rápido pero tranquilo paseo por la playa con Bea. En un momento dado, me quedé atrás mientras Justin acercaba a Bea a la orilla. Le susurró algo al oído. Me entró la curiosidad, pero nunca le pregunté qué le había dicho.

Una vez que regresamos a la casa, llegó la hora de que Justin se fuera. La mañana había pasado demasiado rápido; casi parecía injusto.

—No puedo creer que haya llegado el momento —dije al tiempo que intentaba reprimir las lágrimas.

Milagrosamente, fui capaz de mantener el llanto a raya, más que nada porque estaba en estado de *shock*. En ese momento, lo mejor que podía hacer por él era asegurarle que le apoyaría mientras experimentaba este nuevo capítulo, hacerle saber que estaría a su lado de la misma manera que empezamos: como una amiga.

Le devolví sus propios deseos.

—Lo mismo va para ti, Justin. Si me necesitas o te sientes solo o tal vez tienes dudas, llámame de día o de noche. Estaré aquí.

Justin seguía con Bea en brazos cuando apoyó su frente en la mía y simplemente dijo:

—Gracias.

Nos quedamos así un rato, con Bea metida entre los dos.

Todavía quería evitar romper a llorar, así que me obligué a separarme.

—Será mejor que te vayas. Vas a perder el vuelo.

Le dio un suave beso en la cabeza a Bea.

—Te llamaré cuando aterrice en Minneapolis.

Bea y yo nos quedamos en la puerta, viendo cómo se alejaba. Se subió al coche y lo puso en marcha, pero no se movió. Nos miró mientras seguíamos esperando. Bea le tendía la mano y balbuceaba; obviamente no tenía ni idea de lo que estaba pasando.

¿Por qué no se movía?

De repente, se bajó del coche, dando un portazo. Los latidos del corazón se me aceleraron con cada paso que daba hacia mí. Antes de que pudiera preguntarle si se le había olvidado algo, me rodeó la nuca con la mano y me atrajo hacia él. Abrió la boca sobre la mía, introdujo la lengua y la giró a un ritmo casi desesperado mientras gemía contra mi boca. Sabía a café y a algo que solo era suyo. No era el momento de excitarse, pero no pude evitar la reacción que tuvo mi cuerpo.

Cuando se obligó a retroceder, sus ojos parecían no enfocar bien, estaban llenos de confusión y pasión. Tuve que recordar una vez más el viejo refrán sobre dejar ir a alguien: que si vuelve es tuyo; si no lo hace, nunca lo fue.

Por favor, vuelve a mí.

No dijo nada más mientras volvía al coche y lo arrancaba, tras lo que esta vez... se marchó.

18

Fe ciega.

Eso fue lo único que me ayudó a superar el primer mes sin Justin. En cierto modo, tuve que convencerme de que tenía que confiar en sus acciones y en su juicio, aunque no pudiera estar allí para ver lo que estaba sucediendo en realidad.

Nos llamaba todas las noches. A veces lo hacía durante lo que él llamaba su «tiempo de relajación», alrededor de las ocho de la tarde, justo antes de sus conciertos de las nueve de la noche. Otras veces lo hacía durante su descanso para comer o cenar. Por lo que me contaba, su itinerario del día estaba repleto de pruebas de sonido y ensayos en cada nuevo recinto. El único momento de descanso que tenía era después del concierto, y para entonces se veía obligado a participar en las fiestas de después o simplemente estaba agotado. Si la banda se quedaba más de una noche en la misma ciudad, todos se alojaban en un hotel. Si tenían que estar en otra localidad al día siguiente, conducían durante la noche y dormían en el autobús.

Había dos autobuses, uno para Calvin y la banda principal y otro para Justin y el resto del equipo. Según Justin, en cada autobús dormían unas doce personas. Nunca le pregunté en qué autobús dormía Olivia, porque me daba miedo la respuesta.

Fe ciega.

Está bien, sí, aunque decidí tener fe en él, descubrí una pequeña ventana a su mundo que satisfacía mis episodios de paranoia. Llegó bajo la forma del perfil de Instagram de Olivia.

Cuando Jade vivía en la casa de la playa y solía quejarse de que Olivia comentaba todas las publicaciones de Justin, busqué su perfil para echarle un vistazo al de Olivia. Le había cotilleado de forma ocasional incluso antes de que Justin se fuera. Ahora, cada día, publicaba fotos de la gira. Muchas eran fotos de paisajes, como el amanecer desde el autobús al entrar en una ciudad nueva o lo que la banda y el equipo estuvieran comiendo. Otras eran de Calvin y su banda entre bastidores.

Una noche en particular, cuando Bea estaba durmiendo, abrí Instagram. Olivia publicó una foto de Justin tocando. Era una foto normal de él inclinándose hacia el micrófono con los focos brillando sobre su hermoso rostro, el cual estaba enmarcado por la sombra propia de las cinco de la tarde. Hizo que deseara estar allí, verle tocar en el gran escenario. Cuando miré más abajo, me fijé en los *hashtags*.

#Rompecorazones

#JustinBanks

#SolíaTocarEso

#LosExDeInstagram

A pesar de que me molestó, me negué a sacarle el tema, me negué a jugar el papel de novia celosa, sobre todo cuando él no me había etiquetado como su novia para nada.

Un golpe en la puerta me sobresaltó. Cerré el portátil.

¿Quién vendrá a estas horas?

Por suerte, además del sistema de alarma, antes de irse Justin instaló una mirilla en mi puerta.

Una mujer con el pelo largo y castaño como el mío estaba de pie temblando. Parecía bastante inocente, así que abrí la puerta.

—¿Puedo ayudarla en algo?

—Hola. —Sonrió—. Amelia, ¿verdad?

—Sí.

—Quería presentarme. Me llamo Susan. Vivo en la casa azul de al lado.

—¡Oh! ¿Roger se ha mudado?

—No. De hecho, soy su esposa.

¿Esposa?

—Pensaba que estaba...

—¿Divorciado? —sonrió.

—Sí.

—Lo está... técnicamente. Nos reconciliamos hace poco cuando vino a Irvine a visitar a nuestra hija. Se suponía que era una visita de una semana, pero se convirtió en tres semanas. Alyssa y yo acabamos volviéndonos aquí con él.

Me quedé sorprendida por la noticia.

—¡Vaya! No tenía ni idea. Es fantástico. —Agité la mano—. ¡Dios mío! ¿Dónde están mis modales? Pasa, pasa.

—Gracias —contestó, y se limpió los pies y entró en la casa—. Nuestra hija está durmiendo ahora, pero me encantaría que la conocieras también. Acaba de cumplir ocho años.

—Mi hija, Bea, también está durmiendo. Tiene casi nueve meses.

—Roger mencionó que tenías un bebé.

—Yo también he oído hablar mucho de Alyssa.

—Roger también mencionó que él y tú os lleváis muy bien.

—Solo somos amigos, en caso de que te lo estés preguntando.

Vaciló.

—No pasa nada si habéis sido más que eso. No estábamos juntos en ese momento.

—No. Sí que pasa. Al menos para mí pasaría. Querría saberlo. Entiendo lo que es preguntarse ese tipo de cosas cuando te importa alguien.

El alivio le inundó el rostro.

—Bueno, gracias por la aclaración. Mentiría si dijera que no me lo había preguntado.

—De hecho, estoy algo enamorada de mi compañero de piso. Ahora mismo está de gira. Músico. Entiendo perfectamente lo de los celos.

Sacó una silla y se sentó.

—¡Vaya! ¿Quieres hablar de ello?

—¿Bebes té?

—Sí. Me encantaría tomarme uno.

Susan y yo no tardamos en hacernos amigas esa noche. Le conté mi historia con Justin y se ofreció a ayudarme con Bea en el caso de que necesitara una niñera. Dijo que a Alyssa le encantaría cuidar a Bea con ella. Agradecí que nunca hubiera pasado nada entre Roger y yo, porque eso habría hecho que la situación fuera incómoda.

Tenía que admitir que, cuando Susan apareció por primera vez, descubrir que Roger había vuelto con su mujer hizo que me sintiera más sola todavía. No obstante, ese pensamiento egoísta fue rápidamente sustituido por la felicidad que me produjo tener una nueva amistad femenina, algo de lo que mi vida había carecido.

Susan y yo quedábamos con regularidad. Me animó a probar cosas nuevas y a salir más. Me apunté a clases de maternidad con Bea y empecé a utilizar la guardería del gimnasio para poder hacer ejercicio unas cuantas veces a la semana. Hice lo mejor que pude para desarrollar una nueva rutina sin Justin.

Las horas de luz se hacían más llevaderas; la noche era lo más difícil. Como Bea dormía y Justin estaba más ocupado por las tardes, siempre me sentía más sola cuando caía la noche.

Una noche, cerca de las doce, me llegó un mensaje de Justin.

> Estamos en Boise. Uno de los miembros del equipo es de aquí y ha traído a su bebé al autobús antes del concierto de esta noche. Eso ha hecho que eche aún más de menos a Bea.

> Nosotras también te echamos de menos.

> La gira se detiene en Worcester, Massachusetts, en un par de semanas. ¿Qué posibilidades hay de que puedas venir a verme?

Eso estaba a poco más de una hora de distancia. Sería la parada de la gira más cercana y la única cerca de Newport durante el resto del tiempo que iba a estar fuera.

> No creo que el ruido y el ambiente sean buenos para Bea, pero a lo mejor puedo encontrar una niñera.

Cabía la posibilidad de que Susan pudiera cuidar a Bea por mí, pero no le había hablado de ella a Justin por razones egoístas. Me gustaban bastante los celos que sentía hacia Roger. Era la única ventaja que tenía en este momento. Así pues, decidí guardarme la información de su reconciliación durante un tiempo.

> Tienes razón. Sería demasiado ruidoso y loco para ella.

> Veré lo que puedo hacer.

> Justin: Por desgracia, solo es una noche. El autobús sale para Filadelfia poco después del concierto.

> Cruza los dedos para que pueda ir.

> No solo echo de menos a Bea.

Mi corazón palpitó.

> Yo también te echo de menos.

> Que duermas bien.

> Amelia: Un beso.

Como no estaba claro si iba a poder conseguir una niñera para ir a ver a Justin en Massachusetts, me había enviado un pase plastificado para el *backstage* que me permitiría acceso exclusivo en el caso de que lo lograra en el último minuto. Me dijo que no estaba seguro de que fuera a estar disponible para recibirme si llegaba y en el momento en el que llegara. Tener la tarjeta sería una apuesta más segura en caso de que estuviera en medio de una prueba de sonido o incluso en medio del concierto, dependiendo de lo tarde que llegara.

No iba a saber hasta el último momento si iba a poder ir, ya que Susan era la única opción que tenía como niñera. Al parecer, ese día tenía una cita importante en Boston que no podía cancelar. Como dependía del tráfico, no estaba segura de si llegaría a tiempo.

Era el día del concierto y me estaba poniendo muy nerviosa. Había barajado la idea de ir en coche con Bea durante el día, pero dejó de ser una opción, porque se había resfriado. Llevarla a un lugar en el que hacía tanto frío y a un recinto lleno de gente no era una buena idea; podría pillar una neumonía.

Al caer la tarde, Susan llamó desde la carretera para decirme que estaba en un atasco y que todavía no había salido del Ted Williams Tunnel en Boston. En ese momento supe que me iba a perder el comienzo del concierto, si es que tenía la suerte de llegar. Estaba totalmente desconsolada. Esta era mi única oportunidad de ver a Justin en toda la gira. Era injusto.

No obstante, manteniendo la esperanza, me arreglé de todas formas. Con un vestido azul corto y ajustado de satén con detalles de encaje negro, parecía más una modelo de lencería que una ama de casa. En el caso de que consiguiera verle esta noche, quería dejarle con la boca abierta. Al fin y al cabo, estaba compitiendo con todo un mundo de modelos y *groupies* que se disputaban su atención. Ese pensamiento hizo que se me revolviera el estómago mientras me ondulaba el pelo en mechones largos y sueltos y me aplicaba un pintalabios ciruela mate. Algo me decía que todo este esfuerzo era en vano, pero tenía que estar preparada para salir por la puerta a toda prisa si Susan volvía. Cuando el reloj dio las ocho, quedó claro que me iba a perder su concierto pasara lo que pasase.

A las ocho y cuarenta y cinco, Justin llamó justo antes de tener que subirse al escenario.

—¿No ha habido suerte? —preguntó.

—Lo siento mucho. Tenía muchas ganas de ir, pero no ha llegado todavía. Es imposible que llegue a tiempo. —Tenía la voz temblorosa, pero me negué a llorar o de lo contrario se me correría el rímel por la cara.

—¡Joder, Amelia! No te voy a mentir; es una desilusión enorme. Tenía muchas ganas de verte. Ha sido lo que ha hecho que superara la semana. Pero lo entiendo, claro. Bea es lo primero. Siempre. Dale un beso de mi parte. Espero que se mejore.

Nos quedamos al teléfono y la decepción se escuchó fuerte a través de nuestro silencio y del largo suspiro de frustración que se le escapó.

Oí la voz de un hombre antes de que Justin dijera:

—¡Mierda! Me están llamando.

—Vale. Que te vaya bien en el concierto.

—Estaré pensando en ti todo el rato.

Antes de que pudiera responder, la llamada se cortó.

Quince minutos más tarde, escuché un golpe frenético en la puerta. Cuando la abrí, Susan estaba jadeando.

—Ve. ¡Ve, Amelia!

—Puede que sea demasiado tarde. El concierto habrá acabado para cuando llegue.

—Sí, pero podrás verlo antes de que se vayan, ¿verdad?

—Creo que sí. No estoy segura de cuándo sale el autobús hacia la siguiente ciudad.

—No pierdas el tiempo hablando conmigo. Tú dime dónde está Bea.

—Está durmiendo. En la encimera he dejado una larga nota con instrucciones.

—Perfecto. —Me hizo un gesto para que me fuera—. Ve a por tu chico, Amelia.

Le di un beso.

—Te debo una enorme. Gracias.

Había pasado un tiempo desde la última vez que conduje por la autopista de noche. A medida que aceleraba por la I-96, apareció el principio de un ataque de pánico. Intentando concentrarme en que iba a ver a Justin y no en los coches que pasaban a toda velocidad, pude evitar que el pánico se convirtiera en un ataque en toda regla. El GPS me sirvió de copiloto, puesto que no tenía ni idea de adónde iba. Esa parte de Massachusetts me resultaba totalmente extraña.

El sudor me fue impregnando el cuerpo a medida que me acercaba. Aunque hacía frío, encendí el aire acondicionado para que me calmara. ¿Qué estaba haciendo? El concierto había acabado. No le había enviado ningún mensaje. Me dije que era porque quería darle una sorpresa, pero una parte de mí quería ver cómo eran las cosas cuando *no* me estaba esperando.

Estacioné en el enorme aparcamiento que había fuera del recinto y me abracé a mí misma. Había salido tan rápido de casa que se me había olvidado el abrigo. Corriendo con mis botas de tacón alto (las mismas que llevé con el disfraz de Catwoman), me dirigí a una alta valla metálica que separaba la zona VIP del aparcamiento.

Al otro lado de la verja se encontraban dos autobuses negros de la gira con los cristales tintados. Un guardia con auriculares estaba en la entrada. En las inmediaciones había grupos de mujeres reunidos, probablemente con la esperanza de ver a los artistas.

El aire de la noche hacía visible mi aliento y enseñé mi identificación especial y le hablé al guardia.

—¿Ha acabado el concierto?

—Casi. Calvin está a mitad de la última actuación.

—¿Dónde puedo encontrar a Justin Banks? Me dio esta tarjeta de acceso.

—Justin está en el autobús dos. Es el de la derecha.

El corazón me martilleaba contra el pecho a medida que me abría paso hacia el autobús a través del aparcamiento cubierto de grava.

Abrí la puerta. Para mi sorpresa, no parecía haber nadie dentro. Eso fue lo que supuse hasta que los ruidos procedentes del dormitorio trasero demostraron lo contrario. En los laterales había varias camas que parecían ataúdes, pero Justin había mencionado que cada autobús tenía un dormitorio principal en la parte trasera. El equipo y él se alternaban para dormir en él cada noche.

Se me formó un nudo en la garganta al acercarme a la puerta de madera cerrada. Detrás de ella se oía el sonido de los gemidos de una mujer.

El guardia había dicho que Justin estaba aquí.

Tenía que saberlo.

Tenía que abrirla. Tenía que verlo con mis propios ojos.

Puede que mi fe fuera ciega, pero estaba a punto de ver una escena desagradable.

Girando lentamente el pomo, abrí la puerta un poco. Lo único que vi fue una melena oscura. Una mujer lo estaba montando mientras estaba tumbado. Parecía Olivia, pero no lo sabía con seguridad. Podía ser cualquier mujer. No importaba quién fuera. No se fijaron en mí. Se me empezó a revolver el estómago y se me subió la bilis. No podía seguir mirando. No podía.

Las piernas me flaquearon mientras me iba del autobús. Demasiado sorprendida para llorar, caminé aturdida al tiempo que me consumía el entumecimiento. Tenía la visión borrosa. Sentía que mi corazón se rompía lentamente con cada paso que daba para salir del autobús. ¿Fui estúpida por pensar que esperaría? ¿Que podría resistir la enorme tentación que le lanzaban a la cara cada día? Nunca hizo ninguna promesa y eso era por una buena razón.

Eres idiota, Amelia.

Esperaba ponerme a llorar, pero por alguna razón, el *shock* pareció congelar mis conductos lagrimales. Sentía los ojos secos, fríos, incapaces de producir humedad.

Mi móvil sonó al recibir un mensaje.

Te he echado mucho de menos esta noche.

19

¿Qué?

¿Cómo era posible que me estuviera escribiendo mientras se follaba a otra persona?

La adrenalina me recorrió el cuerpo, lo que llevó a mi nerviosismo a una montaña rusa de emociones.

> ¿Estás en el autobús?

> No. En Dave and Buster's, al final de la calle, tomándome algo. ¿Cómo se encuentra Bea?

No era él.

¡No era él quien se estaba tirando a esa chica en el autobús!

Agarrándome el pecho, dejé salir el aire que parecía haberse quedado atrapado dentro y que me estaba asfixiando un momento antes. Me sentí como si me hubieran disparado con una pistola tranquilizante llena de euforia.

> Sigue resfriada. Está con mi amiga Susan porque yo estoy aquí. Justo fuera de tu autobús.

Frotándome los brazos con las manos, me quedé esperando en el frío durante al menos diez minutos. Las dos personas que habían estado follando dentro del autobús salieron de repente. El hombre era guapo, pero no era Justin. También confirmé que la participante femenina no era Olivia.

Una multitud de mujeres se reunió de repente en la entrada. Se oyó al guardia decir:

—Atrás. ¡Atrás! ¡Dejadle pasar!

Fue entonces cuando vi a Justin abrirse paso entre el enjambre de personas. Atravesó la valla metálica y miró frenéticamente a su alrededor antes de que su mirada se fijara en mí.

La conmoción que había a nuestro alrededor pareció disiparse cuando caminó hacia mí y me rodeó con sus brazos. Prácticamente me fundí con él. Olía a una mezcla de colonia, humo y cerveza. Era embriagador e hizo que quisiera bañarme en ella. Quería que me cubriera por completo.

—Estás fría como el hielo —me susurró al oído.

—Pues abrázame. Dame calor.

—La verdad es que ahora mismo necesito hacer algo más que abrazarte. —Se echó hacia atrás para mirarme con detenimiento, dándole un repaso a mi ropa—. ¡Joder! —gruñó—. No te lo tomes a mal, pero ¿por qué pareces una puta?

—Me he vestido para la ocasión. ¿Es demasiado?

—En absoluto. Es justo lo que necesitaba. Es solo que me enfada que me estuvieras esperando en público vestida así. Los tipos que hay por aquí son peores que las chicas. ¿Se ha metido alguien contigo?

—No. —Mirando hacia abajo, añadí—: Lo siento si es demasiado. Pensé que tenía que competir con todas esas *groupies*.

—Jamás te disculpes por eso. Pero no tienes que competir con nadie, Amelia. Nunca ha hecho falta. —Apoyó su frente sobre la mía y el tiempo pareció detenerse—. Mientras tocaba esta noche, solo podía pensar en lo mucho que deseaba que estuvieras aquí. Estaba en el bar ahogando mis penas cuando me mandaste el mensaje. Sigo sin creerme que lo hayas conseguido. —Respiró hondo contra la piel de mi cuello—. Solo con olerte se me pone dura como una piedra. Tenemos que ir a algún sitio para estar solos. No nos queda mucho tiempo antes de que salgan los autobuses.

—¿Adónde podemos ir?

Puso sus manos en mis mejillas.

—¡Joder! Lo único que quiero es llevarte conmigo en el autobús; pasar la noche contigo hasta que salga el sol en la siguiente ciudad.

—Me encantaría. Siento no poder ser el tipo de chica que puede irse de gira contigo.

—Tienes cosas más importantes de las que ocuparte. Por cierto, ¿estás segura de que esa amiga que está cuidando a Bea es alguien en quien puedes confiar?

—Sí. Si no, no estaría aquí.

Me frotó los hombros.

—Quédate aquí. Déjame ir a ver a qué hora nos vamos de Massachusetts.

Esperé mientras Justin corría hacia el otro autobús de la gira. Cuando volvió, parecía intranquilo.

—Tenemos exactamente dos horas antes de que los autobuses salgan hacia Filadelfia. Te presentaría a la banda, pero van a empezar a hablar hasta por los codos, y no quiero perder el tiempo.

—¿Qué vamos a hacer?

—Me acaban de decir que hay un pequeño hotel al final de la carretera. Podemos ir allí para estar solos si quieres. Si lo prefieres, podemos quedarnos aquí, pero entonces tendríamos que socializar.

—Me parece bien lo de estar solos.

Justin me pasó el pulgar por la mejilla.

—Buena elección.

Me quitó las llaves y nos llevó al hotel en mi coche. Durante el trayecto, me tomó la mano con fuerza y no la soltó. En un momento dado, me lanzó una mirada sensual de reojo.

—¡Dios! Estás preciosa.

—¿Aunque parezca una *groupie* barata? —bromeé.

—*Sobre todo* porque pareces una *groupie* barata. —Me guiñó un ojo. Su mirada volvió a la carretera durante un rato antes de bajar la voz—. No estaba preparado para lo solitaria que iba a ser la gira. Verte hace que me dé aún más cuenta.

Llegamos al hotel y Justin nos registró y consiguió una tarjeta de acceso. Teníamos exactamente una hora y cuarenta y cinco minutos antes de que tuviera que volver al autobús.

La habitación estaba oscura, pero ninguno de los dos encendió la luz. Sin saber lo que se suponía que iba a ocurrir, esperé a que él tomara la iniciativa después de que la puerta se cerrara tras nosotros.

Se acercó lentamente a mí y apretó su pecho contra el mío.

—¡Dios! ¡Qué rápido te late el corazón! ¿Estás nerviosa o algo por estar a solas conmigo? —Acariciando mi cuello, añadió—: Teniendo en cuenta cómo me siento ahora mismo, quizá deberías estarlo.

Tenía miedo de admitir lo que de verdad me estaba corroyendo y tampoco quería echar a perder el ambiente, por lo que permanecí en silencio y lo miré fijamente antes de bajar la mirada al suelo.

Me agarró la barbilla con la mano.

—Mírame. —Cuando nuestros ojos se encontraron, dijo—: No he estado con nadie más, Amelia, por si te quedaba alguna duda. No *quiero* estar con nadie más. Espero que tú tampoco.

—¿Cómo has sabido lo que estaba pensando hace un momento?

—Supongo que estoy en armonía contigo. Tenía la sensación de que necesitabas que te lo confirmara. No quiero que dudes más sobre ese tema. —Me dio un beso en la frente—. Ahora que nos hemos quitado eso de encima, tengo que ser sincero contigo sobre algo.

Me tragué el nudo que se me había formado en la garganta.

—Vale.

—No sé por qué, pero pensaba que podría soportar cinco meses sin sexo, pero la realidad es que... me siento más como un animal en celo que como un monje célibe.

Me reí.

—¡Vaya! ¿De verdad? —Mi tono se volvió serio—. Quizá pueda ayudarte. Dime qué necesitas.

—Confesión —dijo sobre mis labios—. No te he traído aquí precisamente para que podamos hablar.

Le besé.

—Confesión. No me he vestido precisamente como una *groupie* sexi solo para que me cantaras.

Su boca, que seguía contra la mía, se le curvó en una sonrisa sarcástica. En cuestión de segundos, me tomó la cara entre las manos antes de que sus labios se tragaran los míos por completo. Se me escapó un gemido ahogado dentro de su boca hambrienta mientras nuestras lenguas se movían con frenesí para saborearse mutuamente. Me encantaba la forma controlada que tenía siempre de agarrarme la cara cuando me besaba. Esta vez era diferente a cualquier otro momento en el que habíamos estado juntos, puesto que carecía de rastro alguno de precaución o vacilación. Él se hacía con lo que quería sin reparos, y yo se lo permitía de la misma forma. Ambos estábamos en el mismo punto, rindiéndonos ante lo que nuestros cuerpos necesitaban, y no había nada que no estuviera permitido. Si no fuera por el hecho de que se iba en una hora, habría sido como un sueño hecho realidad. Pero teníamos un tiempo límite y ambos lo sabíamos.

Sus manos se deslizaron despacio por mi espalda hasta que me agarraron el culo, y me empujó contra su erección mientras me besaba con fuerza. Me absorbió el labio inferior antes de soltarlo lentamente.

—Última oportunidad para detenerme.

—Haz que cada segundo cuente —dije entre besos—. Durante la próxima hora, mi cuerpo es tuyo, Banks.

—Solo he esperado una década para oírte decir eso.

Ahí acabó la conversación. Justin presionó su duro pecho contra mí, empujándome hacia la ventana. Mi espalda acabó apoyada en el cristal, y él empezó a besarme con tanta fuerza que mis labios me dolían por la succión. Mis manos adquirieron una mente propia, deseosas de explorarle. Le pasé los dedos por el pelo, le acaricié el pecho con las palmas, le agarré el culo. Abrumada, deseé poder tocar cada parte de él a la vez.

—Va a pasar un tiempo hasta que podamos volver a hacer esto. Tenemos que hacer que dure —me dijo mientras rodeaba su puño con mi pelo y me inclinaba la cabeza hacia atrás. Me besó lentamente por el cuello—. No olvides nunca que te respeto muchísimo —añadió mientras me metía la mano por debajo del vestido y me agarraba las bragas.

—¿Por qué dices eso?

—Porque estoy a punto de follarte sin ningún tipo de respeto. —Me arrancó la ropa interior, y el elástico me quemó los muslos a causa de la fricción.

Estaba mojada y preparada para lo que él tuviera en mente. Mientras que antes me había besado la garganta con suavidad, ahora me estaba succionando la piel de la base del cuello con fuerza. Sentí cómo dos de sus dedos se deslizaban dentro de mi abertura. Su boca se detuvo en mi cuello en el momento en el que estaban dentro de mí. Dijo algo ininteligible mientras movía la cabeza lentamente en señal de éxtasis, antes de darme la vuelta de repente para que quedara de cara al cristal.

Sacó los dedos y, casi al instante, sentí cómo los sustituía el ardor de su pene mientras se introducía en mi interior.

—¡Joder! —murmuró.

No esperaba que me tomara tan pronto. Por el sonido que soltó cuando estuvo dentro de mí, creo que ni siquiera él esperaba perder el control tan rápido.

Sentí un placer doloroso cuando mi piel se estiró para abrirse ante él. La verga de Justin era gruesa. Siempre había admirado su grosor, pero era una experiencia totalmente distinta sentir cómo me llenaba por completo, piel con piel. No se había puesto condón, lo cual me sorprendió. Estaba demasiado débil para cuestionarlo, estaba disfrutando demasiado de la cruda sensación para pensar en otra cosa. Pero había venido preparada.

—Por favor, dime que estás tomando la píldora. Nunca lo he hecho así antes, pero no creo que pueda parar. Es demasiado bueno.

Nunca le había visto perder el control de esta manera.

—Sí. Acabo de empezar a tomármela. No te preocupes.

—¡Gracias, joder! —Sus músculos parecieron relajarse.

Mientras entraba y salía de mí, me sacó el vestido por la cabeza antes de tirarlo a un lado. Había algo muy sexi en estar completamente desnuda mientras que él seguía con la ropa puesta. Los pantalones le colgaban hasta la mitad de las piernas y la hebilla del cinturón sonaba mientras me penetraba.

Podía ver nuestro reflejo en la ventana. No paraba de mirarme el culo, hipnotizado al ver nuestros cuerpos unidos. No le quitaba los ojos de encima. Tenía la palma de la mano firmemente plantada en mi nalga para guiar los movimientos de sus embestidas y me estaba clavando las uñas en la piel sin darse cuenta.

Empezó a chuparse el dedo y, antes de que pudiera preguntarme qué estaba haciendo, lo noté dentro del culo mientras seguía penetrándome al mismo tiempo. Nadie me había hecho eso antes, y si bien es cierto que era extraño tener su dedo ahí dentro, el placer derivado de la doble penetración era increíble.

Lo introdujo despacio hasta el final. Dejé escapar un largo suspiro.

—Te gusta, ¿eh? Cuando tengamos más tiempo, lo probaremos al revés. Tengo muchas ganas de follarme ese culo. Pero para eso necesitamos tiempo.

Me limité a gemir en señal de acuerdo, demasiado excitada por lo que estaba haciendo para formar palabras.

Sacó el dedo. Ahora me sujetaba el culo con las dos manos, separándolo con los pulgares mientras me follaba más fuerte y más rápido.

—Me encanta cómo se sacude tu culo cuando lo embisto. —Me dio una palmada—. Precioso.

Mis músculos se tensaban cada vez que abría la boca. Siempre me había gustado que me hablaran durante el sexo, pero su voz sucia y áspera era la más sexi que había oído en mi vida. Cada vez que hablaba, mis músculos sufrían un espasmo.

—Apriétate contra mí así otra vez.

Me tensé alrededor de él.

—¡Joder! ¡Qué bueno! —gruñó—. Quiero que hagas eso cuando me corra dentro de ti.

Quería que me azotara de nuevo. Nunca imaginé que la presión de su mano fuera tan excitante, pero así era.

¿Qué me estaba pasando?

Mi voz sonó ronca cuando dije:

—Vuelve a azotarme el culo.

Me obedeció y, cuando me golpeó esta vez, el escozor de su mano fue perfecto.

Todo en esta experiencia era diferente a lo que había sentido antes, desde el contacto piel con piel hasta la forma en la que me folló. Había traspasado una barrera de placer que no sabía que era capaz de sentir. No sabía cómo iba a vivir sin esto ahora que sabía lo que era.

A mis espaldas, sentía cómo temblaba su cuerpo.

—Necesito correrme. Avísame cuando te quede poco —me pidió al oído.

Contemplé su rostro en el reflejo y ahora, en vez de mirar hacia abajo, me estaba mirando directamente a la cara.

—Me corro —dije mientras tensaba mis músculos como quería.

—¡Joder! ¡Dios, Amelia! Eso es... ¡Me cago en...! ¡Me corro! —gimió y luego murmuró en voz baja—: Sí, nena. Me estoy corriendo. Increíble. ¡Increíble, joder!

El cálido semen me llenó mientras seguía apretándome alrededor de su miembro. Justin se quedó dentro de mí, follándome lentamente mucho después de correrse, mientras me besaba la espalda con suavidad.

—¡Joder! No sé qué haces cuando aprietas tu vagina alrededor de mi pene, pero voy a masturbarme pensando en ello los próximos cuatro meses.

—¿Qué acabamos de hacer? —pregunté en tono de broma—. No ha sido solo sexo. Ha sido demasiado increíble.

—Eso ha sido una década de frustración saliendo de mí, cielo.

—Eres muy bueno, Justin. La espera ha valido la pena.

Se retiró de mí poco a poco y me dio la vuelta antes de plantar un firme beso en mis labios.

—Tenemos cuarenta minutos.

—¿Qué vamos a hacer?

—Te necesito de nuevo.

Abrí los ojos de par en par.

—¿Puedes volver a hacerlo tan pronto?

—¿Contigo? Podría hacerlo toda la noche. Nadie me ha hecho perder el control de esta manera. Y así es como debería sentirse cada puta vez, como si fuera lo único que importa en el mundo. Me importa una mierda si el mundo se desmorona a mi alrededor cuando estoy dentro de ti.

Nos sonreímos el uno al otro, y las farolas del exterior brillaron en sus hermosos ojos azules. Cuarenta minutos no eran suficientes. Para aplacar el temor que estaba empezando a invadirme, le quité la camisa y empecé a besarle el pecho con suavidad.

—Esta vez va a ser diferente, ¿vale? —dijo.

Me limité a asentir, esperando sus indicaciones con ansia. Se quitó la ropa interior y vi que su pene seguía gloriosamente duro, brillando de excitación.

—Túmbate, Amelia.

Admirando su cuerpo cincelado, me tumbé en la cama y me apoyé en el cabecero.

—¿Qué estás haciendo? —pregunté cuando encendió la pequeña lámpara que había en el escritorio.

—Quiero mirarte un rato. ¿Te parece bien?

Asentí con la cabeza.

—Sí.

—Separa las piernas —exigió.

Justin se arrodilló a los pies de la cama y me miró.

—Cómo me pone... verte así de abierta con mi semen chorreando. ¡Joder, Amelia! —Empezó a masturbarse. Se miró el pene hinchado—. Estoy listo para hacerlo otra vez. Esto es una puta locura.

—No tenemos mucho tiempo. Te necesito dentro de mí otra vez.

—Tócate un poco.

Coloqué las yemas de los dedos sobre mi clítoris y comencé a trazar círculos. La habitación estaba muy silenciosa, excepto por el sonido resbaladizo que emitía su pene al moverse contra la mano.

—Ábrete más, Amelia.

Separé más las rodillas y tuve que contener la necesidad de correrme.

—¿Estás preparada? —me preguntó.

—Sí —susurré.

Esta vez, cuando se introdujo en mi interior, fue lento y controlado. Se detuvo cuando estaba completamente dentro y se quedó ahí sin moverse durante un rato.

—¿Cómo voy a ser capaz de dejarte ir después de esto?

Cuando volvió a acelerar el ritmo, me sentí mejor que nunca, no solo por la presión que ejercía su peso sobre mí, sino porque ambos estábamos desnudos y nuestra piel se estaba rozando. La habitación estaba fría, pero el calor de su cuerpo me mantenía caliente.

Me aferré a su culo, empujándolo más adentro de mí mientras él movía las caderas en círculos. Su respiración seguía el ritmo de sus movimientos. Cuando el orgasmo me recorrió de forma repentina, él debió de sentirlo, porque también se corrió sin previo aviso, gruñéndome con fuerza en el oído. No había sonido más dulce que el que hacía cuando se corría.

Se derrumbó sobre mí.

—Gracias por concederme esto —dijo—. Es lo único que me va a permitir pasar el resto del tiempo que me queda fuera.

Miré la hora en el móvil y me entraron nauseas. Teníamos diez minutos antes de que tuviéramos que volver al autobús. Era extraño sentirse saciada y asustada al mismo tiempo. Había dejado mi cuerpo completamente satisfecho, pero mi corazón todavía anhelaba más. Quería escuchar esas dos palabras con desesperación.

Cuando llegamos a su autobús, me agarré a su chaqueta negra, incapaz de dejarlo ir. Después de lo que acabábamos de hacer, mi apego a él era más fuerte que nunca. Me parecía más imposible dejarlo ir ahora de lo que lo fue antes.

—Quiero que conozcas al equipo antes de que nos vayamos.

—Vale —dije, aunque no me sentía muy social.

Justin me condujo al interior del autobús. Había un puñado de tíos sentados comiéndose trozos de una tarta de manzana gigantesca que parecía de supermercado. Olía a una mezcla de café y cerveza. Justin recorrió la fila y me presentó a cada integrante del equipo. Todos eran muy amables y tenían los pies en la tierra. No tuve la oportunidad de conocer a Calvin Sprockett, ya que estaba en el otro autobús.

Unos minutos más tarde, la persona a la que más temía conocer hizo finalmente acto de presencia.

—¿Está todo el mundo? —preguntó Olivia con un *walkie talkie* en la mano. Justin me miró.

—Esa es Olivia —susurró.

No se dio cuenta de que yo ya sabía cómo era ella por mis sesiones de cotilleo. Empecé a sentir náuseas, las cuales empeoraban con cada paso que daba hacia nosotros. Con una lujosa melena oscura y una sonrisa enorme, era incluso más guapa que en las fotos.

¡Joder! ¡Cuánto la odiaba!

—Veo que tenemos un pasajero extra —comentó Olivia.

Como parecía haber perdido la capacidad de hablar, sonreí como una idiota sin decir nada.

—Olivia, esta es mi novia, Amelia —dijo Justin.

Novia.

El miedo que había en mi interior empezó a evaporarse lentamente. No había dicho la palabra que empezaba por Q, pero por fin me había dado la validación que tanto necesitaba, sobre todo ahora que se volvía a ir.

Olivia no pareció muy sorprendida.

—Es un placer conocerte por fin, Amelia.

—Igualmente. —Sonreí.

—¿Te vienes con nosotros a Filadelfia? —preguntó.

—No. Tengo una hija pequeña en casa, así que no puedo viajar.

—Es verdad. Justin me enseñó una foto suya.

Me tranquilizó aún más saber que también le había hablado de Bea.

—Bueno, ha sido un placer conocerte —continuó Olivia antes de lanzar-le a Justin una leve mirada de advertencia—. Los autobuses salen en cinco minutos.

Esperé a que se alejara lo suficiente para que no pudiera oírme.

—Conque esa es Olivia... —le dije a Justin.

—Sí.

—¿Duerme en el otro autobús?

—Sí. La mánager de la gira va en el autobús principal. —Sonrió y examinó mi expresión, divertido ante mi transparente alivio.

Me dio un toque en el vestido, y mis pezones se animaron al instante.

—Vamos a por una chaqueta para ti —añadió—. Luego voy a pedirle al conductor que espere mientras te acompaño al coche. No quiero que vayas sola.

Justin sacó una de sus sudaderas negras con capucha y me la tendió abierta. Me subí la cremallera, y amé cómo estaba impregnada del olor a su colonia. Me llevó de la mano a través del aparcamiento VIP hasta la zona de aparcamiento normal.

Justin me miró a los ojos cuando nos detuvimos delante de mi coche. Me abrazó con fuerza mientras metía la nariz entre mi pelo.

—Tienes suerte de que no tengamos más tiempo. Te lo haría contra este coche.

—Y yo te dejaría hacerlo.

—Gracias por lo de esta noche, Amelia. Has estado increíble. Te voy a echar mucho de menos.

Hablé contra su pecho.

—¿Puedo preguntarte algo?

—Sí.

—¿Cuándo decidiste que era tu novia?

Miró al cielo y dudó como si tuviera que meditarlo. Su respuesta no fue la que me esperaba.

—En la sesión matinal de *El amor duele* en el pequeño teatro rojo, en 2005 más o menos. Ni siquiera estaba prestándole atención a la película. Estabas absorta viéndola. Yo estaba absorto viéndote a ti. No te diste cuenta de que te estaba mirando todo el tiempo. Estabas tan cautivada por la película que ni siquiera te percataste de que te habías acabado las palomitas. Seguías metiéndotelas en la boca. Sin que te enteraras, sustituí tu cubo vacío por el mío, que estaba lleno. Seguiste comiendo. En ese momento decidí que, lo supieras o no, eras mi novia. Me dije a mí mismo... que después de la sesión por fin iba a hacer que tú también fueras consciente de ese hecho.

—¿Qué pasó?

Se encogió de hombros.

—Me acobardé. —Los dos nos reímos y vimos cómo nuestras respiraciones chocaban en el aire frío. Justin miró su móvil—. ¡Mierda! Me han escrito para decirme que me dé prisa. Tengo que irme.

—Vale.

Me atrajo hacia él tan fuerte como pudo y me plantó un último beso en los labios.

—Te voy a echar mucho de menos. Gracias otra vez por venir corriendo. —Frunció las cejas—. Y por correrte. Y por hacer que me corra. —Mientras me reía contra sus labios, añadió—: Has estado increíble.

—Llámame mañana.

—Ten cuidado al conducir a casa.

—Sí.

Se quedó en su sitio sin moverse antes de volver a hablar.

—Nunca ha sido así para mí. Nunca me he sentido así con nadie.

Me encantó escuchar eso.

—Yo tampoco.

Nuestras manos permanecieron entrelazadas hasta que el tirón que dio mientras se alejaba separó nuestros dedos de forma natural. Justin cruzó corriendo el aparcamiento.

Entré en el coche y encendí la calefacción. Me quedé al ralentí hasta que los dos autobuses se movieron y desaparecieron de mi vista.

Más tarde, esa misma noche, acababa de llegar a la casa de la playa cuando mi móvil sonó al recibir un mensaje de Justin.

Todo el tiempo que me pasé enfadado contigo... podría haber estado follándote. ¡Menudo idiota!

20

Los días más difíciles sin Justin fueron los que precedieron a las fiestas. Era la primera Navidad de Bea e íbamos a pasarla sin él.

La gira de Justin había llegado al oeste. Iba a tocar dos veces en Los Ángeles, una en Nochebuena y otra el día de Navidad, por lo que era imposible que pudiera escaparse para volver a casa. Después de esos conciertos, la banda solo permanecería en Estados Unidos una semana más antes de volar a Europa, donde la gira continuaría hasta que volvieran a América en primavera. Me cansaba solo de pensar en todos los viajes que estaba haciendo.

Sin embargo, tenía que reconocer el mérito de Justin. Había cumplido su palabra de hablar por Skype con nosotras cada dos días. Por mucho que esperara con ganas esas conversaciones, cada vez era más difícil estar lejos de él. A medida que transcurrían los días, también lo hizo el recuerdo del rato que habíamos estado juntos en Massachusetts. Cada día que pasaba, la tranquilidad que me había dado aquella noche volvía a sustituirse lentamente por miedo e inseguridad. Si bien es cierto que confiaba más en él después de haber hecho el amor, todavía no me había *dicho* que me quería. En mi mente, eso significaba que nada era definitivo. Sumémosle a eso el hecho de que iba a estar fuera durante más de una docena de semanas más y obtendríamos una novia paranoica.

Faltaban dos días para Navidad. Bea y yo estábamos invitadas a una fiesta de jerséis feos en casa de Roger y Susan. Justin había llamado antes para decir que acababan de llegar a California. Agradecí la distracción que suponía la fiesta. Al menos durante un par de horas, me impediría estar enfurruñada frente al árbol de Navidad en la casa de la playa.

Fui a una tienda de segunda mano y compré un jersey horrible rojo con bombillas navideñas cosidas en la parte delantera. Incluso me las apañé para encontrar un jersey *body* navideño feo para Bea en Internet. Estábamos preparadas para la fiesta.

La temperatura era gélida, por lo que abrigué a Bea y corrí hacia la casa de los vecinos, que estaba iluminada con luces multicolores. El viento sacudía un muñeco de nieve inflable situado en el patio delantero. Vivir cerca del mar en pleno invierno no era lo ideal.

Llevaba unas galletas de azúcar recién horneadas, por lo que llamé a la puerta con el pie, ya que no tenía más manos.

Roger abrió la puerta.

—¡Amelia, estás aquí! Susan no estaba segura de que fueras a venir.

—No me lo perdería por nada —contesté, y le entregué el plato de galletas—. ¿Está Susan en la cocina?

—Sí. Eres la primera en llegar.

—Ya imagino. —Sonreí—. Soy a la que le pilla más cerca.

Justo cuando estaba a punto de ir a ver a Susan, la voz de Roger me detuvo.

—Oye, Amelia.

—Dime.

—Desde que Susan ha vuelto no hemos tenido ocasión de hablar. Siempre me he sentido un poco raro por no haberte dicho yo mismo que habíamos vuelto juntos.

—No me debes ninguna explicación. Ya le expliqué que no pasó nada entre tú y yo.

—Sé que se lo dijiste. Me alegro mucho de que os hayáis hecho amigas. Y quiero que sepas que yo también me sentí muy agradecido por tu amistad en un momento en el que la necesitaba de verdad.

—Me alegro mucho por vosotros.

—Gracias. —Hizo una pausa—. ¿Y tú qué?

—¿Y yo *qué*?

Roger inclinó la cabeza.

—¿Eres feliz?

—Sí. Solo me siento un poco sola ahora que no está Justin.

—¿Sabes? Solías decirme que no había nada entre vosotros dos...

—En ese momento no lo había, pero siempre he sentido algo por él.

—Va a volver, ¿verdad? ¿Después de la gira?

—Sí.

—¿Es eso a lo que quiere dedicar su vida? ¿Ser un músico que hace giras? ¿Vivir en la carretera?

—No estoy segura de que siempre vaya a ser así. Trabaja vendiendo *softwares*, pero ese no es su sueño. La música lo es. Esta era una oportunidad única en la vida, así que tenía que aprovecharla.

—¿Con quién me dijiste que estaba de gira?

—Calvin Sprockett.

—¡Vaya! Sí, es gordo.

—Ya.

Después de un pequeño silencio incómodo, Roger preguntó:

—¿Alguno de esos chicos sigue casado?

—¿Te refieres a Calvin y a su banda?

—Sí.

Tuve que pensarlo.

—Ahora que lo mencionas... no creo que lo estén.

Roger me colgó el abrigo mientras hablaba.

—Supongo que el matrimonio no encaja con el sexo, las drogas y el *rock 'n' roll*. Por no hablar de lo de viajar todo el tiempo. ¿Sabes? La situación nunca se complicó tanto como cuando estaba físicamente lejos de Susan y Alyssa. No sé mucho sobre Justin, pero parece que le tiene mucho cariño a Bea. Si quiere ser un padre para ella, el absentismo no funciona. Yo lo descubrí por las malas, y eso sin la complicación adicional que supone la fama.

—No creo que haya averiguado si quiere tener hijos.

—Bueno, ¿no crees que es hora de que lo haga si quiere estar contigo? —Roger debió de percibir que me estaba agobiando—. Lo siento, Amelia. Solo me preocupo por ti.

—Te lo agradezco, pero esta noche lo único que busco es ponche de huevo. Nada más complicado que eso, ¿de acuerdo?

Cerró un poco los ojos en señal de comprensión y se rio.

—Hecho. Deja que te traiga un poco.

Entre las risas apagadas de los invitados, que iban vestidos con un arco iris de jerséis feos, mis pensamientos me mantuvieron distraída. Aunque hacía tiempo que mi conversación con Roger había acabado, me pasé el resto de la fiesta reflexionando sobre todo lo que había dicho. No era nada que no temiera ya, pero escuchar la preocupación de otra persona, alguien que entendía las responsabilidades que tenía la paternidad a largo plazo, me abrió los ojos.

De vuelta a casa, esa misma noche, acuné a Bea para que se durmiera frente al árbol al son de un cedé de villancicos del coro de niños. A principios de la semana, había envuelto algunos regalos y los había colocado bajo el árbol. Todos eran para Bea e incluían una pequeña caja que Justin le había enviado para que la abriera la mañana de Navidad.

Yo no necesitaba nada este año; Bea era mi regalo de Navidad. Ella era el mejor regalo del mundo y me había enseñado más sobre el amor incondicional que cualquier otra persona en mi vida. Me había dado un propósito. Le di un beso suave en la cabeza, prometiendo estar siempre a su lado sin importar lo que pasara con Justin. Juré ser el tipo de madre que nunca tuve.

Todavía con el jersey de Navidad puesto, coloqué a Bea, ya dormida, en su cuna y me tomé un momento para admirar el trabajo que Justin había hecho en la habitación del bebé.

De vuelta a mi dormitorio, me fue imposible dormir. Estaba empezando a cabecear cuando mi móvil sonó y me despertó.

¿Estás dormida?

Ya no.

Descolgó en el primer timbre después de que marcara su número.

—Hola, preciosa.

—Hola.

Su voz sonaba adormilada.

—Te he despertado, ¿verdad?

—Sí, pero no pasa nada. Prefiero hablar contigo que dormir. ¿Dónde estás?

—En el hotel de Los Ángeles. No dormimos en los autobuses hasta la noche de Navidad.

—Debe de ser un buen cambio poder dormir en una cama de verdad.

—Solo me recuerda que no estás aquí conmigo.

—Ojalá estuviera.

—Me molesta mucho no poder pasar la Navidad con vosotras.

—No entiendo por qué no te dan la Navidad libre.

—Calvin siempre ha dado conciertos en Navidad. Es una especie de tradición suya. Es una mierda. Cualquiera pensaría que ninguna de estas personas tiene familia. Me siento mal por los integrantes del equipo que tienen hijos.

—No se acaba nunca, ¿verdad?

Justin parecía confundido por mi comentario.

—¿El qué?

—En plan, esta gira se va a acabar. Pero la vida de un músico nunca lo hace en realidad.

—Tampoco es que no vaya a tener elección al respecto. No tengo que ir a ningún sitio ni hacer nada que no quiera.

—Sí, pero después de esta gira mucha más gente sabrá quién eres. Empezarán a llegar las oportunidades y la fama será adictiva. Ese era el objetivo de todo esto, ¿no? Que creciera tu carrera musical. ¿De verdad vas a volver a tu trabajo vendiendo *softwares* como si nada de esto hubiera ocurrido? ¿Qué va a pasar exactamente?

—No lo sé. No he pensado tanto. Solo quiero volver a casa contigo. Eso es lo único que quiero. Después de eso no volveré a irme en un futuro próximo.

—Pero puede que vuelvas a irte en algún momento. No es algo aislado, ¿verdad? Nunca acaba de verdad.

—¿Por qué tanta preocupación de repente, Amelia?

—No lo sé. Supongo que tengo demasiado tiempo a solas para pensar.

—Lo siento, pero la verdad es que esta noche no tengo todas las respuestas. Solo puedo decirte lo que siento ahora mismo, y es que no quiero estar aquí y daría cualquier cosa por estar en casa por Navidad contigo y con Bea.

Me froté los ojos cansados.

—Vale. Lo siento. Es tarde y debes de estar cansado.

—Nunca pidas perdón por haberme hablado de lo que sientes. Recuerda que prometiste ser sincera conmigo si algo te preocupa.

—Lo sé.

Justo cuando mis nervios habían empezado a calmarse, sonaron unos golpes en su puerta.

—Un momento —dijo.

Se me empezaron a acelerar los latidos del corazón cuando oí la voz de una mujer de fondo.

No pude distinguir lo que decía, pero oí a Justin decir:

—No, gracias. Te lo agradezco, pero no. —Hizo una pausa—. De acuerdo. Buenas noches. —Oí cómo se cerraba la puerta.

Volvió a la llamada.

—Lo siento.

—¿Quién era?

—Alguien quería saber si estaba interesado en un masaje.

—¿Un masaje?

—Sí. Calvin a veces contrata a gente para dar masajes. Debe de haber enviado a alguien aquí para preguntarme si quería uno.

Se me estaba empezando a subir el ponche de huevo de antes.

—¿Así que ha sido una chica cualquiera la que ha entrado en tu habitación para darte un masaje?

—Amelia, ni lo he pedido ni lo quería. Le he dicho que se marchara. No puedo evitar que alguien llame a mi puerta.

—¿Alguna vez te han hecho uno?

Su tono era de enfado.

—¡No!

—No soporto esto.

—Entiendo por qué te molesta que una mujer extraña venga a la puerta de mi habitación de hotel, ¿vale? Pero o confías en mí o no lo haces. La confianza es una cuestión de blanco o negro. No existe tal cosa como confiar un poco en alguien. O se confía o no se confía. ¡Joder! Pensaba que confiabas en mí.

—¡Lo hago! Nunca he dicho que no confiara en ti. Es solo que... ese estilo de vida me incomoda. Y me siento sola. No sé si este es el tipo de vida que quiero.

—¿A qué te refieres exactamente?

—No lo sé —respondí con una voz apenas audible.

Hubo un largo instante de silencio en el que escuché su respiración. Entonces, finalmente habló.

—Ni siquiera veo las caras de la gente del público. Cuando estoy cantando, te estoy cantando a ti, contando los días que faltan para volver a casa. Sería una puta mierda si no hubiera nada por lo que volver a casa.

¿Por qué no me has dicho que me querías?

Le había cabreado mucho. Tenía que acabar la llamada antes de decir otra cosa de la que acabara arrepintiéndome.

—Tienes dos conciertos importantes por delante. No puedes permitirte el lujo de estresarte. Siento haber provocado una pelea.

—Yo también lo siento.

—Voy a intentar dormir un poco.

—Está bien —dijo.

—Buenas noches.

—Buenas noches.

Después de colgar, me costó volver a dormirme. Acabar la llamada de malas maneras hizo que me sintiera como una mierda. Pensé que no podía sentirme peor.

Lo que ocurrió a la mañana siguiente haría que la discusión de la noche anterior pareciera insignificante.

Llamadlo «intuición de madre».

Algo me despertó, a pesar de que todo estaba en silencio. El reloj marcaba casi las cuatro de la madrugada.

Cuando intenté volver a dormirme unos minutos más tarde, lo que sonaba como un ligero silbido llegó a través del monitor del bebé; apenas se oía.

Presa del pánico, salí de la cama tan rápido que me mareé. Corriendo por el pasillo hacia la habitación de Bea, sentía el corazón en la boca mientras prácticamente me tropezaba con mis propios pies.

Todo pareció suceder muy rápido, pero al mismo tiempo fueron los momentos más largos y aterradores de mi vida. Bea estaba teniendo problemas para respirar y sus ojitos me miraban con impotencia. Se estaba ahogando, pero no podía toser. Mi mente iba a toda velocidad mientras me esforzaba por recordar los pasos de la clase de reanimación cardiopulmonar para bebés que recibí en Providence.

Le coloqué la cara sobre mi antebrazo y le sujeté la mandíbula con una mano para sostenerle la cabeza. Le di cinco palmadas en la espalda, entre los omóplatos. Seguía sin poder respirar y no salía nada.

Giré su rostro hacia arriba, le coloqué dos dedos en el centro del pecho y presioné hacia abajo con movimientos rápidos. El objeto seguía sin salir. Corrí con ella a mi habitación para agarrar el móvil y marcar el 911. Ni siquiera recordaba lo que le había dicho a la operadora porque, cuando Bea dejó de responder, yo misma estaba perdiendo la capacidad de respirar.

Alterné golpes en la espalda y compresiones en el pecho a medida que la operadora me guiaba. Finalmente, el objeto salió volando de su boca y me di cuenta de que era una de las pequeñas bombillas de mi jersey. Debió de haberse caído en su cuna.

La bombilla había salido, pero Bea estaba inconsciente.

Lo siguiente que supe fue que las sirenas estaban sonando. Bajé corriendo con ella para dejarles entrar. Los hombres entraron corriendo en la habitación. Empezaron a practicarle la reanimación cardiopulmonar a mi hija.

Toda mi vida pendía de un hilo mientras miraba impotente, paralizada por el miedo. No era diferente a estar inconsciente yo misma.

Cuando uno de los paramédicos me indicó que volvía a respirar, fue como si hubiera vuelto de entre los muertos. Las lágrimas que caían por mis ojos me impedían ver con claridad cómo la colocaban en una camilla y me indicaban que me subiera a la ambulancia. Como había estado inconsciente durante tanto tiempo, había que llevarla al hospital para que la trataran y se aseguraran de que no había daños cerebrales ni lesiones internas.

Todavía con el chándal que usaba para dormir y sin abrigo, me senté en la ambulancia junto a ella mientras uno de los hombres le ponía una máscara de oxígeno en la cara.

Demasiado agitada para hablar, le envié una serie de mensajes entrecortados a Justin.

> Bea está viva.

> Se ha atragantado con un adorno pequeño.

> Lo ha expulsado.

> Los paramédicos le han practicado la reanimación cardiopulmonar.

> En la ambulancia de camino al hospital. Estoy asustada.

A los pocos segundos, mi móvil sonó. Tenía que ser la una y media de la mañana en Los Ángeles.

La voz de Justin era temblorosa.

—¿Amelia? He recibido tus mensajes. ¡Dios mío! ¿Está bien?

—No lo sé. Está consciente y respira, pero no sé si ha habido algún otro daño.

—¿Puedes verla? ¿Está contigo?

—Sí. Tiene una máscara de oxígeno en la cara, pero tiene los ojos abiertos. Creo que está asustada.

Oí crujidos y luego habló.

—Voy a tomar el próximo vuelo.

Todavía en estado de *shock*, me quedé en silencio.

Su voz parecía estar desvaneciéndose en la distancia.

—¿Amelia? ¿Estás ahí? Aguanta, cariño. Va a estar bien. Ya verás.

—Vale —susurré a través de las lágrimas.

—¿Adónde la llevan?

—Al Hospital Infantil Hasbro, en Providence.

—Llámame en cuanto sepas algo.

—De acuerdo.

—Sé fuerte, Amelia. Por favor.

21

Las primeras horas de espera con Bea en la unidad de cuidados intensivos fueron insoportables, las más aterradoras de mi vida.

La tenían conectada a una vía y le estaban suministrando oxígeno. Los médicos le habían hecho una serie de pruebas para comprobar si había lesiones internas y problemas neurológicos. Al parecer, después de una insuficiencia respiratoria, podía haber una lesión cerebral retardada que no era evidente en el momento. Pasaría un tiempo antes de que llegaran todos los resultados.

Como no había un pronóstico claro, no dejé de rezar en silencio. Le rogué a Dios que evitara que mi bebé sufriera algún daño irreversible. Bea estaba durmiendo mucho, probablemente agotada por todo el trauma, así que era difícil saber cómo se encontraba.

No obstante, podía abrir los ojos, y tuve que dar las gracias por ello y por el hecho de que estuviera viva y respirara. Gracias a Dios que me desperté por casualidad cuando lo hice. Si hubiera llegado a su habitación tan solo un minuto más tarde, el resultado podría haber sido muy diferente. Ni siquiera soportaba pensar en eso. Sin duda, alguien estuvo cuidando de nosotras anoche. Hasta que tuviera respuestas, tenía que concentrarme en lo positivo (el hecho de que estaba viva) y seguir rezando.

Ya era media mañana y no me había movido de mi sitio al lado de Bea. Tenía miedo incluso de ir al baño para no perderme el momento en el que llegara el médico con información. Al final, una amable enfermera me obligó a ir a por algo de beber y al baño. Prometió vigilar a Bea y me aseguró que no pasaría nada mientras yo no estuviera.

En el cuarto de baño, justo al lado de la enfermería, las lágrimas empezaron a brotarme de los ojos. Plagada de culpa, acabé perdiendo la compostura. Si no fuera por ese estúpido jersey y mi descuido, nada de esto habría ocurrido. ¿Cómo no revisé su cuna antes de acostarla? Me obligué a recomponerme, tenía que mostrarme fuerte antes de volver con mi hija. Era intuitiva; no podía permitir que percibiera mi miedo.

El médico entró poco después de que yo volviera a mi sitio junto a la cama de Bea.

—Señora Payne...

Me puse de pie, sintiendo el peso de mi corazón pesado y aterrorizado.

—¿Sí?

—Acabamos de recibir los resultados de las pruebas de su estado interno. No hay lesiones internas, aparte de una ligera fractura en las costillas, que se curará sola. Su evaluación neurológica también parece correcta, pero quiero tenerla en observación durante el próximo día, antes de darle el alta. No creo que tenga que permanecer en la unidad de cuidados intensivos, así que vamos a trasladarla a una habitación normal en una de las plantas principales.

Me invadió una sensación enorme de alivio.

—Doctor, gracias. Gracias. Podría abrazarle. ¿Puedo abrazarle? —Cuando asintió incómodo, lo rodeé con los brazos—. Muchas gracias.

—Podría haber sido muy grave. Con demasiada frecuencia vemos cómo esta misma situación acaba muy mal. Bebés o niños pequeños que se atragantan con uvas, salchichas, juguetes pequeños. Ha tenido mucha suerte.

Cuando el médico se fue, le escribí un mensaje a Justin.

> ¡Gracias a Dios! El médico cree que se va a poner bien. Aunque quieren vigilarla al menos durante las próximas veinticuatro horas. ¡Estoy tan feliz ahora mismo!

No hubo respuesta.

Poco después, nos trasladaron a una habitación nueva situada en el tercer piso. Tumbada en su nueva cama, Bea tenía los ojos abiertos y parecía confusa mientras miraba los paneles de luces fluorescentes del techo. Parecía alerta, pero no era su personalidad feliz de siempre. Lo más probable era que se estuviera preguntando qué demonios estaba haciendo aquí.

Me dijeron que podía volver a sostenerla en brazos. Aunque había estado recibiendo vitaminas y líquidos por vía intravenosa, me sugirieron que la amamantara. Últimamente le había dado más leche de fórmula que materna, pero opté por darle el pecho porque sabía que eso la reconfortaría. Me sentí aliviada de que comiera sin problemas. Con cada minuto que pasaba, me sentía más segura de que mi bebé iba a estar bien.

Tenía que estar bien.

Después de devolver a Bea a su cama, Shelly, la enfermera, entró para comprobar sus constantes vitales. Estaba tan concentrada en todo lo que hacía Shelly que casi no me di cuenta de su presencia.

Justin estaba en la puerta y su pecho ascendía y descendía mientras asimilaba la imagen de Bea tumbada en la cama del hospital. Si bien es cierto que había dicho que iba a pillar un avión, no había sabido nada de él en las últimas horas y no estaba segura de que hubiera conseguido un vuelo. Tenía el pelo revuelto y los ojos rojos. A pesar de su aspecto desaliñado y exhausto, seguía siendo increíblemente guapo.

Me dio un vuelco el corazón.

—Justin.

No dijo nada y no le quitó los ojos de encima a Bea mientras caminaba lentamente hacia la cama. Parecía haber entrado en estado de *shock* al verla allí tumbada con un aspecto tan débil.

—¿Está bien?

—Eso creemos, sí. ¿No recibiste mis mensajes?

Con los ojos todavía puestos en Bea, negó con la cabeza.

—No, estaba en el avión y el móvil se quedó sin batería. Me subí al primer vuelo que salía de Los Ángeles y he venido aquí directamente.

Shelly lo miró.

—¿Es su padre?

Justin acercó su mano a la mejilla de Bea y la acarició con suavidad mientras decía:

—Sí. —Su respuesta me pilló por sorpresa. Me recorrieron escalofríos cuando me miró y repitió—: Sí, lo soy.

Shelly se dio cuenta de que Justin había empezado a llorar.

—Os daré un poco de intimidad —dijo.

Cuando la puerta se cerró tras ella, Justin descendió el rostro hacia la cama y le dio un beso a Bea en la mejilla. Todavía sorprendida y conmovida a partes iguales por el hecho de que se proclamara su padre, esperé a que hablara. Las palabras tardaron en llegar. Se limitó a mirarla fijamente, con una expresión de asombro y alivio que iba sustituyendo poco a poco a la conmoción anterior. Sabía que se había dado cuenta de que no era la misma de siempre. Era difícil no verlo. Bea ya habría estado sonriendo o riéndose con solo verlo. En cambio, simplemente estaba despierta, pero callada. Tenía la esperanza de que fuera solo porque hacía tiempo que no lo veía y no una señal de algo más serio.

—Te quiero, Abejorrito. Siento haber tardado tanto en decírtelo. —Se secó los ojos y se volvió hacia mí—. Nunca he estado más asustado en mi vida, Amelia. Tenía miedo de que le pasara algo antes de llegar aquí, de no volver a verla sonreír, de no tener la oportunidad de decirle lo mucho que quiero ser su padre. Durante todo el vuelo le he rezado a Dios, he hecho el trato con él de que, si acababa poniéndose bien, no dejaría pasar ni un segundo más sin decirle que la quería. La cosa es que... incluso sin decirlo... ya piensa que soy su papá. Sé que no soy su padre biológico, pero eso ella no lo sabe. De todas formas, la sangre no convierte a alguien en padre. Lo que hace que sea su padre es que me eligió. Le pertenezco desde el momento en el que me sonrió por primera vez. Y aunque eso solía darme mucho miedo, ahora soy incapaz de imaginarme una vida sin ella.

—Pensaba que no querías tener hijos.

—Yo también. Tal vez no quería unos hijos imaginados, pero a ella la quiero. —En un susurro, repitió—: La quiero.

Yo también había empezado a llorar.

—Ella también te quiere, ¿sabes? Mucho.

—Soy el único padre que ha conocido. Y ella cree que me fui sin ninguna explicación. Eso me mata cada día.

—¿Qué va a pasar con la gira?

—Bueno, se han quedado sin telonero para los conciertos de Navidad en Los Ángeles, pero Calvin entiende mi situación. Van a improvisar algo. Todos saben lo mucho que significa Bea para mí. Dijeron que, si hacía falta, se las apañarían para los próximos conciertos. No pienso volver hasta estar seguro de que está bien y en casa.

Nuestra atención se centró en Bea cuando, de repente, empezó a balbucear.

—Oye, ¿tienes algo que decir a tu favor? —bromeó Justin. Le sonrió un poco antes de volverse hacia mí—. ¿Pasa algo si la sostengo en brazos o es mejor no hacerlo?

—Me dijeron que podía sacarla de la cama. No pasa nada. Pero no la lances al aire ni nada por el estilo.

Justin la levantó lentamente de la cama y la acunó en sus brazos.

—Me has dado un susto de muerte, Señorita Abeja. ¿Seguro que esto no era una estratagema para que estuviera en casa por Navidad? Si es así, bien hecho.

Se me había olvidado por completo que esta noche era Nochebuena. Íbamos a pasar su primera Navidad en el hospital.

Incliné la cabeza y los admiré a los dos juntos. Siempre había notado la conexión que tenían, pero temía que Justin nunca se entregara de verdad a ella. Me alegré mucho por Bea de que este chico tan maravilloso quisiera ser su padre. Sabía que, pasara lo que pasase entre Justin y yo, él siempre estaría ahí para ella.

Cuando Bea se durmió en sus brazos, le conté a Justin toda la historia de lo sucedido lo mejor que pude.

Bea seguía dormida cuando él la devolvió a la cama.

—¿Cuándo ha sido la última vez que has comido, Amelia? —preguntó.

—En algún momento de ayer.

—Voy a ir a por algo de comida y a por café mientras ella duerme.

—Perfecto.

Ahora que Justin se había ido y que Bea estaba dormida, mi agotada mente se puso en marcha. En el exterior, al otro lado de las ventanas del hospital, estaba oscureciendo. Al quedarme sola con demasiado tiempo para pensar, empecé a sentirme culpable por permitir que esto sucediera. Tenía un trabajo, y era cuidar de mi hija y mantenerla a salvo; ni siquiera era capaz de hacer eso.

Cuando Justin volvió, llevaba una bolsa de papel con comida y un pequeño árbol de Navidad que, probablemente, procedía de una farmacia.

Debía de tener un aspecto horrible, porque lo soltó todo y se acercó a mí.

—¿Qué pasa?

—Es culpa mía. Tendría que haber revisado su cuna antes de salir de la habitación.

—Fue un accidente. Esa puta bombilla se cayó de tu jersey. No viste cómo pasaba.

—Lo sé, pero no puedo evitar sentir que si hubiera hecho algo diferente...

—¿De qué hablas? Le salvaste la vida.

—Sí, pero solo porque tuve la suerte de despertarme en ese momento. No puedo ni imaginarme cómo habría sido el día de hoy si no lo hubiera hecho.

—No pienses en eso. Está bien. Va a estar bien. No fue culpa tuya.

—No puedo evitar sentirme como una madre horrible.

—Escúchame. ¿Te acuerdas de aquella noche, en la casa de la playa el primer verano, en la que nos quedamos hablando toda la noche? ¿Cuando me dijiste que sentías que no estabas destinada a la enseñanza, que había otra cosa que se te daría mejor?

—Sí.

—Nunca olvidaré este verano pasado cuando llegué a casa de forma inesperada y os encontré a ti y a Bea allí. Estabas en un estado de puro caos. Nunca había visto a nadie entregarse de una forma tan plena por el bien de otro ser humano. No hay ni un solo momento del día en el que no la pongas en primer lugar. No piensas en ti, en tu propio bienestar mental, en tener un descanso. A veces te veía amamantarla y deseaba haber tenido una madre como tú. No para poder chuparte las tetas —guiñó un ojo—, sino por lo entregada que eres. Cuando éramos pequeños, siempre pensé que eras increíble, pero ni siquiera se acerca al concepto que tengo de ti ahora. Así que ni se te ocurra decir que eres una madre horrible, Amelia Payne. Eso que estabas destinada a hacer, y que no sabías qué era, era ser la madre de esta niña. Esa es tu vocación, y lo estás haciendo de lujo.

Cerré los ojos y respiré hondo, tremendamente agradecida por sus palabras tranquilizadoras, las cuales me sacaron de un precipicio mental.

—Gracias.

Se acercó a las bolsas y me entregó un café helado de Dunkin Donuts junto con un burrito bowl con chipotle.

—Y ahora, come antes de que se despierte.

Tras acabarnos la comida, Justin conectó el pequeño árbol en un enchufe que había en la esquina de la habitación. Dadas las circunstancias, era lo mejor que íbamos a tener en Nochebuena.

Cuando Bea se despertó, se produjo un pequeño milagro navideño. Justin la estaba mirando cuando por fin sonrió por primera vez desde el incidente en el que casi se asfixia. Fue el mejor regalo que podríamos haber pedido.

—Feliz Navidad, Abejorrito —dijo Justin. La sensación de alivio era palpable en el aire. Puede que fuera una sonrisa entre muchas, pero fue una importante. Para nosotros, significaba que iba a estar bien.

Justin abrió una aplicación en su móvil y puso música navideña hasta que se hizo tarde. El hospital trajo dos catres que colocamos a cada lado de la cama de Bea.

Eran más de las once de la noche. Justin estaba agotado por el viaje y se durmió junto con Bea. Yo seguía sin ser capaz de relajarme lo suficiente para cerrar los ojos. No estaría contenta hasta que no estuviéramos en casa.

Como ambos estaban dormidos, saqué el móvil un rato y volví a los mensajes que nos habíamos enviado Justin y yo para ver lo que le había escrito exactamente desde la ambulancia. Estaba tan estresada que no recordaba lo que había escrito en esos horribles minutos. Fue entonces cuando me fijé en un mensaje que me había escrito esa misma noche, un texto en el que no me había fijado debido a todo lo ocurrido con Bea.

No me gusta pelearme contigo. Te quiero.
Por si había alguna duda.

La hora del mensaje era poco antes de las cuatro de la madrugada. Esa era casi la hora a la que me había despertado con los jadeos de Bea. Tenía asumido que me había despertado de la nada por casualidad, pero debió de ser porque el mensaje interrumpió mi sueño.

Cuando miré a Justin, que dormía plácidamente, sentí que el corazón se me iba a salir del pecho. No porque por fin hubiera dicho esas dos palabras que tanto había deseado escuchar. Fue al darme cuenta de lo otro: si no hubiera sido por ese mensaje, no me habría despertado.

Yo no le había salvado la vida a Bea.

Fue Justin.

22

A Bea le dieron el alta el día de Navidad. Estábamos llenos de alegría por poder llevarla a casa después de que los médicos descartaran oficialmente cualquier lesión cerebral. Incluso había empezado a nevar en el viaje de vuelta de Providence a Newport, lo que hizo que fuera una Navidad blanca de verdad.

Justin se iba a quedar con nosotras un par de días antes de retomar la gira en Londres para el inicio de la parte europea. Todavía no iba a permitirme ponerme triste por su partida, ya que, de todas formas, era tiempo robado.

La noche de Navidad nos sentamos alrededor del árbol con Bea y la ayudamos a abrir sus regalos. Guardé la pequeña caja que Justin había enviado previamente para abrirla en último lugar. Cuando por fin le llegó su turno, Justin miró con ansiedad cómo abría la cinta adhesiva y retiraba una generosa cantidad de plástico de burbujas.

En el interior había una pequeña guitarra de madera que se asentaba en vertical sobre una base cilíndrica. La parte inferior también se abría y en ella se podían guardar objetos pequeños. Encima de la guitarra había un abejorro negro y amarillo pintado a mano. Parecía que la abeja acababa de posarse en el instrumento. Justin me la quitó y le dio cuerda por la parte de abajo. La guitarra empezó a girar lentamente al son de una canción que no reconocí.

—Tengo un amigo en Nueva York que diseña cajas de música a medida —dijo—. Le pedí que me hiciera una para ella. La abeja representa que ella siempre está conmigo, esté donde esté.

Muy conmovida, presté especial atención a la canción, pero, tras escucharla durante varios segundos, seguí sin reconocerla.

—¿Qué canción es? Es preciosa.

—Es la melodía de algo que estoy escribiendo. Mi amigo fue capaz de programarla en la caja, aunque todavía estoy trabajando en la letra.

—Es increíble. Es el regalo más bonito que podrías haberle hecho.

—Es algo que me hace sentir que estoy con ella cuando no puedo estarlo. —Miró a Bea, quien miraba de forma hipnótica cómo daba vueltas la guitarra. La miró fijamente durante un rato antes de añadir—: ¿Qué le regalas a alguien a quien nunca podrás pagarle... por todo lo que te ha enseñado, por todo lo que te ha dado?

—Creo que asumir la responsabilidad de ser su padre es un regalo bastante grande.

Le dio un beso a Bea en la cabeza.

—Ese es un regalo que se me ha hecho a mí.

Les sonreí e hice una pregunta que llevaba haciéndome desde que llegó a casa.

—¿Qué ha cambiado?

—¿A qué te refieres?

—Antes de que te fueras parecía que seguías sin estar seguro de cuál iba a ser tu papel en su vida. ¿Qué ha cambiado?

Se quedó mirando la caja de música durante un rato y luego me miró a mí.

—Mis dudas nunca fueron sobre ella, solo sobre si yo era digno de su amor. No quería ser una decepción para alguien que significaba tanto para mí. Pero estar lejos de ella me hizo darme cuenta de que ya se había convertido en una parte de mí. Dejando a un lado mi miedo a no ser suficiente, ya era mi hija en todos los aspectos que importaban. Alejarme me ayudó a verlo con más claridad.

Hacía un rato le había explicado a Justin lo oportuno que fue su mensaje. Se negó a asumir la responsabilidad de haberle salvado la vida a Bea, insistiendo en que yo merecía todo el crédito por ello. No había abordado el tema real de su mensaje hasta ahora.

Apoyé la cabeza en su hombro, tan agradecida de tenerlo en casa con nosotras, aunque solo fuera por un par de días.

—Te quiero, Justin. ¿Sabes? Estuve muy obsesionada con el hecho de que todavía no me habías dicho esas dos palabras. Le di mucha importancia a que me dijeras que me querías. Cuando por fin lo hiciste en ese mensaje, no me sorprendió, porque en el fondo ya lo sabía. Me has enseñado que el amor no es una cuestión de palabras. Es una serie de acciones. Has demostrado tu amor por mí en tu forma de mirarme, de tratarme y, sobre todo, en lo mucho que quieres a mi hija como si fuera tuya.

Se inclinó para besarme.

—Os quiero mucho a las dos —contestó—. Esa noche me di cuenta del poco sentido que tenía que no te hubiera dicho esas palabras, pero la verdad es que casi me pareció poco natural anunciarlo, porque no es que me haya enamorado de ti hace poco. Es algo que lleva años ahí. Nunca *dejé* de amarte. Puede que haya habido momentos en los que intenté odiarte, pero incluso entonces, nunca dejé de amarte.

—Yo tampoco dejé de amarte nunca. Fue un error por mi parte asumir que no me querías porque no lo decías.

Frunció las cejas.

—Ya sabes lo que dicen sobre asumir cosas...

—¿Acabas en un cine porno viendo una escena de sexo anal? —Me reí.

—Buena chica. Correcto. —Me guiñó un ojo.

Como no había dormido nada desde que empezó la tragedia de Bea, estaba perdiendo rápidamente las fuerzas. Los tres nos acostamos temprano. Seguía sin estar preparada para dejar a Bea sola en la cuna. En vez de eso, durmió entre Justin y yo, sus padres. Sin duda, podría acostumbrarme a eso.

Nos quedaba un día más con él, el día después de Navidad. Luego, Justin nos dejaría de nuevo y volaría desde Nueva York hasta Londres.

Me pareció un sueño despertarme con el olor de la fusión de cafés de Justin preparándose en la cocina.

Bea seguía durmiendo cuando bajé las escaleras y me coloqué detrás de él, pasando mis brazos por debajo de los suyos. Mi pecho, sin sujetador, se apretaba a través de mi camisón contra su ancha espalda. Contemplamos las olas glaciales que surcaban el océano invernal. Ya estaba deseando que llegara el verano, no solo por el buen tiempo, sino porque para entonces Justin estaría en casa con nosotras.

Se dio la vuelta y me cubrió la boca con un beso hambriento. Ahora que se había calmado mi nerviosismo con respecto a Bea, mi deseo sexual iba aumentando lentamente hasta alcanzar un nivel normal. El pelo de Justin apuntaba a todas las direcciones y le asomaba una pequeña barba. Esta me arañaba la cara de forma placentera, y sentí la humedad entre las piernas. Apreté mi cuerpo contra su erección e inspiré hondo, saboreando su olor masculino, el cual se mezclaba con el aroma del café que se estaba filtrando.

Lo deseaba más que a mi taza de café matutina, y eso era mucho decir. Sobrevivir los próximos meses sin él no iba a ser fácil, pero al menos ya sabía cómo estaban las cosas entre nosotros. Dejó de besarme y me acarició la cara, y parecía que había algo rondándole la cabeza.

—Tengo un par de preguntas para ti —dijo.

—Vale.

—Estaba pensando... Me encantaría que tú y Bea vinierais al último concierto de la primavera. Será en Nueva York, así que no sería un viaje muy largo. Puedo reservarte un vuelo si no quieres conducir. Luego podemos volver a casa juntos en mi coche. Estaría bien que, al menos, pudieras verme una vez en el gran escenario antes de que se acabe. ¿Qué te parece? Podríamos conseguirle unos auriculares con reducción de ruido a Bea en el caso de que sea demasiado ruidoso.

—No me lo perdería por nada del mundo. He estado pensando que al menos debería ir a verte de gira en un concierto. Nueva York sería el lugar perfecto.

—Bien. Me encargaré de todo.

—¿Cuál es la otra pregunta?

—¿Qué posibilidades hay de que pueda follarte duro contra la encimera antes de que se despierte?

Vacilé. Lo deseaba tanto..., pero acababa de llegarme el periodo esta mañana. Nunca me sentí cómoda haciéndolo el día del ciclo en que el sangrado era más abundante.

—Me muero de ganas, pero...

La decepción apareció en su rostro.

—¿Qué?

—Me apuñalé... bastante fuerte.

Cerró los ojos con decepción.

—¡Mierda! —refunfuñó—. Te necesito tanto ahora mismo... —Miró al suelo y luego a mí—. No me importa... si a ti no te importa. Yo mismo te apuñalaré tan bien que ni siquiera pensarás en la otra herida.

Por mucho que quisiera, no podría.

Tiré del borde de sus pantalones y eché un vistazo a la dura erección que tenía dentro.

—Tengo una idea mejor.

—¿Ah, sí?

Me arrodillé y desaté lentamente el cordón de su pijama azul marino.

Apoyando los codos en la encimera, Justin inclinó la cabeza hacia atrás y se rindió sin discutir, excepto para reírse en voz baja mientras decía:

—O... podríamos hacer esto. ¡Joder, sí!

Admiré la V de sus abdominales inferiores y la fina línea de vello que descendía por el medio.

—Siempre he querido chupártela. Aquella vez que salimos del cine porno, ¿te acuerdas? En ese momento no pude tenerte, pero fantaseé con chupártela toda la noche.

Me masajeó el pelo.

—Nunca olvidaré aquella noche. Fue muy excitante ver cómo te ponías cachonda durante la película. No quería nada más que subirte encima de mí y follarme ese bonito coñito en el pequeño cine rojo. Aquella noche te deseaba tanto, tanto, que me dolía. Casi tanto como te deseo ahora.

Se le cortó la respiración cuando le saqué el pene. Abrí la boca de par en par y la rodeé con mis labios. Dejó escapar un sonido sensual y gutural, y ya estaba mojado en el momento en el que mi lengua dio la primera vuelta alrededor de la corona.

—¡Me cago en la puta! —siseó—. ¡Qué bien! Tu boca en mí, Amelia... No hay nada igual. Parece un sueño.

Sabía cálido y salado a medida que chupaba, acariciándole el tronco con la palma de la mano. Me agarró por la parte de atrás del pelo para guiar mi boca mientras subía y bajaba por su erección.

En un momento dado, empecé a chuparla tan profundamente como pude sin ahogarme. Mientras apretaba a propósito la parte posterior de la garganta alrededor de su pene, eché un vistazo a su reacción.

—¡Oh, zorra malvada! Esto es increíble —murmuraba. Repetí el movimiento una y otra vez. Tenía los ojos tan cerrados que parecía que su mente había viajado a otra dimensión.

Mis propios gemidos vibraron sobre su verga cuando de repente sacudió las caderas y se corrió en mi garganta con fuerza.

—¡Joder! Tómalo todo, nena. Tómalo todo —gimió, tirándome del pelo al tiempo que me bebía los chorros calientes de semen que me bajaban por la garganta.

Le miré de forma seductora mientras me tragaba hasta la última gota.

Cuando no quedaba nada más que sus jadeos, dijo:

—¡Joder! No te has contenido. Siempre supe que te gustaba echarle nata al café, pero ¡madre mía! Me ha puesto mucho ver que lo has disfrutado tú también. —Soltó un largo suspiro mientras se ajustaba los pantalones—. Ya quiero hacerlo otra vez. ¿Es un truco para que me quede o algo así? Porque puede que funcione.

—¿En serio? Si es así, mi boca está lista.

—¡Oh! *Volveremos* a hacerlo antes de que me vaya. Ha sido... alucinante. ¿Dónde cojones aprendiste a chuparla así? —Sacudió la cabeza rápidamente—. No importa. La verdad es que no quiero saberlo. —Limpiándome las comisuras de la boca, preguntó—: Como sea, ¿qué diablos he hecho para merecer esto?

—Le salvaste la vida a mi hija. Te merecías la mamada de tu vida.

Me apretó contra él.

—Rápido, corre a la playa y métete en el océano.

Entrecerré los ojos.

—¿Por qué?

—Así podré salvarte. A lo mejor me dejas darle a ese culo después.

Aquella tarde, Justin se pasó una cantidad de tiempo récord intentando que Bea dijera «papá».

Ella balbuceaba mucho en general, pero no había utilizado la letra P tanto como las letras B o M. También sabía decir «bebé».

Justin estaba sentado con Bea en el sofá, intentando que repitiera sus palabras, y yo los miraba a los dos desde la cocina.

—Di «pa-pá». —Se señaló a sí mismo—. Yo soy papá.

—Ba-ba —contestó.

—Pa-pá —repitió.

—Ba-ba.

—Pa-pá.

Bea hizo una pedorreta con la boca y soltó una risita.

—Payasita. Di «pa-pá».

Bea se detuvo un poco y luego dijo «ma-má» antes de soltar una carcajada. Justin le hizo cosquillas en la barriga con el pelo y ella se echó a reír.

Mientras limpiaba la encimera de la cocina, me reía a carcajadas viendo la serie de acontecimientos. O bien estaba criando a una niña de mamá, o bien era una pequeña comediante de las buenas.

23

Los tres meses que siguieron a las Navidades se hicieron largos.

Bea empezó a caminar justo cuando cumplió un año, el 15 de marzo. Justin estaba enfadado por haberse perdido no solo su cumpleaños, sino también sus primeros pasos. Intentaba sin éxito que dijera «papá» durante nuestras charlas por Skype.

Esas semanas fueron duras, pero saber con absoluta certeza que iba a volver a casa con nosotras fue lo que me ayudó a superarlo. Verle por fin en concierto era la guinda del pastel.

La gira había llegado por fin a este lado del charco. Los últimos conciertos eran en Nueva Escocia, Maine y Nueva York.

Por fin era el fin de semana del esperado concierto en Manhattan. Justin había comprado billetes de avión para que Bea y yo voláramos hasta Nueva York. Justo después nos registraríamos en un hotel que había cerca del recinto en el que tendría lugar el concierto. Como la banda volvía desde Maine el sábado por la tarde a una hora próxima a la del concierto, no tendríamos la oportunidad de ver a Justin hasta después de que tocara esa noche.

Bea se portó muy bien en el rápido vuelo doméstico desde Providence hasta La Guardia. Llevaba un pequeño equipaje de mano para las dos y un cochecito de lunares.

Cuando aterrizamos, el mánager de Justin, Steve, tuvo la amabilidad de recogernos en el aeropuerto y de llevarnos al hotel. Tuvimos que pasar por

Times Square. Bea miraba asombrada a su alrededor mientras contemplaba las luces de colores y el bullicio. Fue una sobrecarga sensorial, probablemente para las dos. Llevaba tanto tiempo en la isla que casi había olvidado cómo era la vida en la ciudad.

El hotel estaba a la vuelta de la esquina del recinto. Después del concierto, los tres pasaríamos la noche aquí y disfrutaríamos de la ciudad al día siguiente antes de regresar a la isla.

Tras registrarnos en la habitación del hotel, me puse nerviosa. Ver tocar a Justin siempre me emocionaba mucho, pero lo más seguro era que verlo tocar por primera vez en un escenario grande sería abrumador y conmovedor.

Me tumbé junto a Bea en la cama del hotel para intentar que durmiera la siesta, ya que esta noche iba a estar despierta pasada su hora de dormir. Consiguió dormir una hora antes de que guardáramos las cosas y nos dirigiéramos al recinto.

Cuando llegamos a la sala de conciertos, la cola para entrar era kilométrica. Mirar el cartel luminoso me dio escalofríos: CALVIN SPROCKETT, CON JUSTIN BANKS. Pudimos pasar a la cola VIP y un acomodador nos acompañó a nuestros asientos, situados en el centro de la tercera fila.

Bea estaba muy guapa sentada encima de mi regazo. Sus auriculares reductores de ruido eran enormes. Parecía una pequeña marciana con ellos. Por suerte, a pesar de todo lo que lloró durante sus tres primeros meses de vida, se había convertido en un bebé apacible, así que confié en que sería capaz de aguantar el concierto sin interrupciones.

Cuando las luces se atenuaron y los focos le iluminaron, se me aceleró el corazón. La emoción me recorrió el cuerpo y se apoderó de mí. Justin me había dicho que veía al público demasiado oscuro para distinguir las caras, pero pude ver cómo buscaba entre la multitud un momento antes de que empezara la primera canción. Mi cuerpo prácticamente se derritió en el asiento mientras me inclinaba ante la pura potencia de su voz amplificada. Esa primera nota, el reconocimiento inicial de su sonido profundo y conmovedor siempre era increíble.

Apretando fuertemente a Bea mientras nos mecíamos de un lado a otro, le escuché cantar una canción tras otra que nunca antes había escuchado.

No había caído en la cuenta de que en esta gira solo interpretaba canciones originales y no versiones. Hizo que sintiera que me había perdido mucho al no haber escuchado nunca la mayoría de esas canciones. Cerraba los ojos de vez en cuando, disfrutando de las ondas sonoras que emanaban de las cuerdas de su guitarra y que vibraban en mi interior al tiempo que descifraba todas las letras.

Me quedé allí sentada durante los primeros cuarenta minutos maravillada con él: cómo sus dedos tocaban el instrumento con una precisión rápida, cómo su voz era capaz de cambiar dependiendo de la canción, cómo era capaz de hipnotizar a cientos de personas con solo su voz ronca, una guitarra y un micrófono.

Justin había mencionado que este acto de apertura solo duraba unos cuarenta y cinco minutos, así que sabía que nos acercábamos al final.

Habló por el micrófono.

—Esta noche es especial por varias razones, no solo porque marca el final de nuestra gira, sino también porque estamos en mi segundo lugar favorito del mundo, Nueva York. Este era mi hogar hasta hace poco. Mi nuevo hogar está en una isla con el amor de mi vida y con mi hija. Después de esta noche, podré volver a casa después de mucho tiempo lejos de ellas. Pero la mayor razón por la que esta noche es especial es porque mi hija está aquí. Bea, gracias por enseñarme que a veces lo que más tememos es lo que más anhela nuestra alma. Esta última canción es una que por fin he acabado. He tardado un tiempo porque era muy importante para mí, porque la escribí para ella. Se llama *Querida Bea*.

Al momento, reconocí la melodía inicial como la misma canción que había programada dentro de la caja de música que mandó hacer.

Entonces, empezó a cantar, y me quedé sin palabras.

Mi alma estaba enferma, pero me curaste.
Nunca he sentido un amor más puro.
Lo que más temí una vez,
Ahora me llena el corazón de amor.

Querida Bea,
No te creé, pero fuiste creada para mí.

Querida Bea,
Gracias por ayudarme a ver
Cómo estaba destinada a ser la vida.

Con cada uno de tus llantos,
Una parte de mi corazón muere.
Pero me sonríes y entonces,
Vuelve a recomponerse.

Querida Bea,
No te creé, pero fuiste creada para mí.

Querida Bea,
Gracias por ayudarme a ver
Cómo estaba destinada a ser la vida.

Un ángel disfrazado
Se ve reflejado en los ojos
De un pequeño abejorro.
Gracias por elegirme.

Gracias Bea,
No te creé, pero fuiste creada para mí.

Querida Bea,
Gracias por ayudarme a ver
Cómo estaba destinada a ser la vida.

Cuando acabó la canción, Justin recibió una ovación de pie. Me escocían los ojos a causa de las lágrimas de alegría que había derramado. El hecho de que escribiera esa canción para ella me conmovió a muchos niveles. Deseé tanto que Bea pudiera entender la letra...

Justin desapareció de la vista cuando empezaron a preparar el escenario para Calvin. Se suponía que mi identificación me daba acceso al *backstage*, pero no habíamos discutido la logística. No estaba segura de si debía intentar volver ahora o esperar a que me enviara un mensaje, tal vez ver algo del concierto de Calvin.

Ansiaba verle y decirle lo mucho que me había gustado la canción, así que me levanté del asiento con Bea y recorrí el largo pasillo central en dirección a la entrada. Un acomodador nos condujo a la entrada del *backstage*. Allí me recibió un guardia de seguridad corpulento.

—¿Tiene una tarjeta de identificación?

—Sí —respondí mientras se la enseñaba—. Soy la novia de Justin Banks y esta es su hija.

Volvió a examinar la identificación con más detenimiento y se hizo a un lado, señalando detrás de él.

—Por aquí. Está en el camerino cuatro.

La puerta estaba abierta y me sorprendió ver que Justin no estaba solo. Me hice a un lado al instante para evitar que me vieran mientras escuchaba su conversación.

—Espero que no te importe que haya venido —dijo—. Cuando me enteré de que tocabas en la ciudad, tenía que verte. Me puse en contacto con Steve y me dio un pase para entrar en el *backstage*.

—Claro, no me importa. Me alegro mucho de verte, Jade.

Aunque estaban apareciendo un poco los celos, no era nada comparado con lo que era antes. Ahora, la confianza que tenía en sus sentimientos hacia mí superaba esa inseguridad. No obstante, para mí siempre iba a ser incómodo pensar en Justin y Jade, teniendo en cuenta todos los recuerdos que tenía de ellos juntos.

—Solo necesito hablar contigo, Justin. Steve me dijo que ahora estabas con Amelia, y no... Si te soy sincera, estoy atónita. Y luego la canción que has cantado...

—Lo siento, Jade. Debería haber sido yo quien te diera la noticia. No quería hacerte más daño del que ya te había hecho.

—Conque al parecer... *sí* que querías tener hijos. ¿Solo que no los míos?

—No esperaba enamorarme de esa niña.

—Pero sí viste venir a la legua que te enamorarías de su madre. Cuando vivíamos juntos, era como si la odiaras. No era odio en absoluto, ¿verdad? Debería haberlo sabido. Nadie actúa así con alguien a menos que le importe *demasiado*.

—Era imposible que lo supieras, porque me lo guardé dentro. Era complicado por aquel entonces. Durante los primeros días luché contra mis sentimientos por ella. De verdad que lo hice. Quería que las cosas funcionaran entre tú y yo. No pensé que acabaría con Amelia. Pero sí, la animadversión hacia ella era el resultado de otros sentimientos muy arraigados que no podía controlar. Era muy complicado.

Hubo un poco de silencio incómodo antes de oírla preguntar:

—¿Hiciste algo con ella en algún momento cuando estábamos juntos?

—No. No pasó nada hasta que rompimos. No quería hacerte daño, pero al parecer me las apañé para hacerlo de todas formas. Lo siento mucho. Eres una persona hermosa, por dentro y por fuera. Siempre recordaré con felicidad el tiempo que pasamos juntos. Espero que encuentres a alguien que te merezca.

Cuando oí que Jade empezaba a llorar, me sentí incómoda, así que decidí irme y darles privacidad para que acabaran su conversación. Se me rompió el corazón por ella, y supuse que yo era la última persona que quería ver allí cuando saliera de su camerino.

Volví al vestíbulo y le envié un mensaje para que nos avisara de cuándo debíamos ir al *backstage*. Con mucha amabilidad, me habían guardado el cochecito de Bea detrás de la taquilla, así que lo recogí mientras esperábamos. Desde mi rincón, vi a Jade corriendo por el vestíbulo y saliendo por las puertas giratorias.

Casi inmediatamente después, mi móvil sonó al recibir un mensaje de Justin.

Ven al *backstage*.

Al principio no se dio cuenta de nuestra presencia. Estaba de espaldas a nosotras. Me tomé un momento para admirar su redondo y musculoso trasero. Cuando Bea chilló de emoción, se dio la vuelta.

La saqué del cochecito y la sujeté de las manos mientras caminaba con las piernas tambaleantes hacia él.

Él se arrodilló para recibirla con los brazos abiertos.

—¡Abejorrito! ¡Dios mío, estás caminando! —Parecía divertido al verla con sus auriculares reductores de ruido. Se me había olvidado quitárselos—. ¡Esa cosa es más grande que tu cabeza! —Le plantó un beso en la mejilla antes de levantarse para besarme. Por el gemido desesperado que soltó en mi boca, me di cuenta de que estaba muy cachondo. Hizo que me mojara un poco pensando en lo que podría pasar esta noche cuando Bea se durmiera. Había pedido que nos subieran una cuna a nuestra habitación para que Justin y yo pudiéramos tener la cama. Tenía la esperanza de que funcionara.

—Has estado increíble. Esa canción...

—¿Te ha gustado?

—Me ha encantado. —Examinándole el rostro, pregunté—: ¿Estás bien?

—Jade ha estado aquí. Ha visto el concierto, ha escuchado la canción. Steve le dio un pase y me ha pillado aquí por sorpresa; se me ha encarado por lo nuestro. —Me gustó que sintiera la necesidad de ser sincero conmigo.

—Lo sé.

—¿Lo sabes?

—Sí. Estábamos al otro lado de la puerta. Escuché un poco de la conversación, pero luego me fui para daros algo de privacidad.

—¡Vaya!

—No tienes que explicar nada. Es lo que es. Y entiendo por lo que está pasando. Sé lo que es amarte y perderte. Estoy muy agradecida de tenerte. —Vacilé. Había tanto que necesitaba decirle... «Orgullosa» no podía describir cómo me había hecho sentir verle tocar esta noche—. Ahora que te he visto en el gran escenario, se ha hecho aún más evidente lo mucho que estabas destinado a dedicar tu vida a esto. No solo tienes mucho talento, sino que la gente se siente atraída por ti de una forma natural. No quiero que renuncies a esto porque te sientas culpable. Nunca tendrás que elegir. Siempre estaremos aquí para ti.

Alzó a Bea y me plantó otro beso en los labios.

—Eres increíble por decir eso, porque sé lo dura que ha sido mi ausencia. Solía pensar que lo que quería era la fama, pero esta experiencia me ha enseñado que, para mí, se trata de la música. No creo que quiera el resto a largo plazo. Nunca cambiaría esta experiencia, y si se me presenta alguna oportunidad, la sopesaré. Pero estar lejos de mi familia semana tras semana no está bien. No es lo que quiero. —Hizo una pausa y luego me tomó la cara entre las manos—. No hay música sin ti. La música es una expresión de todas esas cosas por las que vives..., un reflejo de la pasión que hay en tu alma. Yo vivo por ti. Tú eres mi pasión. Tú eres mi música... tú y Bea.

—Te quiero mucho.

Agarró su chaqueta.

—Salgamos de aquí.

—¿Cómo? ¿Nada de fiesta salvaje después del concierto? ¿Qué clase de estrella del *rock* eres?

—¿A qué te refieres? Soy salvaje. —Guiñó un ojo—. Me voy a llevar a dos chicas a mi habitación de hotel.

Epílogo
JUSTIN

Ni en un puto millón de años me esperaba que mi vida fuera a acabar así.

Juro que, si le hubierais preguntado a mi cobarde yo de quince años dónde quería estar dentro de una década, lo más probable es que hubiera dicho: *En una isla por ahí con Patch.*

Supongo que algunas cosas nunca cambian, porque hoy esa sería mi respuesta exacta. Aunque por aquel entonces hubiera parecido un sueño inalcanzable, ahora era mi realidad.

Mirando a Amelia jugar con Bea en la orilla, pensé en cómo había evolucionado el papel que había tenido en mi vida.

La chica misteriosa con el parche en el ojo.

La mejor amiga.

La fantasía adolescente.

La chica que me robó el corazón, lo rompió y se lo llevó cuando se fue.

La amiga distanciada.

La compañera de piso prohibida.

La novia.

La madre de mis hijas.

Nunca había estado tan sexi como ahora, con mi bebé en su interior. Estaba de cuatro meses, y a Amelia se le estaba empezando a notar, sobre todo en las tetas y en el culo, lo cual me parecía bien.

Le pedí que se casara conmigo hace un año, el 26 de julio, unos meses después de volver a casa de la gira. Iba a esperar, pero decidí que tenía que proponerle matrimonio ese día y que nos casaríamos exactamente un año después. Esa fecha lo significaba todo, puesto que 0726 eran los últimos números de mi tatuaje del código de barras y se suponía que representaban el día que ella me dejó una década atrás. Estaba decidido a redefinir el significado de esos números. Ahora, esa fecha sería para siempre el día en el que se convirtió en mi esposa.

No queríamos una boda elegante, sino una ceremonia privada en la playa con los tres. Pasaríamos el rato junto al agua por la mañana y luego celebraríamos una boda en la playa al atardecer, seguida de un asado del favorito de Amelia (los cangrejos con olor a bragas sucias) y langosta.

Resultó que Roger, el vecino, se ordenó para celebrar una ceremonia para un amigo suyo hace unos años, por lo que íbamos a dejar que nos casara. Por irónico que sonara, Pichafloja Roger se había convertido en un buen amigo mío, a pesar de que yo seguía tocándole las pelotas con regularidad.

Una bandada de gaviotas se dispersó cuando Bea vino corriendo hacia mí. Su vestido estaba empapado mientras me entregaba una concha marina.

—¡Papá! ¡Azul!

—¿Qué me has traído, Beatrice Banks?

Amelia se quitó la arena de la falda y me lo explicó.

—Estamos intentando encontrar algo antiguo, algo nuevo, algo prestado y algo azul para la ceremonia de después. Hemos encontrado esta concha azul.

—Es perfecta, Abejorrito —afirmé, devolviéndosela mientras ella sonreía.

—Tenemos que pensar en el resto —dijo Amelia mientras se sacaba algo del bolsillo y se lo entregaba a Bea—. Tenemos algo nuevo, pero técnicamente es para ti, no para mí. Bea, dáselo a papá.

Mi hija me entregó una caja pequeña. Dentro tenía una púa de guitarra con la inscripción «Gracias por elegirme».

Apretándola, le susurré al oído:

—Gracias a ti por elegirme a *mí*, tesoro. Me encanta.

Después de la boda, adoptaría a Bea de forma oficial. Ya tenía dos años y estaba más apegada a mí que nunca. Por suerte, ese imbécil, Adam, renunció a sus derechos de paternidad sin luchar.

La vida era buena. Seguía trabajando en la venta de *softwares* y tocando algunas noches a la semana en Sandy's. Me habían ofrecido otra oportunidad para irme de gira con otro artista menos conocido, pero la rechacé. A pesar de lo emocionante que era ser un músico que viajaba, las desventajas superaban a los beneficios. No quería perderme ningún momento preciado con mi familia. Solía pensar que la música era mi vida; me equivocaba. Mis chicas son mi vida.

—Bien, tenemos algo nuevo y algo azul. Ahora solo necesitamos algo prestado y algo antiguo —dije.

Amelia me rodeó el cuello con el brazo.

—Estaba pensando en buscar entre las cosas viejas de Nana que hay en la caja fuerte. No la he revisado desde que nos mudamos. Seguro que ahí encontramos algo antiguo.

Me levanté de mi sitio en la arena.

—Vamos.

Los tres caminamos de vuelta a la casa. El sencillo vestido blanco sin tirantes de Amelia colgaba de la chimenea del salón. Me daba vértigo solo mirarlo, consciente de que esta noche se convertiría oficialmente en Amelia Banks. Aunque el trozo de papel no importaba; era mía desde que tenía uso de razón. Me quedé mirándola un rato mientras tanteaba la caja fuerte. Saber que estaba embarazada de mi bebé me hacía sentir cosas. Admirar la voluptuosa forma de su cuerpo en pleno cambio y saber que yo era el responsable de ello encendía algo primitivo en mí. Mi apetito sexual estaba por las nubes, pero por suerte el de ella también. Estaba deseando que llegara nuestra noche de bodas. Bea se iba a quedar a dormir por primera vez con Susan y Roger. Pensaba aprovechar al máximo la casa vacía... y a Amelia.

La caja fuerte estaba situada detrás de un cuadro en la pared de la cocina. Consiguió desbloquearla por fin. Me acerqué a ella y examinamos el contenido.

Dentro había algunos papeles, unas cuantas joyas y varias fotos.

Tomé un pasador de pedrería de aspecto antiguo y lo enganché en el pelo de Amelia, colocándole algunos mechones detrás de la oreja.

—Preciosa. Ahí tienes tu algo prestado. —Durante un instante, vi a las niñas de las que me había enamorado reflejadas en su cara, tanto Bea como la pequeña Patch.

Amelia empezó a revisar las fotos, algunas de las cuales contenían imágenes de su madre y su abuelo. En un determinado momento, su mano se detuvo antes de alzar una Polaroid. A Nana le encantaba hacer fotos con las cámaras antiguas, incluso en la era digital.

Esta foto en particular era de Amelia y mía cuando debíamos de tener diez y once años. Estábamos sentados en las escaleras de Nana y la foto estaba echada desde atrás. Yo sostenía mi primera guitarra y Amelia tenía la cabeza apoyada en mi hombro. Nana había escrito en la parte inferior con bolígrafo azul: «Destinado a ser».

Le quité la instantánea para examinarla más de cerca.

—¡Vaya!

—Esto es una prueba, Justin. Nos dio esta casa porque sabía que nos volvería a unir. Sabía que encontraríamos esta foto y esperaba que nos recordara lo tonto que había sido nuestro distanciamiento. Puede que no tuviera fe en que fuéramos a encontrarnos de nuevo por nuestra cuenta. Quería enviarnos un mensaje. —La miró—. Mira esto. Es precioso. Piensa en todos esos años que perdimos.

—Sucedió como se suponía que tenía pasar —dije.

—¿Eso crees?

—Sí. Piénsalo. Sin toda esa frustración contenida, no habríamos tenido tanto sexo furioso. —Sonreí—. Quizá no hubiéramos podido crear esa niña en tu vientre.

El otro día supimos que nuestro bebé era una niña. Nuestra intención era llamarla Melody.

—Sé que es extraño que lo diga —continué—, ya que no quiero pensar en ti y en ese imbécil de Adam, pero si no nos hubiéramos separado, Bea no estaría aquí. Así que, no... no volvería atrás ni cambiaría nada. Jamás.

Volví a mirar la inscripción de la foto.

«Destinado a ser».

Agarré un lápiz de la encimera y añadí una palabra pequeña al final de la frase.

Destinado a ser Bea.

Agradecimientos

En primer lugar, gracias a mi marido por su amor y paciencia a lo largo de este viaje de escritura.

A mis padres por inspirarme a perseguir mis sueños desde muy joven.

A Allison por manifestar todo esto y a mis mejores amigas, Angela, Tarah y Sonia, por su amistad.

A Vi: Me dan escalofríos de pensar en no haberte encontrado nunca. ¿Con quién hablaría? ¿Cómo podría hacer esto sola? Gracias por todo... ¡todo el día! El hecho de que hayas llegado al número uno en la tienda Kindle ha sido lo mejor de mi año.

A Julie: Gracias por recordarme siempre con tu ejemplo que el talento y la integridad pueden ir de la mano.

A mi editora, Kim: Gracias por asegurarte de que mi trabajo es limpio y está listo para mostrarlo al mundo.

A mi inestimable grupo de *fans* en Facebook, Penelope's Peeps, y a Queen Peep Amy: Gracias por todo lo que hacéis. Os quiero a todos. Estoy deseando que haya más fiestas y encuentros Peeps, *online* y en persona.

A Erika G.: Gracias por estar siempre ahí, por los encuentros de julio y las conexiones especiales.

A Luna: Te Adoro. Gracias por todo.

A Mia A.: Gracias por alegrar mis días durante nuestros *sprints* de escritura, que se convierten en conversaciones sin sentido que no tienen nada que ver con la escritura.

A Aussie Lisa: Gracias por tu amistad y por apoyarme siempre. Cuento los días para que me visites de nuevo.

A Natasha G.: ¡Gracias por las risas y por nuestro amor compartido por *Todo en 90 días*!

A todos los blogueros/personas que promueven mis libros y que me ayudan y apoyan: Sois la razón de mi éxito. Me da miedo enumeraros a todos porque seguro que me voy a olvidar de alguien sin querer. Sabéis quiénes sois y no dudéis en poneros en contacto conmigo si puedo devolveros el favor.

A Lisa de TRSoR Promotions: Gracias por encargarte de mi *blog tour* y de los lanzamientos. ¡Eres genial!

A Letitia de RBA Designs: Gracias por trabajar siempre conmigo hasta que la portada es exactamente como quiero que sea. Esta es mi favorita, ¡pero siempre digo lo mismo!

A mis lectores: Nada de esto sería posible sin vosotros y vosotras, y nada me hace más feliz que saber que os he proporcionado un escape del estrés diario. Esa misma evasión fue la razón por la que empecé a escribir. No hay mayor alegría en este negocio que tener noticias vuestras y saber que algo que he escrito os ha removido por dentro de alguna manera.

Por último, pero no menos importante, a mi hija y a mi hijo: Mamá os quiere. Sois mi motivación e inspiración.

¿TE GUSTÓ ESTE LIBRO?

escríbenos y
cuéntanos tu opinión en

f /Sellotitania   **t** /@Titania_ed

◉ /titania.ed

#SíSoyRomántica